감기

윤성희 소설집

창비

차례

구 멍

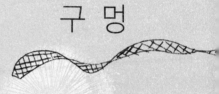

매주 토요일이면
아버지는 로또복권을 샀다.
정확히 말하면 2004년 9월 25일부터였다.
그해, 나는 맹장수술을 했고
어머니는 늘어나는 뱃살을 고민하다
러닝머신을 샀다.
캐나다로 간 외삼촌은
종종 전화를 걸어서는 외롭다고 말했다.
"돈을 벌려면 외로워야지."

결혼한 지 삼십년 만에 부모님은 처음으로 해외여행을 떠났다. 부모님의 결혼기념일 선물을 마련하기 위해 나는 지난 한달 동안 라디오에 갖은 편지를 보냈다. 채택된 사연은 이런 이야기였다. 국밥집에서 일하던 어머니와 바퀴공장에서 일하던 아버지가 만난 것은 스물두살 무렵이었다. 아버지를 짝사랑하던 어머니는 주인 몰래 아버지의 국에 고기를 더 넣어주었다. 수육을 그릇 바닥에 깐 다음 국을 푸면 아무도 눈치채지 못했다. 심지어 아버지마저도. 설거지를 하느라 퉁퉁 불은 어머니의 손을 볼 때마다 아버지는 돼지오줌보에 바람을 불어넣어 공처럼 가지고 놀던 어린시절이 떠올랐다. 그러면 한바탕 운동을 하고 난 뒤처럼 온몸이 나른해졌고, 두 손을 가랑이 사이에 집어넣고 몸을 동그랗게 말아 잠을 자고 싶다는 생각이 들었다. 어느날 혼자 밥을 먹던 아버지는 깍두기를 가져다주는 어머니의 손을 잡고는 말했다. "같이 잡시다." 공장 사장이던 할아버지는 두 분의 결혼을 반대했다. 어머니의 눈밑에 난 점이 마음에 안 든다는 거였다. 하지만 이미 어머니의 뱃속에는 꼼지락거리는 오빠가 있었다. 아들을 낳고 마음이 든든해진 어머니는 할아버지에게 이런 말을 했다. "아버님! 이 점이 마음에 안 들면 병원비를 주세요. 제일 좋은 병원에 가서 뺄게요." 그렇게 어머니를 당당하게 만들었던 오빠가 죽은 것은 일곱살 때였다고 한다. 그리고 그로부터 사년이 지난 후 내가 태어났다. 나를 임신하기 전 어머니는 이런 꿈을 꾸었다. 일곱살인 오빠가 마당에 앉아서 혼자 공기놀이를 하고 있었다. 놀란 어머니가 맨발로 달려나갔다. 너 여기 웬일이니. 오빠가 대답했다. 전이 마당에서 삼년 동안 혼자 놀았어요. 너무 심심해요. 잠에서 깬 어머니가 입을 벌린 채 자고 있는 아버지를 깨웠다. 어머니의 이야기를 들은 후 아버지가 말했다. "둘째를 낳아야겠어." 그래서 내가 태어났다. 이 사연을 읽은 사회자는 이렇게 말을 덧붙였다. "죽은 오빠가 생명의 은인이네요." 어쨌든 죽은 오빠 덕에 부모님은 동남아 4박5일 여행권을 선물받았다.

여행을 떠나기 일주일 전부터 어머니는 짐을 쌌다. 가장 먼저 챙긴 것은 허리찜질기였다. 그건 왜?라고 내가 말하려는데 어머니가 먼저 입을 열었다. "난 이것 없으면 못 잔다. 너도 나이들어봐라." 그밖에 관절염에 좋다는 파스 스무 장, 박카스 한 박스, 종합비타민, 감자팩, 자명종 등등을 챙겼다. 자명종은 필요없다고, 호텔에서 깨워준다고, 몇번이나 말을 해도 소용없었다. "내가 영어를 못하는데 몇시에 깨워달라고 어떻게 말하냐?" 어머니는 버력 화를 냈다. 입짧은 아버지를 위해 김과 고추장과 참치캔도 챙겼다. 아버지는 어머니 몰래 팩소주 다섯 개를 가방에 집어넣었다. 트렁크는 캐나다 이민을 갔다 오년 만에 대머리가 되어 돌아온 외삼촌에게 빌린 것이었다. 외삼촌은 트렁크의 자물쇠 번호를 잊지 말라고 몇번이나 당부했다. "내 생일이야. 4월 28일. 0428. 알았지?" 어머니가 기억력이 그다지 좋지는 않았지만 그날을 잊을 리는 없었다. 외삼촌이 결혼하기 전까지 미역국을 끓여준 사람은 어머니였으니까. 어머니는 본인의 생일은 지나쳐도 집안의 희망이던 오라버니의 생일만은 잊지 않았다. 집을 나서기 전에 어머니는 두 팔을 벌려 나를 껴안았다. "잘 갔다올게. 고맙다, 우리 효녀." 그 옆에 서 있던 아버지가 말했다. "내 혈압약 챙겼어?"

여행의 마지막날, 아버지는 호텔방에서 아껴두었던 팩소주를 마셨다. 어머니는 여행지에서 산 물건들을 챙겼다. 중국풍의 다기쎄트, 꽃무늬가 새겨진 커피잔, 세 종류의 원두커피, 눈이 세 개 달린 목각인형, 붉은색 구슬로 만든 커튼, 손잡이가 자기로 된 거울, 호텔에서 신던 슬리퍼, 호텔 욕실에 있던 일회용 칫솔과 비누, 뼈를 자라게 한다는 가루약, 관절에 좋다는 알약, 가짜 나이키 운동화 등등이었다. 어머니가 물건을 살 때마다 아버지는 잔소리를 했다. 그럴 때마다 어머니는 말했다. "당신이랑은 다시는 여행 안 다닐 거야." 여행중 아버지와 어머니는 딱 두 번 의견일치를 보았다. 한번은 식당에서도 물을 사먹어야 된다는 사실을 알았을 때였다. "역시 내 나라가 최고야." 두 분은 동시에 말했다. 또다른 한번은 탁자를 살 때였다. 부모님은 벼룩시장의 뒷골

목에서 타일로 장식된 탁자를 발견했다. "저거 사자." 역시 두 분은 동시에 말했다. 탁자는 물건값보다 더 비싼 운반비를 치러야 했다. 짐정리를 마친 어머니는 침대에 누워 허리 찜질을 하기 시작했다. 아버지는 마지막 잔을 마시면서 속으로 다짐했다. 일년에 한번씩은 꼭 여행을 다녀야겠어. 갑자기 어머니가 침대에서 벌떡 일어나더니 전화기를 들었다. "뭐 하게?" 아버지가 물었다. "집에 전화하게." 어머니는 가이드가 적어준 대로 전화기 버튼을 눌렀다. "공항으로 가다 교통사고가 났어요. 당연히 외국으로 도망을 못 갔죠." 전화를 받은 내가 말해주었다. "그리고 남편은 위암 말기래요." 뭐야 여기까지 와서 드라마 타령이야, 하는 아버지의 소리가 들려왔다. 나는 거실을 둘러보며 내일 아침에는 청소를 해야겠네, 하고 생각했다. "맞다. 토요일." 아버지의 소리가 아까보다 더 크게 들려왔다. 어머니로부터 전화기를 빼앗은 아버지가 내게 물었다. "거기 몇시냐?" 나는 대답했다. "이제 막 드라마가 끝났어요." 전화기 저편에서 희미한 한숨소리가 들리는 듯했다. 아버지는 잘 있으라는 말도 없이 전화를 끊었다. "복권 사는 걸 잊었어." 아버지가 말했다. 어머니는 아버지의 목소리가 이상하다고 느꼈다. 어머니에게 사랑한다고 말할 적에도 목소리가 떨리지 않던 사람이었다. 어머니는 정리했던 가방을 뒤져 혈압약을 꺼냈다. 그리고 아버지의 입을 억지로 벌려 약을 먹였다.

*

　매주 토요일이면 아버지는 로또복권을 샀다. 정확히 말하면

2004년 9월 25일부터였다. 그해, 나는 맹장수술을 했고 어머니는 늘어나는 뱃살을 고민하다 러닝머신을 샀다. 캐나다로 간 외삼촌은 종종 전화를 걸어서는 외롭다고 말했다. "돈을 벌려면 외로워야지." 어머니는 외삼촌에게 말했다. 그때마다 아버지는 고개를 갸웃거렸다. 어머니는 하루에 한시간씩 달리기를 했지만 뱃살은 줄어들지 않았다. 나는 아이스크림을 끊으라고 말했다. 어머니는 아이스크림을 처음 먹어본 그때를 잊을 수가 없었다. 국밥집에서 일을 하기 전 어머니는 옆마을 방씨네서 식모살이를 했다. 그 집에는 아이를 낳은 후 산후통을 심하게 앓는 며느리가 있었다. 어머니는 기저귀를 빨면서 죽어도 아이 따위는 낳지 않을 거라고 결심했다. 어느 여름날, 방씨네 식구들은 마루에 둘러앉아 아이스크림을 먹었다. 칭얼거리던 아이도 아이스크림을 입에 넣어주자 텔레비전 선전에 나오는 아기들처럼 웃었다. "난 한 숟가락밖에 못 먹었단다." 어머니는 그날 이후로 방씨네 식구들에게 섭섭한 마음이 들기 시작했는데 시간이 지나도 그 마음이 사라지지 않았다. 어머니는 아이스크림 한 숟가락에 일곱살 이후로 가슴 어딘가에 걸려 있던 묵직한 돌덩어리가 녹아내리는 것을 느꼈다. "단 한 숟가락만 먹었을 뿐이었는데 말이다." 아버지가 같이 잡시다,라고 말했을 때 어머니는 아이스크림 먹으러 가요,라고 대답했다. 어머니가 처음으로 배운 영어단어는 투게더였다. "난 어떤 일이 있어도 아이스크림을 끊을 수는 없어." 어머니가 말했다. 뱃살이 줄어든 것은 어머니가 아니라 아버지였다. 러닝머신을 쳐다보면서 할부금을 갚으려면 몇달이 남았는지를 생각하면 저절로 살이 빠진다고 아버지는 말했다. 그제야 어머니는 아버지의 공장이 다른 사람에게 넘어가기 직전이라는 것을 알았다. 아버지는 채권자들을 피해 아무 연고도 없는 지방으로 도피를 했다. 역전여인숙 301호의 텔레비전은 채널이 하나밖에 잡히지 않았다. 아버지는 야구경기를 보기 위해 안테나를 이리저리 움직이다 포기하고 여인숙 천장의 얼룩을 바라보면서 긴긴 밤들을 보냈다. 아버지 말에 의하면, 숫자는, 잠 못 이루던 그 밤에 만들어졌다. 갚아야 할 빚과 갚을 수 있는 빚을 계산하다보면 누구나 머릿속에 숫자가 빙빙 돌게 마련이겠지만.

"그날 이후로 단 한 주도 잊은 적이 없었어." 아버지가 입을 열었다. 트렁크는 수화물 꼬리표가 붙은 채로 거실에 놓여 있었다. 어머니는, 여행중에 산, 챙이 넓은 모자를 화장실 문고리에 걸어두었다. 눈밑 기미가 조금 더 짙어진 것 같았다. 역전여인숙 301호에서 돌아온 후, 아버지는 친구의 도움으로 지우개를 만드는 공장의 공장장이 되었다. 아버지는 여인숙에 누워 도와달라고 말할 친구가 있는지를 곰곰이 생각해보았다. 아침이 되어도 생각나는 친구가 없었다. "너도 후회하기 전에 친구들 관리 잘해라." 나는 그 순간을 놓치지 않고 그러려면 용돈이 더 필요해요, 하고 말했다. 어머니가 나를 쪠려보았다. 아침을 거르고 점심도 거른 후, 아버지는 가까스로 한명의 친구를 생각해냈다. 고등학교 이학년 때 아버지는 정학을 맞은 적이 있었다. 아버지의 짝은 늘 죽고 싶다는 말을 입에 달고 사는 아이였다. "그 말을 하도 듣다보니 언제부터인가 나도 모르게 그 말을 따라하게 되더라." 아버지는 무심코 내뱉는 말 한마디가 언젠가 자신의 삶을 지배하게 될 것이라고 여겼다. 그래서 아버지는 짝의 말버릇을 고쳐주기로 결심했다. 짝의 어머니는 원치 않는 임신으로 아이를 낳았는데 그 때문에 자신의 인생이 꼬이기 시작했다고 생각했다. 아버지는 짝에게 가짜 자살극을 벌이자고 했다. 아버지가 대신 유서를 썼다. "그놈보다 내가 국어 점수가 더 좋았거든." 말끝마다 욕을 달고 사는 생선장수의 마음을 움직이기 위해서는 멋진 구절들이 필요했다. 아버지는 세계문학전집을 읽었고 그 때문에 유서를 완성하는 데 한달이나 걸렸다. 유서를 쓰는 동안 아버지는 약간의 우울증을 앓았다. 유서를 우편으로 보낸 뒤, 아버지는 짝을 공장 창고에 숨겨주었다. 우울증으로 밥맛을 잃은 아버지는 도시락을 창고에 숨은 짝에게 주었다. 짝은 도시락통을 돌려주면서 넌 좋겠다, 음식 잘하는 엄마를 두어서,라고 말했다. 아들이 죽었다고 생각한 생선장수 아주머니는 손님이 와도 생선을 팔지 않았다. 생선들이 썩어나가기 시작했다. 가짜 자살극 이후에 생선장수는 더이상 아들에게 욕을 하지 않았다. 대신 아들의 친구에게 욕을 했다. "결국 그 생선값을 내가 물어줘야 했단다." 아버지는 전화를 해서 그때 그 생선값을 돌려주지 않겠느냐고 물었다. 전화기 저편에서 친구는 말했다. "그게 얼마나 되었는데?" 친구는 비록 직원이 세명밖에 되지 않는 작은 공장이지만 맡아서 해보지 않겠느냐고 말했다. "십년 후에 열배로 늘려놓을게." 아버지는 대답했다. 전화를 끊고 아버지는 역전추어탕에 전화를 걸어 통추어탕 한그릇과 소주 한병을 주문했다. 추어탕을 먹으면서 아버지는 김칫국물이 묻은 신문을 읽었다. 배달될 때 그릇을 덮고 있던 신문이었다. 신문은 24일자였다. 오늘 신문이면 더 좋았을 텐데, 하고 아버지는

14

생각했다. 그때 머릿속에서 무엇인가가 반짝였다. 아버지는 가방을 뒤져 볼펜을 찾아냈다. 그러고는 24라는 숫자에 동그라미를 쳤다. "그건 그 친구의 번호였어. 고등학교 이학년 때. 내 짝은 24번. 나는 25번이었지." 아버지는 추어탕 한그릇과 소주 반병을 마셨다. "웬일로 소주를 남겼어?" 어머니가 물었다. "글쎄, 뭐라고 설명할 수 없지만, 나머지 반병은, 훗날을 위해 남겨두어야 할 것만 같았어."

어릴 적 아버지의 꿈은 시계수리공이 되는 거였다. 공고를 다닐 적에 학교에서 아버지만큼 시계를 잘 고치는 학생은 없었다. "니 아버지는 시계 초침소리를 좋아하지." 어머니는 결혼기념일마다 아버지에게 시계를 사주었다. 할아버지는 아버지가 공장을 이어받길 원했다. 공장은 자전거바퀴와 리어카바퀴를 만들었다. 할아버지는 무엇이든 굴러가는 것을 만들어야 인생도 잘 굴러가는 법이라고 말했다. 할아버지는 전쟁통에 손가락 세 개를 잃어버렸는데 아침마다 늦잠을 자는 아버지에게 마디가 잘린 손가락을 보여주면서 말했다. "내가 이런 손가락으로도 성공할 수 있었던 것은 일찍 일어난 덕분이란다." 아버지는 훗날 자식이 생기면 절대 잔소리를 하지 않겠다고 다짐했다. 물론 그 다짐은 지켜지지 않았지만. 아버지는 신문의 공간에 3이라는 숫자를 적었다. 그건 할아버지의 잘린 손가락 수였다. 아버지가 할아버지에게 공장을 팔자고 했을 때 할아버지는 목침을 집어던졌다. 아버지는 재빨리 몸을 움직여 목침을 피했다. "내가 운동신경이 좋거든." 그러자 옆에 앉아 있던 어머니가 아버지의 무릎에 손을 올려놓았다. "당신이 목침을 피해서 어떤 일이 벌어졌는지 잊었어?" 아버지를 빗나간 목침은 거실에 걸려 있던 벽시계를 맞혔다. 벽시계의 유리는 산산조각이 났다. 며칠이 지난 후 나는 걸음마를 배우다가 마루 틈에 박혀 있던 유릿조각을 밟았다. "그럼 이 상처가 그때 그 상처예요?" 나는 양말을 벗어 발뒤꿈치의 상처를 가리켰다. "니 엄마가 제대로 치우질 않아서 그렇단다." 아버지는 밤새 부서진 벽시계를 고쳤다. 하지만 시계 종소리만은 고치지 못했다. 시계를 다 고친 후, 아버지는 할아버지에게 두 손을 내밀었다. "이 손을 보세요. 저도 손톱이 다섯 번이나 빠졌다고요." 아버지는 할아버지의 공장을 팔았다. 할아버지가 아끼던 땅을 담보로 잡힌 후 자동차 브레이크 페달을 만드는 공장을 인수했다. 할아버지는 노인정에서 십원짜리 화투를 치며 노년을 보냈다. "만약 니 할아버지 손이 정상이었다면 틀림없이 도박꾼이 되었을 거야." 아버지의 말에 나도 어머니도 고개를 끄덕였다. 화투를 칠 때 할아버지의 눈빛은 언제나 반짝였다. 돌아가시기 몇년 전부터 할아버지는 나를 죽은 오빠와 헷갈려했다. 나는 할아버지를 위해 일부러 남자 목소리로 대답해주곤 했다. "미안하다. 미안해." 어머니가 내 머리를 쓰다듬어주었다. 그 오빠가 태어난 날은 4월 9일이었다. "그날은 공장 직원들끼리 싸움을 했지. 직원들이 서로 그만둔다고 난리를 피웠단다." 할아버지는 아버지를 공장 한복판에 세워놓은 채 한시간 이상 잔소리를 해댔다. 할아버지의 억양이 높아지려고 할 때 사무실에서 전화벨 소리가 들려왔다. 전화를 받은 직원이 소리쳤다. "아들이랍니다." 그 소리를 들은 아버지는 할아버지에게 말했다. "이제 그만 혼내세요. 저도 애아버지가 됐으니까." 공장 직원들이 웃었다. 아버지는 그때의 웃음소리가 다시 들리는 것만 같았다. 그만두겠다고 한 직원들이 이렇게 좋은 날을 망칠 순 없죠,라고 말하며 서로 화해를 했다. 아버지는 신문지 위에 숫자 4와 9를 커다랗게 썼다. 아버지가 좋아하는 개그맨의 얼굴 위로 숫자 9가 새겨졌다.

"다른 숫자는 뭐예요?" "너는 몰라도 아마 네 엄마는 맞힐 수 있을지도 모르겠다." 아버지가 자리에서 일어나 트렁크를 열었다. "힌트를 줘야지." 어머니가 말했다. 아버지는 트렁크에서 붉은 구슬로 만든 커튼을 꺼냈다. 그러고는 어디에 달아야 하나,라고 말하며 집 안을 둘러보았다. "부엌에요." 내가 말했다. "그래도 조금이라도 힌트를 줘." 어머니가 다시 말했다. "당신이 가장 기뻐했던 것 중 하나!" 아버지가 부엌 입구에 못을 박았다. 구슬 커튼을 달면서 나는 말했다. "공부 그만두고 주술사가 될까봐요." 아버지가 구슬들을 흔들었다. 어머니가 아, 하고 이마를 치더니 가방을 뒤지기 시작했다. "이거 너 주려고 산 거야. 뼈를 자라게 한다더라." 이상한 냄새가 나는 가루약이었다. "고작?" 부모님이 고개를 끄덕였다. 나는 고맙다는 말을 하지 않았다. 가방을 뒤져보니 마음에 드는 물건이 하나도 없었다. 나는 무릎과 팔꿈치가 그려진 약병을 가리켰다. "이게 뭐예요? 비아그라죠?" 어머니는 손잡이가 자기로 된 거울을 꺼내 얼굴을 들여다보았다. "주름이 늘었어. 그건 그렇고 나는 기뻤던 일들이 별로 없는 것 같은데……" 아버지가 눈이 세 개 달린 목각인형을 거실 장식장에 올려놓았다. "우리가 처음으로 마련한 아파트. 이게 마지막 힌트야." 어머니는 거울을 내게 건네주면서 말했다. "이거 너 시집 갈 때 물려주마." 나는 거울 보는 것을 싫어했기 때문에 조금도 물려받고 싶은 생각이 없었다. 게다가 디자인도 내 취향이 아니었다. 하지만 할 수 없이 고맙다고 대답했다. 호텔에서 신던 슬리퍼는 거실 입구에 가지런히 놓였다. 어머니가 외삼촌에게 전화를 해서는 선물은 기대도 하지 말라고 말했다. 가방 비밀번호가 맞지 않아서 어머니는 밤을 새워야 했다. 친척들의 생일을 다 찍어봤지만 허사였다. 결국 어머니가 선택한 것은 0001번부터 시작해서 번호를 하나씩 더하는 방법이었다. "그래서 찾아낸 번호가 뭔지 알아요? 7749예요." 전화기 저편에서 외삼촌이 대답했다. "내가 7749라고 안 그랬니?" 전화를 끊은 어머니의 눈에 눈물 한방울이 맺혔다. "오빠도 이제 늙은 거야. 그 총명하던 사람이." 나는 재빨리 휴지 한장을 어머니에게 건네주었다. 어머니가 코를 풀었다. "아, 생각났다. 105동 304호." 아버지가 딩동댕, 하고 말했다. 이사를 가는 날 어머니는 아버지에게 이젠 더이상 연탄을 안 갈아도 되는 거지?라고 몇번이나 물었다. 하나밖에 없는 아들의 목숨을 앗아간 것은 연탄가스였다. 역전여인숙 302호에서 여자의 신음소리가 들려왔다. 아버지는 조용히 해, 하고 소리쳤다. 주먹으로 벽을 몇번 치기도 했다. 아버지는 신문지에 15와 34라는 숫자를 적었다. 잠시 후 누군가가 301호의 방문을 발로 걸어 찼다. "너 나와봐." 아버지는 아무 대답도 하지 않았다. 소리가 밖으로 새어나갈까봐 이불로 입을 막고 기침을 했다. 한참이 지난 후 아버지는 15라는 숫자에 가위표를 치고 34라는 숫자에 동그라미를 그렸다.

나는 커다란 양푼에 밥을 펐다. 그 위에 김치를 송송 썰어 얹은 다음 고추장을 듬뿍 얹었다. 숟가락 세 개를 꽂아서 거실로 가져갔다. "넌 어떻게 우리 마음을 그리 잘 아냐?" 아버지가 숟가락을 들었다. "참기름이 빠졌다." 어머니 말에 나는 다시 부엌으로 달려갔다. "그래서 말이에요, 정말 한 주도 빼먹지 않고 복권을 샀어요?" 아버지가 밥을 비비면서 응, 하고 대답했다. "이상한 게 있네." 어머니는 콩을 골라 아버지 쪽으로 밀었다. "로또는 숫자가 여섯 개 아냐? 근데 당신이 말한 숫자는 다섯 개 같은데. 3. 4. 9. 24. 34. 내가 뭘 빼먹었나." 어머니가 고개를 갸웃거렸다. 아버지가 어머니에게 새끼손가락을 내밀었다. "약속해줘. 화내지 않겠다고." 어머니는 약속을 하지 않았다. "부산으로 출장을 가던 중이었어." 아버지는 부산으로 가는 새마을호를 탔다. 옆자리에는 갓난아이를 안은 여자가 앉아 있었는데, 여자는 몸을 창가 쪽으로 돌리고는 아버지의 눈치를 봐가면서 아이에게 젖을 먹였다. 아버지는 양복 윗도리를 벗어 칸막이를 만들어주었다. 마침내 젖을 다 먹인 여자가 아버지에게 고맙다며 귤을 하나 내밀었다. 귤을 먹으면서 아버지는 무슨 이유에선지 딸이 자신에게 말을 건네지 않는다는 이야기를 했다. "죄송해요. 그땐 사춘기였어요." 내 입에서 밥풀이 튀어나왔다. 여자는 아버지 쪽으로 고개를 약간 숙이고 이야기를 들어주었다. 아버지는 부산에 도착할 때까지 쉬지 않고 이야기를 했다. "당신은 원래 말이 없잖아." 어머니가 아버지의 숟가락을 툭 건드렸다. 부산역에 도착하자 여자는 아버지에게 가벼운 목례를 했다. 어디 가서 식사라도,라는 말이 아버지의 목구멍을 간질였다. "왜 그런지 모르겠지만 그 여자랑 밥을 먹고 싶었단다." 아버지가 망설이는 사이 여자는 지하철역 쪽으로 걸어갔다. 사람들 사이로 여자의 뒷모습이 보였다가 사라졌다가 다시 보였다. 아버지는 달려가 그 여인을 와락 안고 싶은 충동이 일었다. "정말?" 어머니가 말끝을 올렸다. "아버지, 대답 잘해야 해요." "브레이크 페달을 만들면서 나는 살면서 중요한 게 뭔지 알게 되었지. 그건 잘 멈추는 일이거든." 여자에게 달려가는 대신 아버지는 기차표를 만지작거렸다. 아버지는 오랫동안 그날의 기차표를 버리지 않았다. 좌석번호가 38이었다. 아버지는 가끔 혼자 극장에 갔는데 그럴 때면 꼭 38번 좌석에 앉아 영화를 보았다. "내가 보기엔 전혀 행운의 숫자가 아니야. 하. 하." 어머니는 입을 크게 벌리고 웃었다. "억지로 웃는 거 다 보여요." 내 말에 웃음을 멈춘 어머니는 밥을 더 먹을까,라고 중얼거렸다. "아냐. 행운의 숫자가 맞아. 이번주 당첨번호였거든." 어머니가 들고 있던 숟가락을 놓쳤다. 숟가락이 바지를 스쳐 거실 바닥으로 떨어졌다. "하. 하. 하." 아버지가 고개를 뒤로 젖히고는 과장되게 웃었다. 나는 오른손으로 오른뺨을 때렸다. 해가 졌지만 거실 불을 켜지 않았다. 양푼에 남은 밥이 말라 딱딱해질 때까지 우리들은 숟가락을 든 채 그대로 앉아 있었다.

*

아버지는 식구들에게 신선한 물을 먹여야 한다며 약수터를 다니기 시작했다. 기상시간을 여섯시로 앞당겼다. "재수를 하려면

20

건강해야 한다." 아버지는 자고 있는 나를 깨워 약수터에 가자고
했지만 그때마다 나는 내일부터,라고 말했다. 아버지의 아침 식
단은 언제나 똑같았다. 눌은밥과 오징어젓갈과 무말랭이. 가끔은
돼지고기로 만든 장조림이 추가되기도 했다. 점심은 다른 약속이
없는 한 공장 식당에서 돼지고기를 넣은 김치찌개를 먹을 것이
다. 오후가 되면 어머니에게 전화를 해서 몇시에 퇴근할 예정인
지를 알렸다. 저녁식사 후에는 키를 자라게 한다는 이상한 가루
약을 한 숟가락씩 드셨다. "나도 키가 작은 편이잖니." 그리고 거
실 소파에 누워 텔레비전을 보다 잠이 들었다. 아버지는 더이상
뉴스를 보지 않았다. 아버지는 신문지국에 전화를 걸어 사설이
마음에 들지 않아 더이상 신문을 볼 수 없다고 말했다. 지국장은
삼개월 무료 혜택을 받았기 때문에 의무적으로 일년은 구독해야
한다고 대답했다. "돈 돌려주면 될 거 아냐." 아버지가 소리를 질
렀다. 뉴스를 보는 대신 아버지는 케이블TV에서 방영하는 외국
드라마들을 보기 시작했다. 「PD수첩」 할 시간이에요,라고 말해
도 아버지는 드라마 보는 것을 멈추지 않았다. 아버지는 즐겨 보
는 드라마들의 방송시간표를 적어 텔레비전 옆에 붙였다. 어느날
아버지는 퇴근길에 카스텔라를 사가지고 왔다. "재수 그만두고
제빵학원에 다닐까봐요." 어머니가 과일이 담긴 접시를 아버지
쪽으로 밀었다. "이런 생각을 하는 놈에겐 과일도 아까워." 아버
지는 내게 이제는 카스텔라를 먹을 수 있겠느냐고 물었다. "무슨
소리예요?" "넌 예전에 카스텔라를 안 먹었어. 그러니까 그때가
여덟살이었나……" 아버지가 코를 긁었다. 내가 어릴 적에 아버
지는 자는 나를 깨워 카스텔라를 먹인 적이 있었다. 거나하게 술

에 취한 아버지는 집으로 돌아오는 길에 이런 생각이 문득 들었다. '오늘 아침에 왜 미역국을 먹었지?' 아버지는 비틀거리는 발걸음을 애써 추스르며 무슨 날인지를 생각해보려고 애썼다. 마침 눈앞에 제과점이 보였다. 문을 닫으려는 제과점을 향해 달려가면서 아버지는 가족을 위해 멋진 케이크를 사야겠다고 마음먹었다. 제과점에는 케이크가 남아 있지 않았다. 할 수 없이 카스텔라를 사면서 아버지는 종업원에게 아내의 생일이라고 말했다. 아버지는 카스텔라에 긴 초 네 개와 작은 초 한 개를 꽂고는 자고 있는 나와 어머니를 깨웠다. "아빠, 그런데 왜 나이가 이렇게 많아요?" 나는 눈을 비비며 말했다. 아버지가 자식의 나이를 마흔한살이라고 착각했다고 믿은 나는 상심한 나머지 카스텔라 한통과 카스텔라를 감싸고 있던 종이와 다섯 개의 초를 모조리 먹어치웠다. "설마 제가 초까지 먹었겠어요. 안 그래요, 엄마?" 어머니가 카스텔라를 먹으면서 말했다. "맛있네. 그리고 언제 당신이 카스텔라를 사왔어? 단팥빵도 안 사왔어." 아버지가 어머니의 포크를 빼앗았다. "당신 먹지 마. 내가 다 먹을 거야." 아버지는 카스텔라를 씹지도 않고 삼켰다. 나는 오렌지주스를 꺼내 얼른 아버지에게 건넸다. 아버지는 주먹으로 가슴을 쳤다. "오늘 버스정류장에서 말이다, 은행나무를 봤어." 카스텔라를 다 먹은 후 아버지가 다시 입을 열었다. 아버지는 버스가 왔는데도 타지 않았다고 한다. 다음 버스도 타지 않았다. 다섯 대의 버스를 거른 후 아버지는 고개를 들어 하늘을 보았다. 잎이 하나도 남지 않은 나무가 보였다. 무슨 나무일까? 아버지는 마음속으로 생각했다. "은행나무네요." 아버지 옆에 서 있던 사람이 말했다. 아버지는 고개를 돌려 옆사람을 보았다. 그도 고개를 들고 나무를 보고 있었다. 그 남자가 보고 있는 나무에는 노란 은행잎이 가득 달려 있었다. "이상하지 않니. 두 그루의 나무가 나란히 서 있는데, 한 그루에는 잎이 가득하고 다른 한 그루에는 잎이 하나도 남아 있지 않고." 어머니가 아버지 이마에 손을 대보았다. "감기 기운이 있는 거 아냐. 그리고 지금은 오월이야." 아버지가 카스텔라 종이를 반으로 접었다. "애가 또래 아이들보다 통통해진 건 그때부터였어. 그날 이후로 넌 카스텔라를 안 먹었잖아." 나는 아버지 앞에 놓인 카스텔라 종이를 내 앞으로 가져왔다. "걱정 마요. 이젠 다 잘 먹어요." 나는 카스텔라 종이를 두 번 더 접어서 먹었다. "집이 너무 지저분해. 도배를 해야겠어." 아버지가 거실 천장에 난 얼룩을 가리켰다. "뱉어." 어머니가 말했다. 나는 씹고 있던 카스텔라 종이를 꿀꺽 삼켜버렸다.

아버지가 벽지를 골랐다. 어머니는 허리와 무릎에 파스를 붙이면서 나이들어 이게 뭔 고생이야, 하고 구시렁거렸다. "내가 다 알아서 할게." 줄자로 거실 벽을 재던 아버지가 소리쳤다. "너는 풀칠 담당." "네." 나는 뒤꿈치를 붙이고는 거수경례를 했다. 베란다로 가서 분홍색 플라스틱 대야를 꺼내왔다. 도배풀에 물을 섞어 국자로 저었다. "묽게 해라." 아버지가 벽지를 잘랐다. 나는 손가락으로 풀을 찍어 맛을 보았다. "그거 먹으면 안된다." 어머니가 말했다. "변비에 걸릴지도 몰라." 나는 붓에 풀을 묻혀서는 벽지 뒷면에 거짓말,이라고 썼다. 그러고는 그 위에 풀을 덧칠해서 글자를 지웠다. 아버지가 위를 잡고 어머니가 아래를 잡았다.

아버지가 의자에 올라가 벽지를 붙였다. 어머니가 얼른 빗자루로 벽을 쓸었다. 대나무 한그루가 거실에 자리를 잡았다. "근사해요." 나는 박수를 쳤다. 하지만 다음이 문제였다. 무늬를 맞추는 일이 생각보다 쉽지 않았다. 아무리 해도 대나무 잎이 연결되지 않았다. "괜찮아요. 잎들이 이 뒤로 숨었다고 생각하죠." 나는 아버지가 무늬를 맞춰가며 도배를 하자고 할까봐 마음이 조마조마했다. 아버지는 무엇이 마음에 들지 않는지 얼굴을 찌푸렸다. "다시 바를까?" 그러자 어머니가 우는 벽지를 손바닥으로 누르면서 말했다. "무늬 맞출 생각 하지 말고 똑바로 바르기나 해." 나는 벽지마다 풀로 글자를 써넣었다. 거짓말 다음에는 어머니 이름을 썼다. 다음에는 아버지 이름을. 오빠 이름은 쓰지 않았다. 용돈 100% 인상이라고 쓰기도 하고, 삼수는 안돼!라고 쓰기도 했다. 거실 벽을 바르고 나자 한나절이 지났다. "배고파요." 아버지는 이사를 하거나 도배를 하는 날은 반드시 자장면을 먹어야 한다고 했다. 그런 법이 어디 있는데, 하고 어머니가 되물었다. "몰랐어? 그건 초등학교 사학년 교과서에 나와." 점심을 먹은 후 거실 천장을 바르기 시작했다. 천장 벽지에는 하늘, 바다, 구름 따위의 글자들을 적기로 했다. 집에 있는 의자를 다 동원해도 천장까지 팔이 닿지 않았다. "이제 아셨죠? 키가 작은 것은 유전이에요." 아버지는 다용도실에서 교자상을 꺼냈다. 상을 편 다음 그 위에 의자를 올리자 어머니가 안된다고 소리쳤다. "이게 얼마나 비싼 건데. 무형문화재가 만든 거란 말이야." 아버지가 의자에 올라섰다. "또 사주면 되잖아. 모두 다 내 돈으로 산 거면서." 아버지의 말에 어머니가 들고 있던 빗자루와 마른걸레를 던졌다. "난

안해." 어머니는 안방으로 들어가 방문을 잠갔다. "나 혼자서 할 수 있어." 하지만 한시간이 넘도록 아버지는 벽지 한장을 붙이지 못했다. 두 팔을 벌려 천장 벽지를 받쳐든 채 아버지는 내게 말했다. "좀 도와줘." 아버지의 얼굴이 이내 벌게졌다. 나는 베란다로 가서 카메라 삼각대를 꺼내왔다. 다리를 길게 늘인 삼각대로 벽지를 받쳤다. "이러면 팔이 다섯 개인 것과 같아요." 내가 말했다. "이럴 때는 머리가 잘 돌아가면서, 공부는 왜 그렇게 못하나?" 나는 삼각대 다리 하나를 움직여 아버지의 엉덩이를 찔렀다.

그날 새벽이었다. 물을 마시려고 나왔더니 아버지가 텔레비전을 보고 있었다. 나는 아버지 옆에 앉아 같이 텔레비전을 보았다. "재미있어요?" 아버지가 팔짱을 낀 채 나를 내려다보았다. "그렇게 멍청한 질문이 어디 있냐?" 아버지가 말했다. "재미없다면 내가 이 새벽에 왜 이걸 보고 있겠냐." 텔레비전 위에는 눈이 세 개 달린 목각인형이 앉아 있었다. "저 인형이 왜 저기 있어요?" 아버지가 텔레비전에서 눈을 떼지 않은 채 검지를 입술에 대고 조용히 하라고 표시했다. 아버지는 한참 후에야 다시 말을 하기 시작했다. "중요한 장면이었어. 아! 저 인형. 내가 저기에 갖다 놨다." 나는 인형의 눈을 노려보았다. 마음속으로 육십을 셀 동안 눈을 한번도 깜빡이지 않았다. "인형 눈동자 색이 모두 다르네요." 아버지는 그걸 알아차렸구나,라고 말하며 내 머리를 쓰다듬었다. "저 드라마는 말이다, 기적이란 게 없단다." "드라마에서 기적은 중요하지 않아요. 우연이 중요해요." 아버지가 채널을 다른 곳으로 돌렸다. "아버지?" 나는 조용히 아버지를 불렀다. "왜." 거실이 아까보다 조금 환해졌다. 해가 뜨기 전 안개에 싸인 대나무숲에 와 있는 기분이 들었다. 나는 심호흡을 했다. 도배풀 냄새만 맡아졌다. "제 원망 안해보셨어요. 제가 여행만 안 보내드렸어도 복권을 샀을 텐데." "내가 공장에서 무얼 만드는지 알지?" 나는 고개를 끄덕이려 했지만 이상하게 고개가 움직이지 않았다. "지우개를 만들면서 나는 인생에서 중요한 게 무엇인지 알았단다. 그건 잘 지우는 거란다." 아버지는 리모컨을 눌러 텔레비전을 껐다. "그런데, 솔직히, 잘 지워지지가 않아." 나는 오줌이,라고 말하면서 자리에서 일어났다. 오줌은 나오지 않았지만 마음속으로 삼십 초를 센 다음 변기 물을 내렸다.

아침이 되자 아버지는 눌은밥에 오징어젓갈과 무말랭이를 얹어 식사를 했다. "다녀올게." 아버지는 현관에 서서 거실을 향해 큰 소리로 말했다. 설거지를 하던 어머니가 뒤도 돌아보지 않고 갔다 와, 하고 대답했다. 나는 잠결에 현관문이 열렸다가 닫히는 소리를 들었다. 점심에 회사에서 집으로 전화가 왔다. 직원은 아버지가 출근을 하지 않았다고 말했다. 저녁이 되자 어머니가 회사로 전화를 걸어 아직도 출근하지 않았느냐고 물었다. 사흘 뒤, 아버지의 휴대폰이 편지함에서 발견되었다. 그리고 동남아의 어느 벼룩시장에서 산 탁자가 배달되었다. 어머니는 탁자를 거실 한복판에 놓았다. "아무리 생각해도 이게 아니었던 것 같아." 어머니는 다른 탁자가 배달된 것 같다고 말했다. "이것보다 훨씬 예뻤단다." 어머니는 꽃무늬가 새겨진 커피잔을 꺼냈다. 나는 소파에 누워 대나무의 수를 세고 또 셌다. 벽지는 들뜨기 시작했다.

"내가 그 이야기 해줬니. 우리 엄마가 어떻게 돌아가셨는지." 나는 모서리가 벌어진 천장 벽지를 보면서 아니,라고 대답했다. 어머니는 내게 외할머니 이야기를 해준 적이 없었다. 그러고 보니 다이어트를 하겠다며 무리하게 밥을 굶던 내게 어머니는 이런 말을 한 적이 있었다. "내가 가장 예뻤을 때 우리 엄마는 내 곁에 없었지. 지금 내가 니 곁에 있어 다행이야." 그때 내가 뭐라고 대답했던가. "나 안 예뻐." 그렇게 대답했지만 실은 이런 말이 하고 싶었다. 내가 엄마를 가장 필요로 할 때도 곁에 있어줘. "내가 외할머니 이야기 해줄게." 어머니는 커피 한모금을 마시고 난 뒤 입을 열었다. 외할머니는 어릴 적 천연두를 심하게 앓았다. 얼굴에 난 마마자국만 아니었어도 애 딸린 홀아비에게 시집을 오진 않았을 거라고 어머니는 말했다. 그 덕에 어머니가 태어나긴 했지만. "그럼 외삼촌은 누구 아들이야?" 나는 어쩐지 둘이 닮지 않았더라, 하고 마음속으로 생각했다. "우리 아빠 아들이지." 어머니가 대꾸했다. 암튼, 외증조할머니, 즉 엄마의 할머니는 며느리를 무척이나 구박했다. "구박당한 이야기는 일일이 안해도 되지? 드라마에서 보는 거랑 비슷해." 외할머니는 늘 부엌 부뚜막에 앉아 혼자서 밥을 먹었다. "지금도 그 생각만 하면 눈물이 나. 난 엄마랑 한번도 마주앉아 밥을 먹어본 적이 없어." 뒤뜰에는 커다란 우물이 있었는데 물맛이 어찌나 좋았는지 일부러 물을 마시러 찾아오는 사람이 있을 정도였다. 어느 봄날이었다. 어쩐 일인지 식구들이 모두 외출하고 집에는 어머니와 외할머니 단둘이 남아 있었다. 둘은 뒤뜰에서 햇볕을 쬐며 공기놀이를 했다. 그러면 살이 토실하게 오른 닭이 다가와 공기놀이를 방해하곤 했다. 옆집에는 절름발이 과부가 살았는데 개를 다섯 마리나 키웠다. 그중에서 점박이라고 불리는 놈은 가끔 목사리를 풀고 외할머니의 뒤뜰로 도망을 오곤 했다. 그날도 그랬다. 갑작스럽게 나타난 개에 놀란 닭이 날갯짓을 했다. "닭이 못 난다고 하지. 하지만 난 그때 봤어. 닭이 날았단다. 내 키보다 더 높았던 우물 위로 말이야." 폐병을 앓아 몸이 부실한 아들을 먹이기 위해 시어머니가 애지중지 키우던 토종닭이었다. 그 닭이 우물에 빠지자 외할머니 머릿속에는 오직 한가지 생각밖에 들지 않았다. '혼나기 전에 얼른 닭을 찾아와야 해.' 외할머니는 허리에 밧줄을 묶은 다음 우물 아래로 내려갔다. 우물 밖에서 어머니가 소리쳤다. "엄마, 괜찮아?" "괜찮아." 외할머니의 목소리가 아주 먼 곳에서 들려왔다. "엄마, 닭은 찾았어?" 우물에서 무슨 소리가 들렸는데 외할머니의 목소리는 아니었다. "왜, 닭이 없어?" 이번에는 아무 소리도 들리지 않았다. "내가 할머니한테 잘 말할게. 내가 그랬다고." 어머니는 우물 옆 감나무에 묶어놓은 밧줄을 흔들었다. 줄이 힘없이 흔들렸다. 나중에 우물 속에서 시체를 건졌을 때, 외할머니는 닭을 두 손으로 꼭 껴안고 있었다고 한다.

"걱정 마라. 그걸 견뎠는데 이쯤이야. 게다가 닭고기도 잘 먹잖니." 어머니가 말했다. 갑자기 천장에서 벽지 한장이 뚝 떨어졌다. 벽지가 소파에 누운 내 몸을 반쯤 덮어주었다. "이불 같아." 나는 중얼거렸다.

하다 만 말

지금 이대로도 괜찮아,라고 말할 줄 알았지.
P가 이가 드러나도록 웃었다.
온통 충치투성이였다.
이런 이를 치료하려면
얼마나 돈이 많이 들겠어,
그러니 다행이야,라고 P가 말했다.
나는 다행이야,라고 말할 수 있는 것들에
대해 생각해보았다.
등뒤로 해가 떠올랐다.

시간이 아주 많아진 뒤로, 나는 옥상 난간에 걸터앉아 기억을 거꾸로 돌리는 놀이를 하곤 했다. 등굣길에서 천원짜리 지폐를 발견하고는 얼른 발로 밟아 감추었던 일(사람들이 모두 사라질 때까지 기다리다가 결국 지각을 했다). 엄마 손에 이끌려 서예학원에 갔던 일(선생님, 궁금한 게 있어요. 조깅에서 깅은 무슨 한자예요? 조자는 아침 조를 쓰는 거 맞죠? 이렇게 잘난 척했다가 망신만 당했다). 화장실에 한시간이나 갇혔던 일(밖에서 문을 잠근 사람이 누구였는지 끝내 밝혀내지 못했다). 만화책을 읽다 기절초풍이란 단어를 처음 알았던 일(불리한 일만 생기면 무조건 기절초풍을 외치고 뒤로 나자빠졌다. 뒤통수가 책상 모서리에 부딪혀 찢어진 후 그 버릇은 없어졌다). 오빠에게 양보해라,라는 말이 끔찍하게 싫었던 일(싫어요,라고 말하고 싶었지만 나도 모르게 네,라는 말이 나왔다). 사람들이 아가야, 하고 부를 때마다 마음속으로 난 이제 아가가 아니라고요,라고 외쳤던 일(할 줄 아는 말이 몇마디 없었다). 그렇게 필름을 거꾸로 돌리다보면 어느 순간 내 기억 속에 남아 있는 최초의 장면을 만나게 된다. 도랑에 박힌 세발자전거의 뒷자리에 내가 앉아 있다. 앞자리에 누군가 있는데 아마 오빠가 아닐까, 하고 짐작해본다. 앞자리에 앉은 사람이 입은 스웨터가 이전의 기억 속에서 한번 더 등장하기 때문이다. 여섯살인가 일곱살 무렵의 내가 어디론가 달려가는 장면에서 나는 단풍잎이 그려진 스웨터를 입고 있다. 오빠는 도랑에 빠진 자전거를 꺼내려고 애를 쓴다. 그럴수록 오빠의 오른쪽 다리가 점점 진흙탕 속으로 빨려들어간다. 허공으로 들린 뒷바퀴는 여전히 돌고 있다. 나는 돌고 있는 뒷바퀴를 보며 바큇살에 손가락을 집어넣고 싶다는 생각을 한다. 누군가 내게 취미가 무엇입니까? 라고 묻는다면 나는 이렇게 대답할 것이다. 옥상 난간에 앉아 지는 해를 바라보며 돌아가는 자전거 바퀴를 생각하는 거라고.

식구들은 소파에 앉아 아버지가 돌아오기를 기다리고 있었다. 그들을 보면서, 나는 식구들 각자 간직하고 있는 최초의 기억이 무엇인지 궁금해졌다. 할아버지는 오십년 전의 외상장부를 아직까지 외울 정도니, 아마도 기저귀를 찼던 시절까지 모조리 기억할지도 모른다. 오빠는 수첩을 곁에 두고 살았다. 텔레비전을 보다가, 밥을 먹다가, 어머니의 잔소리를 듣다가, 오빠는 펜을 꺼내 수첩에 무엇인가를 적었다. 아마도 그 수첩에 최초의 기억이 적혀 있을지도 모른다. 자전거를 타고 가다 나를 도랑에 빠뜨린 것은 기억할까? 어머니는, 뭐, 그다지 기대하지 않는다. 가스레인지에 올려놓은 사골이나 까먹지 말고 태우지 않았으면 좋겠다. 오빠가 하품을 하며 리모컨 버튼을 눌러댔다. "그냥 드라마 봐라." 어머니가 말했다. "난 저 여자가 싫어요." 오빠가 말했다. "어차피 네가 저 여자랑 사귈 것도 아니잖니?" 할아버지의 말이 끝나자 오빠는 수첩을 펼쳐 무엇인가를 적었다. "그놈의 사주쟁이 말이 넌 최소한 사법고시에는 합격한다 했는데." 할아버지가 오빠의 머리를 쓰다듬었다. 오빠가 태어났을 때, 할아버지는 용하다는 점쟁이에게 오빠의 평생운수를 받아왔다고 한다. 내가 태어났을 적에는 점쟁이를 찾아가는 대신 술집에서 막걸리를 한말이나 마셨다. 할아버지가 점쟁이에게 사주점을 받아온 것은 그때가 처음이 아니었다. 아버지가 태어났을 적에도 그랬다. 삼대독자였으니까. 할아버지는 소맷부리를 뜯어 그 안에 아들의 사주가 적힌 종이를 넣고 다시 꿰맸다. 그러고는 G시에 산다는 한이라는 점쟁이를 찾아 길을 나섰다. 할아버지가 알고 있는 것은 오직 점쟁이의 이름뿐이었고, G시는 생각보다 넓었다. 할아버지는 눈에 보이는 아무 점집으로 들어갔다. 백두산보살이라는 사람이 흰색 한복을 입고 앉아 있었다. 할아버지는 백두산보살에게 자신의 사주를 적어주면서 이렇게 제안했다. 이 사주를 보고 우리 부모님이 살아 계신지 아닌지를 알아맞히면 내 재산의 반을 드리겠어요. 하지만 맞히지 못한다면 내가 원하는 사람을 찾아주세요. 백두산보살은 사주가 적힌 종이를 한참 들여다보더니 고개를 갸웃거렸다. 말하고 싶지 않네. 내가 진 걸로 하지. 백두산보살은 할아버지에게 약도를 그려주었다. 한이라는 점쟁이는 G시를 떠나 T읍의 산속에서 은둔중이었다. 들리는 소문에 의하면, 권력실세인 정치인이 찾아왔는데도 방으로 들이지 않고 그냥 내쳤다고 한다. 백두산보살은 할아버지에게 한의 마음을 녹일 수 있는 비법을 알려주었다. 그것도 공짜로. 할아버지의 사주를 보니 불쌍하다는 생각이 들었다는 것이다. 할아버지는 걷기 시작했다. G시를 벗어나는 데만도 하루가 넘게 걸렸다. C읍을 지나고 L읍을 지났다. "산속에서 길을 잃어 일주일 동안 칡뿌리만 먹었잖아." 탈진해 쓰러진 할아버지를 살린 것은 심마니였다. 심마니는 그날 아침에 세 뿌리의 산삼을 캤는데 그중 가장 작은 것을 할아버지에게 먹였다. 기운을 차린 할아버지는 심마니가 잠시 자리를 비운 사이에 나머지 두 뿌리의 산삼도 먹어치웠다. 이대독자였으니까. 어릴 적부터 할아버지는 네 몸은 네가 위해야 한다,라는 말을 귀에 못이 박히도록 들으며 살았다. 할아버지를 죽이겠다며 낫을 들고 덤비는 심마니에게 할아버지는 이런 약속을 했다. 산삼 열 뿌리 캐드릴게요. 그후, 할아버지는 심마니와 함께 산삼을 캐러 다녔다. "남자란 무엇보다 약속을 지킬 줄 알아야 한다." 오빠가 소파에 몸을 깊게 파묻고는 고개를 가로저었다. 나도 오빠를 따라 고개를 가로저었다. 할아버지가 단 한뿌리의 산삼도 캐지 못했다는 것은 할아버지를 아는 사람들이면 누구나 다 아는 사실이었다. 심마니가 죽기 전에 찾아와 세 뿌리의 산삼 값을 받아갔으니까. 할아버지는 심마니와 헤어져 다시 점쟁이를 찾아나섰다. 마침내 한이 살고 있는 움막집을 찾아낸 날, 고향에서는 삼대독자의 백일잔치가 성대하게 벌어지고 있었다. 한은 다짜고짜 할아버지의 신을 벗겼다. 고무신을 유심히 살펴본 다음 할아버지에게 양말을 벗어보라고 했다. 발냄새가 움막 안에 가득 퍼졌다. 어찌나 고약했는지, 한구석에서 졸고 있던 고양이가 벌떡 일어났다. 밖으로 달려나간 고양이는 그 다음날이 되어서야 집으로 돌아왔다. 심마니와 산을 헤매는 동안 할아버지의 고무신은 더이상 닳을 곳이 없을 정도로 나달나달해졌다. 뒤축이 찢어진 고무신을 들고 한이 말했다. 원하는 게 뭐야? "백두산보살이 알려준 비법이 그거였어. 걸어가라는 것. 고무신이 찢어져도 다시 사지 말라고 귀띔을 해주었지." 그렇게 해서 할아버지는 아버지의 평생 사주점을 얻어왔다. 할아버지의 고생에도 불구하고 아버지의 사주는 참으로 시시했다. 한은 할아버지에게 이렇게 당부했다. 스무 살이 넘으면 아무 일도 벌이지 말라고 해. 가만히 앉아서 가게세나 받아먹으며 살 팔자야. "오래 산다는 점괘가 없었다면 나는 아마 집으로 돌아오지 않았을 거야. 말년에 효도라도 받아봐야지."

　현관에서 열쇠 부딪치는 소리가 들렸다. "우리도 번호 키로 바꾸어요." 오빠가 말했다. "난 번호 못 외운다." 할아버지가 말했다. 아버지가 문을 여는 동안 식구들은 소파에 앉아 고개만 돌린 채 현관 잠금쇠가 오른쪽에서 왼쪽으로 돌아가는 것을 바라보았다. 아버지가 소파 쪽으로 다가오더니 할아버지와 오빠 사이를 비집고 앉았다. 옷에서는 담배냄새가 심하게 났다. "이게 뭔 냄새야?" 어머니는 손바닥을 코밑에 대고 부채질을 했다. 폐암으로 외할머니를 잃은 뒤로, 어머니는 담배에 대해서 지나치게 예민한 반응을 보였다. 골초였던 외할아버지를 놔두고 외할머니가 폐암 말기 진단을 받자, 어머니는 외할머니가 가장 아끼던 반닫이를 마당 한가운데 놓고 불을 질렀다. 외할머니가 돌아가시면 어머니에게 물려주겠다고 약속한 반닫이였다. 피려면 저 산속에 가서 혼자 피지. 어머니는 사랑방을 향해 소리를 질렀다. 창호지 너머로 외할아버지의 그림자가 비쳤다. 외할아버지는 기다란 담뱃대를 들고 있었다. 담배냄새를 맡을 때마다 어머니는 자꾸 반닫이가 떠올랐다. 그것은 조선 중기때부터 딸에게서 딸에게로 대물림되던 거였다. 그후, 어머니는 「진품명품」이란 프로그램은 보지도 않았다. 지난 이십년 동안 아버지는 무수히 직업을 바꾸었다. 손댔다가 실패한 사업만 열 가지는 넘을 것이다. 할아버지는 가게세나 받아먹으며 살 팔자라고 소리쳤다. 그러니 집에 가만있으라고. 그때마다 아버지는 할아버지에게 이렇게 대꾸했다. 가게세나 받아먹을 팔자라면 세를 받을 가게가 있어야 할 거 아니에요. 그리고 그게 얼마나 좋은 팔잔데요. "어떻게 됐냐?" 가게세를 받아먹으며 살 팔자가 되기 위해 몸부림을 쳤던 아버지에게 할아버지가 물었다. "집이 넘어갔어요." 아버지는 오빠가 쥐고 있던 리모컨을 빼앗아 볼륨을 높이며 말했다. 할아버지와 어머니가 번갈아가며 한마디씩 했지만 아버지의 귀에는 들리지 않았다. 오빠는 수첩에 무엇인가를 적기 시작했다.

식구들은 각자 가지고 있는 통장을 내놓았다. 할아버지의 통장에는 달랑 이백육십오원이 남아 있었다. 할아버지가 평생 모은 돈으로 마련한 이십오평짜리 아파트를 날린 것도 아버지였다. 오빠의 통장에는 이백만원이 넘게 들어 있었다. 틈틈이 아르바이트를 하면서 모은 돈이라고 했다. "공부나 하라니까." 어머니가 오빠의 뒤통수를 때렸다. 어머니의 장점은 무슨 일에도 놀라지 않는다는 거였다. 옆집에 사는 알코올중독자가 휘두르는 낫에 죽을 뻔했던 다섯살 무렵 이후로 어머니는 참으로 많은 일을 겪었다. 병실에 누워 있는 내게 어머니는 이렇게 말해주었다. 걱정 마라. 엄마의 심장은 철로 만들어졌단다. 어머니가 안방으로 가더니 농에 있는 이불을 하나씩 꺼냈다. 결혼할 적에 해왔음직한 두꺼운 솜이불의 홑청을 벗겨내자 통장이 하나 나왔다. 또다른 이불의 홑청을 벗기자 도장이 나왔다. "다른 이불도 다 벗겨?" 아버지가 물었지만 어머니는 대꾸도 하지 않았다. "이 돈이면 어디 방 한칸은 얻을 수 있겠지." 어머니가 통장을 펼쳐 식구들에게 보였다. 딱 방 한칸을 얻을 돈이었다. "난 수험생이에요. 내 방이 필요해요." 오빠가 외쳤다. "넌, 같은 책을 사년 내내 들여다보는 게 지겹지도 않냐?" 할아버지가 혀를 찼다. 그러고는 한참 뜸을 들이다 조심스럽게 말을 꺼냈다. "요즘엔 재혼만 전문으로 해주는 회사가 있다더라. 거기 가입비만 내다오." 할아버지 말에 따르면 당신이 돈 많은 할머니를 만나 재혼하는 게 가장 빠른 길이라고 했다. 아파트를 날리기 전까지 할아버지의 꿈은 음식솜씨가 좋은 여자를 만나 재혼하는 거였다. 할아버지가 돈 많은 여자를 만나 재혼하는 꿈을 꾸게 된 것도 어찌 보면 아버지 탓이었다. "난 절대 드럼은 못 버려요. 제 돈으로 샀어요." "내 방 농은 못 버린다. 죽은 니 어머니가 얼마나 아끼던 건데." "아버님, 재혼하면 어차피 그건 버려야 해요." "여보, 이 소파는 가져갈 수 있을까?" "아버지, 팔 수 있는 건 팔아야죠. 어떤 일이 있어도 방은 두 개 있어야 해요." "그럼, 이 녀석과 내가 같은 방을 써야 한다는 거냐. 매일 밤을 새우는 이 녀석하고? 난 그렇게는 못한다." 그러자 어머니가 조용히 자리에서 일어나 벽을 마주보고 섰다. 어머니는 평생 혼자 방을 써본 적이 없었다. 어릴 적에는 할머니와 같은 방을 썼고, 중학교에 들어가면서부터는 시내에서 자취를 하던 오빠들과 같은 방을 썼고, 공장 기숙사에 있을 적에는 또래 여자애들과 같은 방을 썼다. "월세를 주고라도 방은 두 개짜리를 얻어요." 어머니가 벽에 대고 말했다. "남자들은 남자들끼리 쓰세요. 이젠 나도 방이 필요해요."

식구들이 잠든 사이, 아버지는 목욕탕엘 갔다 왔다. 탕에 몸을 담그며 아버지는 살면서 한번도 때밀이에게 때를 밀어본 적이 없다는 걸 생각했다. 얼마나 탕에 오래 있었는지 아침밥을 먹을 때까지도 벌겋게 달아오른 아버지의 얼굴은 가라앉지 않았다. 청국장에 들어 있는 무를 씹으면서 할아버지가 말했다. "넌 지금 밥이 넘어가냐?" "전 지금까지 한번도 돈을 주고 때를 밀어본 적이 없어요." 아버지가 중얼거렸다. 아버지 입에서 밥알 하나가 튀어나와 물김치 안으로 들어가는 것을 나는 보았다. 아침밥을 먹은 뒤, 어머니는 얼굴에 꼼꼼히 썬크림을 바르고 아버지는 신발장 안쪽에 처박아두었던 운동화를 꺼냈다. "방 두 개요." "농이 들어갈 수 있는지 잘 살펴라." 할아버지와 오빠가 배웅을 했다. 어떤 방은 화장실이 딸려 있지 않았고(화장실만은 포기 못해,라고 어머니가 말했다), 어떤 방은 거실이 너무 작았다(소파에 누워 텔레비전을 보는 것이 내 유일한 행복이었소,라고 아버지가 말했다). 마음에 드는 방은 터무니없이 월세가 비쌌고, 가격이 적당한 방은 지하여서 햇빛이 들어오지 않았다(가뜩이나 애가 우울증이 심한데 이런 지하에서 공부시킬 순 없지, 하고 두 분은 의견일치를 보았다). "내일 다시 봅시다." 아버지가 어머니의 어깨에 손을 올려놓으려다 말았다. 집으로 돌아오는 길에 아버지는 어머니에게 무엇인가 보여주고 싶다고 말했다. 어머니는 아버지를 따라 집 근처에 있는 초등학교 운동장으로 향했다. 아버지는 어머니를 벤치에 앉혔다. 지난밤 아버지는 이 자리에 앉아 담배 두 갑을 피웠다. 아버지는 운동장 건너편에 있는 작은 소나무를 가리켰다. "저기 빨간색 보여? 이곳에 앉아 담배를 피우면서 나는 저게 뭘까 궁금했었어." "가서 보면 되잖아?" "싫어. 그냥 붉은색 열매라고 생각하고 싶어." 지금이 이십오년 전이라면 어머니는 그런 아버지의 모습에 마음이 흔들렸을지도 모른다. 이십오년 내내 마음이 흔들릴 때마다 주먹으로 가슴을 치더니 어머니는 이제 드라마에서 연애를 하는 남녀만 나와도 저절로 가슴으로 주먹이 올라갔다. 어머니가 아버지의 손을 잡고 운동장을 가로질렀다. 소나무 가지에 무엇인지 알 수 없는 물체가 매달려 있었다. 나무에 달려 있기에는 지나치게 무거워 보였다. "혹시 오토바이 아닌가?" 어머니가 말했다. "무슨 오토바이?" 어머니는 손가락으로 운동장에 오토바이를 그렸다. 그러고는 앞부분에 동그라미를 치면서 말했다. "여기 같아. 핸들하고 라이트가 없을 뿐이지." 정말 어머니 말대로 소나무 가지에 달려 있는 것은 오토바이의 부품처럼 보였다. 아버지는 두 손을 허공으로 들어올렸다. 그리고 오토바이 핸들을 잡고 있는 시늉을 해 보였다. "아마도 스쿠터 같아." 아버지의 그림자와 어머니의 그림자가 X자로 겹쳤다. 아버지가 몸을 움직여 두 사람의 가슴이 겹쳐지게 만들었다. 어머니가 몸을 움직여 그림자가 떨어지게 했다. 아버지가 두 손으로 귀를 가려 귀가 없어지게 했다. "그런데 왜 여기에 오토바이 부품이 있는 거지?" 귀가 없어진 아버지의 그림자가 흔들거렸다. "아마도, 오토바이를 타고 이 나무를 뛰어넘으려 했나봐." 어머니의 그림자가 아버지의 그림자를 발로 걸어찼다. 아버지의 그림자는 가만히 있었다. 그 시각, 할아버지와 오빠는 소파에 나란히 앉아 텔레비전을 보고 있었다. 리포터는 서해안 어느 바닷가에서 꽃게를 먹고 있었다. "맛있겠죠?" "그래, 맛있겠다." 해가 건물 뒤로 넘어가면서 부모님의 그림자도 사라졌다. 그림자가 사라지기 직전 아버지는 어머니에게 미안하다는 말을 하려 했다. 하지만 자신도 모르게 이렇게 말해버렸다. "이 오토바이를 몬 사람은 누구였을까?" 오빠와 할아버지는 현관에 서서 부모님을 기다렸다. 아버지의 주머니에서 열쇠 꺼내는 소리가 들리자 오빠가 재빨리 현관문을 열었다. "우리 꽃게 먹으러 가자." 할아버지의 손에는 어머니가 씽크대 안쪽에 감추어두었던 돼지저금통이 들려 있었다. "꽃게는 지방은 적고 단백질과 필수 아미노산의 함유량이 많아요. 특히 고혈압에 효능이 있어요." 오빠가 말했다. 부모님은 놀라 입을 다물지 못했다. 아들 입에서 그렇게 유식한 말이 나올 줄 몰랐기 때문이었다.

오빠는 방송국에 전화를 걸어 리포터가 립스틱이 지워지도록 열심히 게 다리를 뜯어대던 식당이 어디쯤 있는지 알아냈다. "내가 쏜다." 자동차에 앉으며 할아버지가 말했다. "그런데 그 먼 곳까지 가서 먹어야 해요? 동네에서 그냥 먹어요." 아버지는 피곤

했다. "이 차는 고속도로 통행료도 반값 아니냐?" 할아버지는 우리처럼 외식을 자주 하지 못하는 사람들은 어쩌다 한번 먹을 때 제대로 먹어야 한다고 했다. 서해안고속도로를 달리는 동안 어머니는 곤한 잠에 빠져들었다. 어머니는 아버지가 운전하는 차만 타면 이상하게 마음이 편안해졌다. 나 때문에 생긴 불면증을 치료한 것도 아버지의 자동차 안에서였다. 제발 잠 좀 자게 해줘. 새벽마다 어머니는 천장을 보고 중얼거렸다. 아버지는 어머니를 태우고 경부고속도로를 달렸다. 어머니는 아버지의 많은 부분을 미워했지만, 자신을 위해 밤마다 고속도로를 달려준 마음만은 고맙게 간직하고 있다. 식당은 찾기 쉬웠다. 입구에 플래카드가 걸려 있었던 것이다. 식구들은 일층 구석진 자리로 안내되었다. "우리 꽃게찜 먹어요." "난 탕, 소주 한잔 하고 싶네." "비싸네. 그냥 해물찜으로 먹으면 안될까?" 종업원이 물병을 들고 오자 할아버지가 재빨리 주문을 해버렸다. "꽃게찜 대. 해물탕 대." 그냥 작은 걸로 하죠,라고 아버지가 말했다가 할아버지에게 핀잔만 들었다. 그런 배포로 어떻게 사업을 하겠느냐는 거였다. 화가 났는지, 아버지는 할아버지 앞에 놓인 빈잔을 보고도 자신의 잔에만 술을 따랐다. 오빠가 집게발가락을 반으로 가르다 말고 할아버지의 잔에 술을 따랐다. 어머니는 재빨리 암놈이 몇마리이고 수놈이 몇마리인지를 세었다. 아버지는 게를 놔두고 해물탕으로만 숟가락질을 했다. 어머니는 게뚜껑에 밥을 비벼 아버지 앞에 놓아주었다. "빈속에 취해서 누굴 고생시키려고." 더 필요한 밑반찬이 없느냐고 종업원이 다가가 물었다. "어째 암놈보다 수놈이 많아요? 그리고 복분자주 한병 가져다주세요." "전, 산사춘이요." 어머니의 말이 끝나자마자 오빠가 재빨리 말했다. 접시에 게다리 하나만이 남았을 때, 식구들은 할아버지에게 다리를 양보했다. 배는 불렀지만 해물탕 국물에 밥을 비벼먹는 것을 포기할 수는 없었다. 밥 세 공기를 비벼먹은 후, 부모님은 해변에 서서 파도소리에 맞춰 배를 두드렸다. 오빠는 가로등 아래에 서서 수첩에 무엇인가를 적었다. 할아버지는 오빠 등뒤에 서서 수첩을 훔쳐보려 했지만, 눈이 침침해서 아무것도 볼 수 없었다. 해변 입구에는 경고문이 커다랗게 적혀 있었다. 음주수영을 하지 맙시다. 지나치게 선정적인 행위를 하지 맙시다. 글을 읽다 말고 오빠가 큭, 하고 웃었다. 주머니에서 동전을 꺼내더니 '선'자의 ㄴ을 긁어대기 시작했다. 마침내 ㄴ이 지워졌다. 할아버지가 ㄴ이 떨어진 글을 읽었다. 지나치게 서정적인 행위를 하지 맙시다. "아무래도 자고 가야겠어요. 술이 안 깨네." 아버지의 붉은색 셔츠가 바람에 휘날리자 슈퍼맨의 망또처럼 보였다.

아버지는 '세계모텔'이라는 숙소를 찾아냈다. "저기로 가자. 이름이 마음에 든다." 아버지가 앞장서서 걸었다. 모텔은 나라 이름별로 구분되어 있었는데, 가장 비싼 방은 '프랑스'와 '미국'이었다. 모텔 종업원은 '중국'과 '인도'를 권했다. 그 방이 네 명 이상 잘 수 있는 방이라고 했다. "난 중국 싫어. 이딸리아에서 자고 싶어." 아버지가 우겼다. "거긴 커플룸입니다." 종업원이 말했다. 아버지는 네 명이 잘 수 있다고 우겼다. 하지만 어머니가 누가 침대에서 자고 누가 바닥에서 잘 건데요,라고 묻자 더이상 고집을 피우지 않았다. "중국이 머냐, 인도가 머냐?" 할아버지가 오빠에게 물었다. 이왕 자는 거 조금이라도 먼 나라에서 자는 게 좋겠다는 할아버지 말에 모두 찬성했다. "오스트리아가 호주냐?" 어머니의 말에 종업원이 헛기침을 하면서 억지로 웃음을 참았다. 식구들이 방으로 올라간 뒤, 종업원은 곧장 여자친구에게 전화를 걸어서 우리 식구들의 흉을 봤다. 오늘밤, 종업원은 다시 잠들고 싶지 않을 정도로 무서운 악몽을 꿀 것이다. 인도 방에는 정체를 알 수 없는 향냄새가 났다. 향냄새를 맡아서인지 오빠의 머릿속에는 어릴 때 피우던 모기향의 모양이 선명하게 그려졌다. 그리고 달팽이 모양으로 머릿속이 빙빙 돌기 시작했다. "토하기만 해봐. 다시는 밥 안 사준다." "그래도 어지러우면 토해야죠." "사내자식이 그렇게 술을 못하냐." 어찌나 많이 토했는지 오빠는 변기물을 세 번이나 내려야 했다. 오빠가 화장실에서 토하는 사이 식구들은 이불을 펴고 누워 텔레비전을 보다 잠이 들었다. 할아버지의 코고는 소리가 들렸다. 조금 후에 어머니가 잠꼬대를 했다. 아버지는 이를 갈았다. 오빠는 도저히 잠을 잘 수가 없었다. 오빠는 벽에 기대어 앉았다. 어떤 일이 있어도 방은 두 개 있어야 해, 하고 오빠는 중얼거렸다. 잠을 자면서도 어머니는 오빠의 말에 대꾸를 해주었다. "그래, 알았다. 알았어." 나는 오빠 옆으로 가서 앉았다. 오빠는 걱정이 너무 많았다. 형광등이 머리 위로 떨어질까봐 잠을 잘 때면 방 한쪽 귀퉁이에서 잤다. 임신을 한 담임선생님이 기형아를 낳으면 어쩌나 하는 걱정에 중간고사를 망치기도 했다. 유리창이 깨져 손목을 다칠까봐 창 닦는 일도 하지 못했다. 뭐가 그리 걱정이야?라고 나는 속삭였다. 할아버지가 코골이를 멈추더니, 벌떡 일어나 주변을 두리번거렸다. "여긴 어디냐?"

"천당이에요." 오빠가 웃었다. 그제야 상황을 알아차린 할아버지가 오빠의 장난에 이렇게 대꾸했다. "전 제대로 온 것 같은데, 당신은 제대로 오셨나요?"

할아버지가 없어졌다. 어머니가 일어났을 때, 오빠는 벽에 기댄 채 잠을 자고 있었고 아버지는 화장실에서 똥을 누고 있었다. "아버님 못 봤어요?" 어머니가 화장실을 향해 소리쳤다. "산책 가셨을 거야. 노인네라 아침잠이 없잖아." 아버지는 할아버지가 얼마나 아침잠이 많은지 모르고 있었다. 할아버지는 열한시 이전에는 일어난 적이 없었다. "혹시?" "에이, 그럴 리가." 부모님은 좁은 방 안을 뱅뱅 돌았다. 아버지는 오른쪽에서 왼쪽으로. 어머니는 왼쪽에서 오른쪽으로. 오빠는 냉장고 문에 붙어 있는 스티커들을 살펴보았다. 야식,이라는 글자를 야심,으로 바꾸었다. 소주라는 글자를 어떻게 바꾸어야 할지 고민하고 있는데 초인종 소리가 들렸다. 할아버지 손에는 종이가 들려 있었다. "이리 앉아봐라." 식구들은 둥그렇게 둘러앉았다. "피씨방에 가서 프린트해왔다. 별 네 개 이상 받은 맛집만 골랐어." 종이는 모두 열여섯 장이었다. 할아버지는 그중에서 두 장을 빼서 아버지에게 주었다. 하나는 선지해장국집이었고 다른 하나는 콩나물해장국집이었다. "이 집 해장국이 맛있단다." 아버지와 어머니는 아무 대꾸도 하지 못했다. 할아버지가 인터넷을 할 줄 안다는 사실에 놀랐기 때문이었다. 선지해장국집은 차로 한시간이나 떨어진 곳에 있었다. 배도 고팠고 어제 마신 술로 속도 쓰렸기 때문에 식구들은 가까운 콩나물해장국집에 가기로 했다. 남자들 셋이 한꺼번에 들어가

샤워를 했다. 어머니는 화장대에 있는 로션을 발랐다. 그런데 도대체 로션 뚜껑은 어디로 갔을까? 주변을 아무리 둘러보아도 뚜껑을 찾을 수 없었다. 콩나물해장국은 맛이 없었다. 역시 뭐든 제 고장으로 가서 먹어야 한다니까,라며 할아버지가 툴툴거렸다. "그래도 제가 한 것보다는 맛있는데요." 어머니는 커다란 깍두기를 밥에 올려놓았다. 어머니는 알뜰하게 살림을 꾸리기는 했지만, 음식솜씨는 형편없었다. 맛이 없었지만 그래도 음식을 남긴 사람은 없었다. "집에 가자." 식구들은 자동차에 올라탔다. "근데 왜 이리 배가 안 부르지." "혹시, 그 선지해장국집은 맛있을까요?" "글쎄, 그 집도 맛없다면 난 다시는 인터넷 안할란다." 아버지는 다음 신호에서 유턴을 했다. 할아버지가 프린트를 해온 종이에는 친절하게 약도가 그려져 있었다. 아버지는 헤매지 않고 단번에 해장국집을 찾았다. "이 집은 생각보다 괜찮다." "난, 선지 처음 먹어봐요." "너 어릴 때 많이 먹었어. 그게 선지인지 몰라서 그런 거지." 밥을 먹다 말고 어머니는 화장실로 달려갔다. "저 사람은 저게 문제예요. 밥 먹다 말고 화장실 가는 버릇이요." 밥을 다 먹고 할아버지는 깍두기 국물이 묻어 있는 식탁에 프린트한 종이를 꺼냈다. "어디 다른 곳도 찾아보자." 아버지는 잘 때와 밥 먹을 때를 빼고 언제나 오빠의 오른손에 들려 있는 펜을 빼앗았다. 그리고 종이를 한장씩 넘겨가며 동그라미와 가위표를 그렸다. 가위표 친 것을 버리자 다섯 장의 종이만 남았다. "출발. 동태찜!" 차에 시동을 걸면서 아버지가 말했다. 콩나물은 아삭했다. 할아버지는 혼자 소주 한병을 마셨다. 아버지가 괜히 오빠에게 화를 냈다. "넌 그 나이 되도록 운전도 못 배우고 뭐 했냐?"

"생태, 명태, 동태, 북어, 코다리, 노가리, 황태, 이런 거 외우느라 바빴어요." 동태찜을 먹고 다음 식당으로 가다 식구들은 아직도 해가 지지 않았다는 사실에 놀랐다. "아직도 낮이냐?" 오빠가 휴대폰을 꺼내 시계를 보았다. 세상에! 식구들이 동시에 외쳤다. 세 끼를 먹었는데 아직 열두시도 지나지 않은 것이다. 아직 시간이 많다는 생각에 아버지는 느긋하게 운전을 했다. 시속 칠십 킬로미터 지점에서 시속 오십 킬로미터로 달렸다. 뒤에서 경적을 울려도 상관하지 않았다. "잠깐만!" 어머니가 소리쳤다. 아버지가 급브레이크를 밟았다. "왜, 민물새우집 지났어? 아냐, 아직 더 가야 해." 아버지가 눈을 찌푸리며 약도를 들여다보았다. "후진해봐." 아버지는 비상등을 켜고 천천히 후진을 했다. 어머니가 삼층짜리 건물을 가리키며 말했다. "저기 탁구장 아냐? 탁구라도 한판 해야지 더는 배불러서 못 먹겠어."

스포츠머리를 한 남자가 혼자 탁구를 치고 있었다. "저 사람은 뭐 하냐?" 할아버지는 그물이 쳐져 있는 탁구대를 신기한 듯 바라보았다. 그물 가운데서 탁구공이 튀어나왔다. "세상에, 혼자서도 탁구를 칠 수 있나봐." 아버지를 만나기 전, 어머니는 탁구선수와 사귄 적이 있었다. 아버지와 결혼한 것이 후회스러울 때마다 어머니는 식구들 몰래 동사무소에서 운영하는 주부탁구교실에 나가곤 했다. "이건 탁구로봇이라고 하는 거예요. 더블스핀도 가능하죠." 오빠가 말했다. 기계에서 공이 나오는 것을 보자 아버지는 실내야구연습장이 떠올랐다. 어느 겨울이었다. 저거 잘 치세요? 여자가 아버지의 팔짱을 끼며 물었다. 실내야구연습장에서 알루미늄 배트에 공 부딪히는 소리가 커다랗게 들려왔다. 배트를 잡기 전 여자는 자신의 두 손을 비벼 열을 낸 다음 아버지의 곱은 손을 잡아주었다. 자, 잘 보세요. 그날 아버지는 무수히 많은 홈런을 날렸다. 아버지는 언젠가 텔레비전에서 본 불꽃쇼를 생각했다. 그 불꽃이 가슴으로 옮겨온 듯했다. 여자와 헤어지기로 결심을 한 날, 아버지는 실내야구연습장에서 손바닥에 물집이 잡힐 때까지 배트를 휘둘렀다. 아버지에게는 자주 아픈 딸과 고개를 숙이고 길을 걷는 아들이 있었으니까. 물집이 아물 때쯤, 아버지는 오빠와 나를 데리고 이름도 외우기 힘든 어떤 박람회장엘 갔다. 축하공연으로 불꽃놀이가 벌어졌고, 처음으로 불꽃을 본 아버지는 입을 다물지 못할 정도로 넋이 나갔다. "자, 어떻게 편 먹을까?" 할아버지는 가위바위보할 준비를 했다. "저랑 집사람이랑 같은 편 할게요. 우린 부부잖아요." 아버지의 말에 오빠가 반대를 했다. "그럼, 우리가 지는 게 뻔하죠." "그럼, 이 늙은이는 저기서 혼자 칠란다." 어머니가 한마디로 이 사태를 진정시켰다. "우리가 더 불리하죠. 우리 부부의 평균 나이는 마흔여덟이지만, 아버님 쪽은 마흔여섯이에요." 식구들은 밥값을 걸고 내기탁구를 치기 시작했다. 식구들은 어머니가 주부탁구교실에 다녔다는 걸 몰랐다. 할아버지와 오빠는 어머니가 날리는 스매싱을 그저 구경만 했다. 화가 난 할아버지가 허공에 대고 라켓을 휘두르며 말했다. "어멈아, 넌 다 좋은데 너무 퉁명스러워. 좀 살갑게 못하냐. 여자라곤 너 하난데." 어머니는 아무 말도 하지 않고 더 세게 라켓을 휘둘렀다. 탁구공이 할아버지의 이마에 맞았다. "넌 사내자식이 왜 그렇게 운동신경이 없어. 지면 니가 밥값 다 내라." 오빠는 써브도 제대로 넣지 못했다. "할아버지는 너무 자기 자신만 위해요." 오빠의 말이 끝나자마자, 아버지가 탁구공을 손으로 집어 오빠를 향해 던졌다. "이 자식이, 건방지게." 공은 오빠를 맞히지 못했다. "아버지도 마찬가지예요." 오빠의 말이 맞기는 했다. 아버지는 다른 사람들의 삶을 궁금해하지 않았다. 아버지가 궁금한 것은 언제나 자신의 삶이었다. 그게 아버지가 자꾸 사업에 실패하는 이유인지도 모른다. "친구도 없는 주제에. 니 나이에 그렇게 친구가 없는 녀석은 처음 봤다." 오빠가 아버지 쪽으로 써브를 날렸는데, 탁구시합을 시작한 지 삼십분 만에 처음으로 성공한 써브였다. 공은 약했고, 아버지는 거뜬히 받아쳤다. "전 우정이 뭔지 모르겠어요. 서로의 삶에 영향을 줘야 하는 거 아니에요?" 아버지는 아무 대답도 하지 않았다. 아버지는 친구에게 종종 사기를 당했는데, 아들이 그 영향을 받은 게 아닌가 하는 생각이 들었던 것이다. "탁구나 쳐요. 내가 보기에 셋이 똑같아." 할아버지와 오빠네 팀은 한판도 이기지 못했다. 마지막 판은 꼭 이기게 해주고 싶었다. 오빠가 공을 받아칠 때 나는 입바람을 한번 불었다. 네트를 넘기지 못할 것 같은 공이 갑자기 스피드를 내서 상대편 코트에 떨어졌다. 할아버지가 공을 칠 때도 입으로 바람을 불어주었다. 공이 회전을 하면서 어머니와 아버지 사이로 떨어졌다. 분명히 코트를 벗어날 것 같은 공들이 갑자기 방향을 바꾸어 탁구대의 흰 선을 맞히자, 부모님은 의욕을 잃은 듯했다. "그러게 뭐든 운이라니까." 아버지가 힘없이 써브를 날렸다. 나는 공이 네트를 넘으려는 순간, 온몸의 기운을 하나로 모아서 손을 뻗었다. 운이 아니라는 걸 식구들에게 보여주고 싶었다. 공이 손 안으로 들어왔다. 허공에 멈춘 탁구공을 보며 어머니가 소리쳤다. "여보, 틀림없어. 우리 애가 왔어." 아버지가 어머니의 이마에 손을 대보았다. "열은 없는데. 여보, 어디 아파?" "내가 너무 오래 살았나 보다." 오빠가 허공에 뜬 탁구공을 향해 후 하고 입바람을 불었다. 공은 움직이지 않았다. 오빠의 따뜻한 입김이 느껴지지 않았다. "너 맞아? 맞으면, 공 흔들어봐." 나는 탁구공을 흔들었다.

식구들은 탁구장 의자에 나란히 앉았다. 오빠가 자판기에서 음료수 네 개를 뽑아왔다. "치사한 놈. 니 동생 건?" 오빠가 다시 달려가 음료수 하나를 더 뽑아왔다. 어머니가 빈 의자에 음료수를 올려놓았다. "잘 있었니?" "우린 걱정 마라. 니 아빠 사업이 아주 잘된단다." "이 흉터 보이니? 아직도 있어." 오빠는 오른팔을 음료수가 놓인 빈 의자 쪽으로 뻗었다. 기억에 없는 상처였다. "가끔 니 꿈을 꾼단다." 아버지가 말했다. 그러자 어머니와 오빠가 나도,라고 동시에 대답했다. 아버지와 나는 꿈속에서 자주 불꽃놀이를 보러 갔다. 한강에도 갔고, 동해안에도 갔고, 잠실야구장에도 갔다. 불꽃놀이에 정신을 팔린 아버지는 꿈속에서 항상 나를 잃어버렸다. 아버지는 나를 찾기 위해 허들선수처럼 사람들을 경중경중 뛰어넘었다. 오빠는 이런 꿈을 꾸었다. 오빠와 나는 성년이 되어 있었다. 오빠에게는 자식이 네 명이나 있었다. 네쌍둥이였다. 나는 이제 막 고개를 가누는 갓난아이를 안고 있었다. 다섯 명의 아이들이 울어댔다. 아, 끔찍해. 끔찍해. 그렇게 말하면서 오빠는 아이들의 기저귀를 갈았다. 어머니는 당신 자신이 죽는 꿈을 꾸었다. 장례식장에서 이제 머리가 희끗해진 아들이 서럽게 울었다. 그 옆에 건장하게 자란 네쌍둥이들도 눈물을 훌쩍였다. 어머니의 장례식장에는 많은 사람들이 찾아와주었다. 물론 나도 찾아갔다. 아버지도 찾아갔고 할아버지도 찾아갔다. 어머니의 장례식장에서 만난 우리들은 오빠가 안쓰러웠다. 이제 어쩌냐. 혼자 남아서. 아버지와 어머니가 아들의 주변을 빙빙 맴돌았다. "이런 고얀 놈. 내 꿈에는 안 나타나고." 할아버지가 소리를 쳤다. 혼자 탁구연습을 하던 남자가 눈을 동그랗게 뜨고는 식구들 쪽을 바라보았다. 오빠가 할아버지를 진정시켰다. "할아버지, 걔가 할아버지 놀랄까봐 꿈에 안 나타나는 거예요." 어머니와 아버지도 한마디씩 거들었다. "아버님은 연세가 있으시잖아요." "맞아요. 솔직히 날 데리러 왔나보다, 하는 생각 안 들겠어요." 오빠가 탁구공을 빈 의자에 올려놓았다. "우리 말이 맞지? 맞으면 이 공 흔들어봐." 오빠 말이 맞긴 했지만 나는 다시 공을 만지고 싶지 않았다. 사물을 움직이는 건, 사람들이 생각하는 것보다 쉬운 일이 아니었다. "거 봐. 내가 딸이라고 구박해서 그런 거야. 애야, 미안하다. 미안해." 할 수 없이 나는 탁구공을 살짝 들어올렸다.

배가 꺼진 식구들은 민물새우를 먹으러 가기로 했다. "얼마나 불편하게 따라왔겠니. 그러니 앞자리에 앉게 해주자." 아버지의 제안에 모두 찬성을 했다. 할아버지와 어머니와 오빠가 뒷자리에 앉았다. 내가 떠난 후, 아버지는 자주 목욕탕에 다녔다. 탕에 앉아서 눈물을 흘리면 그 누구도 그게 눈물인지 알아차리지 못했다. 사람들은 아버지를 볼 때마다 피부가 좋아졌네요, 점점 젊어

지네요,라고 말했다. 적어도 일주일에 네 번 이상 대중목욕탕을 다니다보니 피부가 좋아지긴 했다. 오빠는 별들을 공부하기 시작했다. 내가 떠나기 전까지 오빠에게는 궁금한 것들이 없었다. 하지만 이제 오빠는 하늘에 떠 있는 저 많은 별들의 비밀이 궁금해졌다. 할아버지는 젊은시절 할머니 속을 썩였던 일들을 반성했다. 먼저 죽은 할머니가 나를 잘 돌봐주도록 기도했다. 하지만 나는 아직 할머니를 만나지 못했다. 그리고 어머니…… 요리를 하다 자주 손을 뻈다. "민물새우라니. 넌 한번도 못 먹어봤겠다." "미안하다. 우리끼리 맛있는 거 먹어서." "넌 어릴 때부터 이해심이 많았어. 니가 내 누나 같았지." 나는 어머니의 가슴을 손으로 만졌다. 철로 만들어진 어머니의 심장은 조금씩 녹슬기 시작했다. 한번만 더 눈물을 삼키면 심장이 온통 녹슬어버릴 것이다. 나는 마지막으로 힘을 내 어머니의 심장을 움켜쥐었다. "아!" 어머니가 몸을 앞으로 숙였다. "왜 그래?" 아버지가 룸미러로 뒤를 보았다. "이상하게 가슴이 답답하네." 나는 손을 내려놓았다. "집으로 돌아가거든 병원부터 가보자." 아버지가 속도를 내기 시작했다. 나는 달리는 차에서 빠져나왔다. 저 멀리서 P가 날아오고 있었다. 오래 기다렸어? 나는 물었다. 아냐, 방금 왔어. P가 고개를 저었다. 어머니는 병원에 갔어? 아니, 아버지가 모시고 간다고 했으니까 믿어봐야지. 우리는 이 도시에서 가장 큰 건물을 찾아갔다. 건물 옥상에 앉으니 도시를 가로지르는 강이 보였다. 좀 억울하다는 생각이 들었어. 내가 말했다. P는 그게 무엇인지 묻지 않았다. 그게 내가 P를 좋아하는 이유였다. 다이어트를 한번도 못해봤거든. 도시를 가로지르는 강을 붉게 물들이며 해가졌다. 지금 이대로도 괜찮아,라고 말할 줄 알았지. P가 이가 드러나도록 웃었다. 온통 충치투성이였다. 이런 이를 치료하려면 얼마나 돈이 많이 들겠어, 그러니 다행이야,라고 P가 말했다. 나는 다행이야,라고 말할 수 있는 것들에 대해 생각해보았다. 등뒤로 해가 떠올랐다.

등 뒤에

나는 아직 그에게 내 이야기를 하지 못했다.
어디서부터 다시 시작해야 하나.
그래. 스물다섯살의 겨울부터.
십년의 세월을 이야기해야 하니
일단 어딘가에 앉아야겠다.
의자를 찾으려고
사방을 두리번거리는데
이제야 모든 것이 무서워지기 시작했다.

십삼만 킬로미터를 달린 자동차는 액쎌러레이터를 밟을 때마다 운전대가 심하게 흔들렸다. 손이 떨렸다. 가슴도 떨렸다. 운전대의 떨림이 손을 통해 가슴으로 전달되는 것인지, 아니면 그 반대인지 전혀 분간할 수가 없었다. 손톱 밑이 새까맸다. 나는 열 손가락을 코밑에 대고는 있는 힘껏 숨을 들이마셨다. 그 바람에 차가 잠시 중앙선을 벗어났다. 손에서는 흙냄새가 났다. 단지 흙냄새뿐이었다. 어디선가 얍! 하는 기합소리가 들리는 듯했다. 지금 살고 있는 집은 태권도 도장과 창문을 마주하고 있다. 용기가 필요한 날이면 나는 창문을 열어놓고 도장에서 울려퍼지는 기합소리를 들었다. 그러면 나도 모르게 다리에 힘이 들어갔다. 두 주먹을 불끈 쥐고 아무 결심이나 하게 되었다. 내일부터는 음식에서 양파를 골라내지 않을 거야, 그녀에게 더이상 전화하지 말아야지, 성공하거든 꾼 돈부터 갚자 따위의 결심들을. "이젠 다시

결심 따위는 하는 일이 없을지도 모르지." 나는 말했다. 그 말이
밀폐된 자동차 안에서 여러 겹으로 울렸다. 나는 깊숙이 브레이
크를 밟았다. 킥! 몸이 앞으로 밀리면서 운전대에 가슴이 살짝 부
딪혔다. 자동차의 모든 창문을 연 다음, 운전석 문을 열었다 다시
닫기를 서너 번 반복했다. 그래도 자동차 안의 공기는 바뀌지 않
았다. 다시 차를 출발시키면서 나는 내가 누구보다도 가위바위보
를 잘했다는 사실을 떠올렸다. 얼마나 잘했느냐 하면, 초등학교
사학년 때는 단 한번도 술래를 한 적이 없을 정도였다. 나는 가위
바위보할래?라는 말을 입에 달고 살았다. 담임선생님은 내 머리
를 쓰다듬으며 이렇게 말해주었다. "가위바위보를 잘하다니, 넌
참 머리가 좋은가보구나." 태어나서 딱 한번 교회에 갔는데 그때
나는 그 선생님을 위해 기도했다. 뒤차가 경적을 울리더니 내 차
를 추월했다. 나는 그 차를 다시 추월하기 위해 속력을 내기 시작
했다. 시속 백 킬로미터가 되자 엔진에서 소리가 나기 시작했다.
자동차는 더이상 속도를 내지 못했다. 저절로 과속방지가 된다니
까. 차 좀 바꾸지, 하고 말하는 사람들에게 나는 그렇게 대답하곤
했다. 차는 금방 시야에서 사라졌다. 스무살 초반에 한 여자를 친
구와 동시에 좋아한 적이 있었다. 나는 친구에게 가위바위보로
결투를 하자고 말했다. "한판은 시시해. 가위바위보를 오백번 해
서 더 많이 이긴 사람이 그녀와 데이트를 하는 거야." 친구의 대
답은 이랬다. "미친놈." 그건 그때가 아니라 지금 이 순간 들어야
하는 말이었다. "미친놈." 나는 운전석 창문 밖으로 고개를 내밀
고 소리쳤다. 바퀴에서 튕겨오른 돌이 이마를 때렸다. 눈물이라
도 나와주면 나 자신에게 조금 덜 미안했을 텐데 이상하게도 자

꾸 웃음이 났다. 웃는 바람에 커브길에서 운전대를 꺾지 못했다. 차가 공중을 향해 날아오를 때 나는 액셀러레이터를 더욱 힘껏 밟았다. 계기반의 바늘이 110을 가리켰다. 차가 공중을 나는 그 짧은 순간 내 머릿속을 스쳐간 생각은 이랬다. 중국어를 배우고 싶어. 패러글라이딩도 해보고 싶고. 수상스키를 타보는 것도 소원이었는데.

머리맡에서 이 부딪는 소리가 들렸다. "그래, 알았어. 알았다고." 그는 천장에 매달아놓은 줄을 잡고 천천히 자리에서 일어났다. 줄 끝에는 동그란 버스 손잡이가 달려 있었다. 버스 손잡이는 좌골신경통에 걸린 그를 위해 48호 트럭기사가 달아준 것이었다. 48호는 트럭기사가 되기 전에 버스기사였는데, 버스회사를 그만두기 전에 자신이 몰던 버스에서 손톱자국이 가장 많이 나 있는 손잡이 하나를 떼어가지고 나왔다. 하룻밤에 오백 킬로미터 이상을 달리는 날이면 48호는 손잡이에 난 홈집들을 만지작거리며 이런 생각을 하곤 했다. 이깟 손잡이를 손톱으로 눌러가면서 사람들은 대체 어떤 고민을 했을까? 버스 손잡이를 그에게 선물하고 난 뒤로 더이상 48호는 그런 질문을 하지 않게 되었다. "사십팔호가 마지막으로 온 게 언제더라?" 그는 손가락을 꼽아가며 날짜를 계산하려다가 이내 그만두었다. 기억이 뒤엉키기 시작하면서 그는 지나간 일은 모두 어제 일로 생각하기로 했다. 그런 의미로, 48호가 마지막으로 그에게 들른 날도 어제였다. 먼 기억들이 더 먼 기억들과 겹쳤다. 눈을 감으면 어제의 기억이 영상으로 떠올랐다. 눈을 뜨며 지내는 시간보다 눈을 감으며 지내는 시간이 더 많아졌다. 그는 과거에 묻혀 지내는 노인이 되고 싶진 않았다. 그래서 스스로를 이렇게 위로했다. 단지 어제의 일일 뿐이라고. 그는 접이식 침대에 걸터앉아 탁자에 놓인 틀니를 바라보았다. 틀니는 우유회사의 로고가 새겨진 투명 플라스틱통 안에 들어 있었다. 이곳을 거쳐간 여섯 명의 미혼모 중에서 아이에게 분유를 먹이던 여자가 있었다. 그들 모자가 떠나고 난 자리에서 그는 반쯤 먹다 만 분유통을 발견했다. 그는 그 분유를 아껴두었다가 보름달이 뜨는 날이면 한잔씩 타서 마셨다. 분유를 마시는 날이면, 그는 옥수수밭 한가운데로 들어가 굵직한 똥을 누었다. 그리고 자신이 눈 똥냄새를 오랫동안 맡았다. 다시 이 부딪는 소리가 들려왔다. 처음 이 부딪는 소리를 들었을 적에 그는 그 소리가 자신의 입 안에서 나는 줄로만 알았다. 그래서 그는 이가 하나도 남아 있지 않은 잇몸으로 있는 힘껏 손가락을 깨물어보았다. 아픈 것은 손가락이 아니라 잇몸이었다. 그에게 틀니를 만들어준 친구와 나눈 마지막 대화는 이랬다. "튼튼한가?" "그럼." "적어도 자네보다는 오래가야 해." "설마, 자넨 이 틀니보다 오래 살 생각이었나?" 그렇게 말할 때 친구의 입에서 풍기던 담배냄새를 아직도 그는 맡을 수가 있다. 어제의 일이었으니까. "틀니를 자명종으로 가진 사람은 세상에 나밖에 없을 거야." 그는 틀니를 꺼내 잇몸에 끼웠다.

그가 나를 발견했을 때 나는 운전대에 고개를 박은 채 노래를 부르고 있었다고 한다. 반짝반짝 작은 별. 그도 아는 노래라서 잠시 그 노래를 따라 불렀다고. "거짓말 마세요." "정말이야. 그런데 음정이 제멋대로였어." 그가 틀니를 끼우고 맨손체조를 시작하려 할 때 어딘가에서 노랫소리가 들려왔다. 오른쪽 다리를 끌면서 집밖으로 나오자 옥수수밭 사이로 찌그러진 자동차가 보였다. 그는 자동차 유리를 손바닥으로 닦았다. 이슬이 소맷부리를 적셨다. "옥수수밭이었으니까 살았지. 옥수수들이 자네를 지켜준 거라니까." 나는 천장에 매달린 버스 손잡이를 잡아보았다. "아직 일어나지 마." 그가 내 양쪽 어깨를 눌렀다. "거울 좀 주세요." "없어." 나는 손바닥으로 얼굴을 만졌다. 이마에 상처가 만져졌다. "볼 만해. 너무 걱정 마." 만지기만 했는데도 저절로 신음소리가 나왔다. 나는 두 손을 코밑에 대고 숨을 들이마셨다. 희미하게 피냄새가 나는 듯했다. 손톱 밑은 여전히 새까맸다. 그가 수건에 물을 묻혀 내 발을 닦아주었다. "바지는 어쨌어요?" 나는 고개를 들어 팬티만 입고 있는 아랫도리를 힐끔 보았다. "맙소사, 그 붕대는 뭐예요?" 그는 수건을 뒤집어 이번에는 허벅지를 닦았다. "부러지진 않은 것 같은데…… 모르지, 뭐." 수건 끄트머리가 사타구니에 닿을 때마다 웃음이 났다. 어릴 적에는 간지럼 따위는 전혀 타지 않았다. "사랑에 실패하고 난 뒤에 간지럼을 타게 되었어요." 눈이 많이 내리는 날이었다. 전봇대 아래 서서 나는 그녀의 방 창문을 바라보았다. 열려라. 열려라. 눈송이가 코끝을 스칠 때마다 주문을 외웠다. 전봇대 아래에서 쪼그려뛰기를 백번도 넘게 했다. 그녀가 문을 열면 이렇게 말할 참이었다. "텔레파시가 통했나봐." 마침내 창문이 열렸고 그녀가 가래침을 뱉었다. 그러고는 이내 고개를 거두고 창문을 닫았다. 안경을 벗고 있던 그녀는 골목길에 서 있는 사람이 누구인지 알아보지 못했다. 눈 덮인 골목길에 그녀가 뱉어낸 가래침이 선명하게 보였다. 그 위로 눈이 내렸지만 눈은 금방 녹았다. 다음날 나는 그녀의 전화를 받지 않았다. "그래서 헤어졌어?" 이제 그는 손을 닦고 있었다. "맹세해요. 가래침 때문이 아니에요. 우린 서로 텔레파시가 안 통했어요." 그는 뾰죽한 나무꼬챙이로 손톱 밑에 낀 흙을 빼내주었다. "농사꾼은 아닌 것 같은데 손이 이게 뭐람. 보물이라도 캐러 갔다 왔나?" 그가 중얼거렸다. 그에게서 입냄새가 심하게 났다. 손을 닦아주다 말고 그는 자주 졸았다. 그에게 손을 맡긴 채 나도 자주 졸았다. 꿈속에서 나는 간지럼을 타지 않기 위해 훈련을 하는 어린아이가 되었다. 방법은 간단했다. 옷을 홀라당 벗고 억새밭 속에 서 있는 거였다. 그는 나를 위해 특별히 흰죽을 쑤어주었다. 침대 머리맡에 커다란 탁자가 놓여 있었는데, 그것이 도마였고 식탁이었고 책상이었다. 내게 침대를 내준 뒤로는 그의 임시침대가 되기도 했다. 내 귀에는 전혀 들리지 않는데, 그는 틀니가 이 부딪는 소리를 내면서 자신을 깨워준다고 했다. "안 믿지? 칼이 저절로 도마질을 해서 나를 깨우는 것보다 낫다고 생각해." 그는 엉성한 바느질 솜씨로 찢어진 바지를 꿰매놓았다. 바느질 자국이 알파벳 Z와 W를 겹쳐놓은 것처럼 보였다. 그가 바지를 내게 주면서 말했다. "허리가 아파 도저히 못 자겠네. 이제부터 자네가 저 탁자에서 자게." 탁자 다리에는 이런 글귀가 새겨져 있었다. 1981년 31호. "응, 아마도 삼십일호 트럭기사가 만들어준 탁자일 거야." 천장에 매달린 버스 손잡이를 잡고 겨우 상반신을 일으킬 수 있게 되었을 때, 나는 탁자에 더 많은 글귀들이 새겨져 있는 것을 보았다. "도대체 여기서 얼마나 오래 살았어요?"

*

그는 아들이랑 꼭 십년을 같이 살았다. 아들은 일곱살 때 그를 찾아왔다. 가방에는 캐러멜 열 통, 빨간색 내복 한벌, 무엇인지 알 수 없는 씨앗들 그리고 나비 모양의 머리핀이 들어 있었다. 아이의 말에 따르면, 나비 모양의 머리핀은 그가 엄마를 꼬드길 때 선물로 준 거라고 했다. "니 엄마가 누구니?" "김숙자. 아버지의 애인이요." 그는 김숙자라는 여인을 기억해낼 수가 없었다. "약속다방에서 만났다고 하면 안다 그랬어요. 쌍화차에 잣을 띄우는 걸 싫어하셨죠." 약속다방은 도처에 있었다. 그의 직업은 트럭기사였다. 전국을 돌아다니는 그는 트럭이 멈추는 곳마다 애인이 있었다. 그는 그 애인들과 약속다방에서 만났고 약속다방에서 헤어졌다. "애야, 이 나라에 약속다방이 얼마나 많은 줄 아니. 아무래도 난 니 아버지가 아닌 것 같다." 그는 아이가 눈물을 흘릴 경우를 대비해서 있는 힘껏 주먹을 쥐었다. 절대 흔들리면 안돼. 그는 다짐했다. 자르지 않은 손톱이 살 속으로 파고들었다. 하지만 아이는 울지 않았다. 대신 부탁 하나만 들어달라고 했다. 아버지가 생기면 꼭 하고 싶었던 일이 있다고, 그건 다름아니라 아버지와 목욕탕에 같이 가보는 거라고, 아이는 말했다. 목욕탕으로 가면서 그는 자신이 언제 마지막으로 목욕을 했는지 생각해보았다. 혹시 때가 많이 나오면 어쩌나, 하는 생각에 저절로 얼굴이 화끈거렸다. 그 얼굴을 보고 아이가 말했다. "저랑 같이 목욕탕 가는 게 그렇게 설레세요?" 그는 목이 잠기도록 탕에 몸을 담갔다. 아이가 물장구를 치는 바람에 가장자리에 떠 있는 때들이 그가 앉은 쪽으로 몰려왔다. 옆에 앉아 있던 노인이 밀려오는 물살을 향해 손을 내저었다. "거, 아들 교육 좀 잘 시키쇼." 가래가 잔뜩 낀 목소리로 노인이 말했다. "제 아들이 아닙니다." 그는 물속에 손을 담근 채 손사래를 쳤다. 물살이 그의 배를 간질였다. 그러자 아이가 갑자기 그를 향해 엉덩이를 내밀었다. "아버지도 여기에 똑같은 점이 있죠?" 아이의 엉덩이에는 점이 세 개 있었는데, 그걸 이으면 뒤집어진 정삼각형이 되었다. 점 하나가 물에 잠겨 다른 점보다 더 커다랗게 보였다. 물이 출렁일 때마다 나머지 점 두 개도 물에 잠겼다가 말았다가 했다. "아니다. 난, 점, 따윈, 없다." "그럼 일어나보세요." "싫다." 그는 탕에 한시간 이상을 앉아 있어야 했다. 노인은 그의 엉덩이에 있는 점과 아이의 엉덩이에 있는 점이 얼마나 똑같은지 확인해야만 되겠다며 자리를 뜨지 않았다. 게다가 탕에 들어오는 사람들에게 그가 자기 자식을 부정하는 파렴치한 인간이라고 떠들어댔다. 그 이야기를 전해들은 사람들은 그의 엉덩이를 보고야 말겠다며 목욕이 끝나도 목욕탕을 떠나지 않았다. 탕에 사람들이 가득 들어찼다. 아이는 사람들 사이를 돌아다니면서 자기 엉덩이에 난 점들을 보여주었다. 노인의 숨소리가 거칠어지기 시작했다. "탕에 너무 오래 앉아 있어서 탈진했나보네." 누군가 말했다. 할 수 없이 그는 자리에서 일어나 검은 눈동자가 뒤로 넘어가려는 노인을 안았다. 노인을 바닥에 뉘는 순간 목욕탕에 있던 사람들이 동시에 외쳤다. "맞네. 점 세 개. 위치도 똑같아." 아이는 두 손을 양 허리에 댄 채 가슴과 배를 우스꽝스러울 정도로 심하게 앞으로 내밀었다. 그러고는 큰 소리로 말했다. "아버지, 저 배고파요." 배고파요,라는 말이 목욕탕에 울려퍼졌다.

　그의 아들은 요리를 잘했다. 그는 일주일에 세 번씩 집에 들렀다. 장거리를 뛰어야 돈을 많이 벌 수 있기 때문에 어쩔 수가 없었다. 그의 아들은 혼자서 도시락을 쌌다. 김치가 맛있었다면 도시락 반찬으로 김치만 싸가도 되었을 텐데 그는 김치를 맛있게 담그지 못했다. 아버지가 담근 김치를 먹기 싫었던 아들은 할 수 없이 다양한 종류의 도시락 반찬을 만들 수밖에 없었고, 그 덕분에 요리솜씨가 해마다 나아졌다. 그가 술을 마신 다음날이면 아들은 콩나물해장국, 선지해장국, 북어해장국을 번갈아가며 끓여주었다. 해장국을 먹을 때면 그는 같이 해장국집이나 차리면 어떨까, 하는 생각을 했다. "너 고등학교 졸업하거든 같이 해장국집이나 할래?" 그 말을 들은 아들은 더이상 음식을 하지 않겠다고 선언했다. 석 달이 지나고, 트림을 할 때마다 라면냄새가 식도를 타고 올라오자 마침내 그가 사과를 했다. "미안하다. 고등학교만 졸업시킨다고 그래서. 난 니가 공부를 싫어하는 줄만 알았다." "아버지가 어머니한테 했던 마지막 말이 뭔지 아세요?" 그는 김숙자가 누구인지 기억이 나지 않았기 때문에 당연히 마지막 말도 기억하지 못했다. "돈 벌어서 돌아올게. 그때 같이 식당이나 차리자. 이렇게 말했어요." 김숙자라는 여인은 그 말만 믿고 요리학원에 등록했다. 요리를 하다 말고 종종 헛구역질을 했는데, 요리에 사용하는 기름 때문에 속이 메슥거리는 거라고 생각했다. 김숙자는 자신이 한 요리를 맛보지 못했다. 대신 식구들에게 가져다주었다. 그녀의 어머니는 딸이 요리학원에 다니는 동안 살이 오 킬로그램 이상 쪘으며, 그녀의 아버지는 허리띠를 두 칸 늘렸다. 그녀의 가족들은 자신들이 살이 찌는 바람에 딸의 배가 부풀어오르는 것을 아주 당연하게 생각했다. 그러는 사이 뱃속에서 아이가 무럭무럭 자라났다. 그의 아들의 생활기록부에는 '낙천적'이라는 단어가 여섯 번 나오는데, 그건 아마도 뱃속에서 아무런 스트레스를 받지 않았기 때문일 것이다. "너무 미안한 표정 짓지 마세요. 웃겨요. 그리고 실은 저 공부 싫어해요." 그 말을 끝으로 아들은 다시 요리를 시작했다. 다만 그가 심하게 술을 마신 다음날의 메뉴가 바뀌었을 뿐이다. 돼지비계가 잔뜩 들어간 자장면으로. 아들은 자장면 위에 완두콩을 뿌렸는데, 자세히 보면 ㅁ과 ㄹ을 그려넣은 것처럼 보였다. "이게 뭔 뜻이냐?" 충혈된 그의 눈을 바라보면서 아들이 웃었다. 그러고는 혓바닥을 내밀었다가는 얼른 집어넣었다.

그는 H시에서 고스톱을 치고 있었다. 서른 판이 넘도록 단 한번도 선을 잡지 못한 그가 손톱을 물어뜯으며 초조해하고 있을 때, 그를 찾는 전화가 C시로, K시로, L시로 울려댔다. 그가 두 판을 내리 이기고 안도의 한숨을 내쉬려는 순간, 그를 애타게 찾던 경찰이 H시에 있는 어느 트럭기사의 자취방 전화번호를 알아냈다. 그가 병원에 도착했을 때 아들은 온몸에 붕대를 감고 있었다. 경찰이 그에게 불에 그슬린 손목시계를 보여주었다. 아들의 것이었다. 불이 난 곳은 시 외곽에 버려진 창고였는데, 경찰은 그곳에서 몇몇 청소년들이 나쁜 짓을 하다 불을 냈을 것이라고 추정했다. 그는 나쁜 짓이 구체적으로 무엇을 말하는 것인지 알 수 없었다. "우리 아들은 그럴 리가 없다고 말씀하지 마세요. 제가 경찰이지만 제 자식놈도 도둑질을 해서 감옥에 갔답니다." 나이가 지긋한 경찰이 말했다. 두 명이 사망하고, 세 명이 중상을 입었다. 사망한 아이의 부모들은 누구 때문에 불이 났는지 밝혀내려고 애를 썼지만 산소호흡기를 끼고 있는 중상자들은 아무 말도 할 수 없었다. 병원 복도에서 여덟 명의 부모들이 말싸움을 하는 동안, 그는 붕대에 가려진 아들의 귀에 대고 이렇게 속삭였다. "걱정 마라. 내가 이 세상의 모든 거울을 다 없애주마." 면회시간이 되면, 그는 손을 세 번씩 닦고 이도 세 번씩 닦았다. 바퀴가 달린 동그란 의자를 끌어와 아들 얼굴 옆에 바싹 붙이고 그는 이야기를 시작했다. "니 엄마랑 연애를 했을 적에 말이지……" 그는 조수석에 여자를 앉혔다. 트럭은 비포장길을 하염없이 달렸다. 겨드랑이 부근이 땀에 젖자 여자가 팔꿈치를 허리에 바싹 붙이고 부끄러워했다. 개울가에 도착하자 그는 평평한 바위를 찾아 돗자리를 펼쳤다. 김밥에서는 쉰내가 났다. 시금치가 상한 모양이에요. 여자는 나무젓가락을 이용해서 김밥에서 시금치만을 골라냈다. "알뜰한 여자라고 생각했지. 그때부터 니 엄마가 좋아지기 시작했단다." 물론 그 여자가 지금 병실에 누워 있는 아들의 엄마는 아니었다. 하지만 약속다방에서 만난 여러 여자 중 하나임에는 틀림없었다. 상한 것은 시금치뿐만이 아니었다. 집으로 돌아오는 길에 그들은 열 번도 넘게 차를 세워야 했다. 설사를 하면서 그는 다시는 저런 미련한 여자를 만나나 봐라, 하고 결심했다. 물론 아들에게 이 이야기는 하지 않았다.

다음날 그는 이렇게 이야기를 시작했다. "김밥을 먹고 돌아오는 길이었는데……" 그는 여자에게 들꽃을 꺾어 꽃다발을 만들어주었다. 여자는 머리를 묶었던 고무줄을 풀더니 반으로 잘랐다. 반쪽으로는 꽃다발이 헝클어지지 않도록 밑동을 동여맸고, 나머지 반쪽으로 다시 머리를 묶었다. "니 엄마가 머리를 묶으려고 손을 머리 위로 올렸는데 그 모습이 그렇게 예뻤단다." 그는 산소호흡기 마스크 안으로 뿌옇게 입김이 찼다가 사라지는 것을 보았다. 김밥을 먹었던 여자와 들꽃을 꺾어 꽃다발을 만들어주었던 여자가 같은 사람인지 아니면 다른 사람인지 헷갈렸다. 하지만 그다음 장면만은 선명하게 기억이 났다. 들꽃 때문인지 트럭 안으로 벌이 들어왔다. 벌은 여자의 머리 위를 맴돌았다. 꽃 때문에 벌이 쫓아온 거라고 그는 여자에게 말했다. 그러니 어서 꽃을 버리라고. 하지만 여자는 꽃다발을 두 손으로 꼭 쥔 채 말했다. "안돼요. 태어나서 처음으로 받아본 꽃다발이란 말이에요." 할 수 없이 그는 한손으로 운전대를 잡고 다른 한손으로 벌을 쫓았다. 커브길에서 제대로 운전대를 돌리지 못해 가드레일을 박을 뻔했다. "에이, 얼른 버리라니까요." 여자가 고개를 흔들어댔다. 그는 트럭 바닥에 버려져 있던 신문지를 집어서 흔들어댔다. 놀란 벌이 그의 왼팔을 쏘았다. "에이! 씨발! 그러게 내가 버리라 그랬죠." 그는 급브레이크를 밟았다. 여자가 들고 있던 꽃다발을 빼앗아 창문 밖으로 던져버렸다. 이야기를 해놓고 그는 약간 후회했다. 마지막 부분은 하지 말았어야 했는데. 그래서 그는 아들에게 충고를 덧붙였다. "절대 여자에게 욕을 해선 안된단다." 다음날 그는 아들에게 이런 이야기를 들려주었다. "여인숙 계단을 오를 때 니 엄마가 두 번이나 뒤를 돌아봤지. 괜찮아. 괜찮아. 나는 귀에 대고 속삭였지. 귀가 간지러운지 니 엄마가 웃었단다." 여인숙으로 가는 길은 좁고 더러웠다. 겨울이었는데 누군가 토해놓은 토사물에서 김이 올라왔다. "다른 곳으로 가면 안될까요?" 여자가 말했다. "시간이 없어. 곧 통금이야." 그는 시계를 보며 말했다. "목욕을 마치고 나온 엄마에게 내가 나비 모양의 머리핀을 꽂아주었지." 그의 트럭에는 나비 모양의 머리핀이 한 박스나 있었다. 훗날 여자가 생기면 선물하라며, 공장장이 장부에 기입한 갯수보다 한 박스를 더 넣어준 것이었다. 그는 거기서 열 개인가 열다섯 개인가를 꺼내 여자들에게 선물로 주었고, 나머지는 K시의 역 앞에 있는 옷가게에서 겨울 스웨터와 바꾸었다. 그는 옷을 벗어서는 여자가 벗어둔 옷 위에 포개놓았다. "니 엄마에게서는 항상 좋은 냄새가 났지. 그 냄새가 내 옷으로 옮겨오길 바랐단다." 아들의 손가락이 움직였다. 아들은 검지를 살짝 들었다가 내렸다. 그는 손을 번쩍 들어 간호사를 불렀다. 간호사가 달려오는 동안 그는 마지막으로 아들에게 이렇게 말했다. "그때 네가 생긴 거란다. 그리고 이건 비밀인데, 내 사주는 말년에 자식 덕을 본다 그러더라."

　의식을 회복한 그의 아들은 산소호흡기를 떼어냈다. 눈코입이 뭉그러진 아들의 얼굴이 붕대 사이로 보였다. "괜찮니?" 눈꺼풀이 끝까지 닫히지 않는 눈을 깜빡이며 아들이 말했다. "네, 그런데, 누구세요?" 그 목소리는 그가 알고 있는 아들의 목소리가 아니었다. 사망한 아이들의 시신은 누가 누구인지 구분할 수가 없었다. 부모들은 할 수 없이 두 시체를 한곳에 넣고 화장한 다음 유골을 반으로 나누었다. 그가 낯선 아이에게 수다를 떨 동안, 그의 아들은 낯선 이들의 작별인사를 받으며 K시 산에 뿌려졌고 L읍의 강에 뿌려졌다. 그는 K시를 향해 운전하다가 K시가 다가오면 L읍 쪽으로 갑자기 방향을 바꾸었다. 그러다가 L읍이 저 멀리 보이면 다시 운전대를 꺾고 K시로 향했다. 그와 아들이 처음 만난 날, 목욕을 마친 아들에게 그가 사준 것은 보름달 빵과 딸기우유였다. K시와 L읍을 왔다갔다하는 동안 그는 가게가 보이면 트럭을 멈추었다. 그러고는 빵과 우유를 샀다. 며칠이 지나자 트럭 가득 빵과 우유가 쌓였다. 유난히 커브길이 많은 9번 국도를 달리다 그는 아들의 유골이 뿌려진 곳을 끝내 보지 못할 것 같은 예감이 들었다. 그는 커브길에서도 운전대를 돌리지 않았다. 트럭은 생각보다 멋지게 날았다. 그는 깨진 유리 너머로 해가 뜨고 지는 것을 보았다. 열다섯살의 그가 마흔두살의 그를 향해 웃었다. 그는 트럭 운전석에 앉아서 자신이 누구인지에 대해 생각했다. 자신이 무엇을 좋아하고 무엇을 싫어하는지조차 알지 못한다는 사실을 그제야 알아차렸다. 스무살의 그가 마흔두살의 그를 향해 손가락질을 했다. 불쌍한 놈. 넌 평생 누구도 사랑해보지 못한 거야. 달빛에도 눈이 부셨다. 그는 찌그러져 열리지 않는 운전석 문을 놔두고, 거미줄처럼 금이 간 유리를 발로 찼다. 트럭 밖으로 기어나와 상한 빵과 상한 우유를 먹었다. 며칠 동안 설사를 하자 몸이 가벼워졌다. 그는 허리띠를 한칸 줄이고 일어섰다. 그리고 트럭 옆에 천막을 쳤다.

*

　"그럼 그후로 쭉 여기서 살았어요?" 옥수수를 삶고 있는 그의 등에 대고 내가 물었다. "아니. 그냥 떠나지 않은 것뿐이야." 그가 말했다. 며칠을 탁자에서 잤더니 허리가 제대로 펴지질 않았다. 나는 엉거주춤한 자세로 체조를 하면서 생각했다. 그래도 어디 부러진 곳은 없는 모양이야. 왼쪽 무릎이 제대로 펴지지 않는 것만 빼면 그런대로 견딜 만했다. 어릴 적, 나는 화가 나면 맨바닥에서 잠을 자는 버릇이 있었다. 화가 나면, 그게 상대방에게 화가 나는 것인지 아니면 나 자신에게 화가 나는 것인지 구별할 수가 없었다. 그럴 때면 나에게 화가 난 것으로 여기는 것이 마음 편했다. "탁자가 너무 높아요. 떨어질까봐 무서워서 못 자겠어요." 그가 냄비에서 옥수수를 꺼내 내게 던졌다. 뜨거운 옥수수가 왼쪽 가슴에 맞고 바닥으로 떨어졌다. 심장 부근이 순간 뜨거워졌다. 그는 침대 밑에서 나무로 된 사과상자를 꺼냈다. 십자드라이버와 망치와 팔이 떨어져나간 인형과 카메라 삼각대와 시침이 없는 시계를 꺼내자 그 밑에 녹슨 톱이 나왔다. 그가 탁자 다리를 잘라내는 동안 나는 옥수수를 다섯 개나 먹었다. 1981년 31호라고 새겨진 글이 반으로 잘렸다. 좁은 집 안으로 톱밥이 날렸다. 듬성듬성 뚫린 천막 사이로 빛이 새어들어왔는데, 그 빛을 받은 톱밥들이 나비처럼 보였다. 그가 내게 등을 보이게 앉아서는 말했다. "등 좀 긁어줘. 등을 긁어본 게 언제였는지 기억도 안 나." 나는 옥수수를 만졌던 손으로 그의 등을 긁었다. 손톱이 지나간 자리마다 붉게 달아올랐다. 예쁘라고 불린 다섯살짜리 여자아이가 그의 등을 긁어준 지 이십여년 만에 그의 입에서 아, 시원하다,라는 말이 저절로 터져나왔다. "안 잊히는 일들 있지?" "네?" "이런 곳에서 혼자 살려면 안 잊히는 일들이 많아야 해." 그의 등에는 엄지손톱만한 사마귀가 많이 나 있었다. 등을 긁는데 그것들이 자꾸 손톱에 걸렸다.

　나는 아직도 분수를 처음 보았을 때를 잊지 못한다. 그 물줄기들이 땅속 깊은 곳에서 솟아오르는 줄로만 알았다. 물줄기가 솟구쳤다 사라졌다 하는 것을 보면 왠지 안심이 되었다. 아 지금 지구가 숨을 쉬고 있구나, 이런 생각이 들었던 것이다. 지구가 숨을 내뱉을 때면 물줄기가 솟았고 숨을 들이쉴 때면 물줄기가 잦아졌다. 어머니가 돌아가셨을 때도, 고등학교 입학시험을 망쳤을 때도, 그녀가 제발 머리 좀 감고 다니라고 말하며 헤어지자고 했을 때도, 나는 분수를 찾아갔다. 바닥에 엎드려 귀를 땅에 대고는 숨을 멈추었다. "지구가 나 대신 숨을 쉬고 있다고 생각하면 약간은 위안을 받을 수 있거든요." "더 세게 긁어봐. 거기보다 더 위쪽으로." 나는 그가 시키는 대로 더 세게 긁었다. 왼쪽 어깨에 난 사마귀에서 피가 났다. 피는 내 손톱 밑으로 스며들었다. "저는 거짓말로 사람 목숨을 구한 적이 있어요." 동네에는 교통사고로 아들을 잃고 반쯤 정신이 나간 아주머니가 있었다. 아주머니는 버스 정류장에 앉아서 하루종일 아들을 기다렸다. 버스에서 내리면 아주머니는 나를 붙잡고는 이렇게 묻곤 했다. "우리 애 못 봤니? 같이 차 안 탔어?" 그러면 나는 고개를 갸웃거리며 무엇인가를 생각하는 척하면서 말했다. "저보다 먼저 간 것 같은데요. 못 보셨어요? 얼른 집으로 가보세요." 누구나 그런 대답을 백번도 넘게 하면 한번쯤은 다른 말을 하고 싶어질 것이다. 나도 예외는 아니었다. 게다가 나는 대학입학을 연거푸 실패하고 삼수를 하고 있었다. 똑같은 공부를 삼년째 하다보면 더더욱 도돌이표 같은 삶이 지겨워지게 마련이다. "저기 사거리에서 교통사고가 났던데 아무래도 아줌마 아들인 것 같아요. 얼른 달려가보세요." 내 말이 끝나자마자 아주머니는 달렸다. 하늘색 슬리퍼 한짝이 벗겨졌다. 아주머니가 사거리까지 달려갔다 다시 돌아오는 동안 하늘색 슬리퍼는 벗겨진 그 장소에 그대로 있었다. 그리고 그사이 버스 한 대가 마주오는 승용차를 피하려다가 버스정류장을 들이박았다. 아주머니가 매일 앉아서 아들을 기다리던 그 자리에는 다른 사람이 서 있었고, 그 자리에서 즉사했다. "제가 그 아주머니 목숨을 구했어요. 아셨죠? 저도 사람을 구한 적이 있다고요." 그는 누렇게 때에 전 러닝셔츠를 다시 입고 자리에서 일어났다. 그러고는 내 뒤로 와서는 등 긁어줄까, 하고 물었다. 나는 고개를 끄덕였다. 내 등을 긁어주면서 그가 말했다. "사람은 순간을 무서워해야 해. 자네가 비겁해진 순간이 있었다면 그 한순간이 평생을 따라다닐 거야."

옥수수밭은 수확을 마친 상태였다. 누군가 내가 몰고 온 승용차를 빈 옥수숫대로 덮어놓았다. 저 차를 처음 샀을 적에는 십년이 넘도록 몰게 될 줄은 상상도 못했다. 십년 후에는 그보다 배기량이 세 배 정도 더 큰 차를 몰 거라고 생각했다. 나는 옥수수밭을 가로질러 걸었다. 밭두렁에 버려진 드럼통이 보였다. 안을 들여다보니 장작을 넣고 불을 땐 흔적이 남아 있었다. 나는 드럼통을 굴렸다. 그의 소원은 따뜻한 탕에 들어가보는 거라고 했다. 나는 쇳내가 심하게 나는 지하수로 드럼통을 닦았다. 왼쪽 무릎이 아프기도 했지만, 그보다는 키가 닿지 않아 드럼통 바닥을 닦지 못했다. 돌들을 구해서 가운데를 비워놓은 채 둥그렇게 원을 만들었다. 그 위에 드럼통을 올려놓고 불을 지피면 어느정도 물을 데울 수 있을 것 같았다. 아직 마르지 않은 옥수숫대에서는 연기가 심하게 났다. 물이 끓으면서 쇳내가 사라졌다. 하지만 드럼통 바닥에 묻어 있던 검은 그을음이 일어나면서 물이 검게 변했다. 물이 끓자 나는 그의 눈을 가리고는 밖으로 데리고 나왔다. "짠. 어때요?" 눈을 가렸던 손을 내리자 그가 말했다. "날 삶아서 무슨 요리를 하려고? 아무리 내가 고기반찬을 한번도 안해줘도 그렇지." 막상 그가 목욕을 하려 하자 문제가 생겼다. 뜨겁게 달궈진 드럼통 안으로 들어갈 방법이 없었다. 나는 그의 침대 밑에 있던 사과상자를 꺼내와 계단을 만들었다. 그래도 다리가 닿지 않았다. 할 수 없이 사과상자를 부순 다음 잘라낸 탁자 다리를 이용해서 더 높은 계단을 만들었다. 그러는 동안 드럼통 안의 물이 적당한 온도로 내려갔다. 옷을 벗으면서 그가 말했다. "자넨 집에 들어가 있지. 창피하니까."

그는 벌거벗은 채로 오랫동안 서 있었다. 수확이 끝난 벌판에 부는 바람은 차가웠다. 그는 팔에 솟은 소름을 들여다보았다. 그는 내가 만들어준 엉성한 계단에 오른발을 올려놓았다. 그러고는 왼발을 높이 들어 드럼통 안에 담갔다. 물은 따뜻했다. 발만 담갔

을 뿐인데도 팔에 돋은 소름이 한순간 사라졌다. 그는 두 다리를
가슴으로 끌어안았다. 눈을 감자 눈동자 너머, 그 깊숙한 곳에 화
면이 펼쳐졌다. 아직 옥수수 수확을 시작하기 전이었다. 옥수수
수염이 달빛을 받아 반짝반짝 빛났다. 어쩌다 9번 도로를 달리게
되면 그의 동료들은 그를 찾아왔다. 누구는 쌀을 던져놓고, 누구
는 석유를 던져놓고, 누구는 아이 낳을 곳을 찾지 못한 미혼모를
던져놓고, 누구는 마누라가 도망갔다며 자기 자식을 던져놓았다.
그를 찾아온 동료들이 옥수수밭에서 파티를 하고 있었다. 한 여
자가 커다란 가슴을 드러내놓고 아이에게 젖을 먹였다. 그에게
틀니를 해주었던 친구의 웃음소리가 들렸다. 24호 기사가 장부를
속이고 샴페인을 다섯 박스나 훔쳐왔다. 샴페인 터뜨리는 소리에
젖을 먹던 아이가 경기를 일으켰지만, 애엄마를 빼고는 아무도
상관하지 않았다. 코밑으로 물이 출렁거렸다. 그가 숨을 들이쉬
자 콧속으로 물이 빨려들어갔다. 그는 몸을 더 동그랗게 감았다.
몇가닥 남지 않은 머리카락이 물에 잠겼다. 드럼통에 몸이 꽉 끼
었다. 그는 눈을 뜬 채 웃었다. 그날 저 옥수수 벌판에 터뜨린 샴
페인이 오십병이었다. 그는 아들의 눈동자에 대해 생각했다. 불
에 탄 아들의 시체에는 눈동자가 없었을 것이다. 화장을 하기 전
이미 눈동자를 잃어버렸을 아들을 생각하자 머릿속에 떠오른 영
상들이 갑자기 흑백으로 바뀌었다. 흑백으로 옷을 갈아입은 사람
들이 춤을 추기 시작했다. 갑자기 그의 성기가 커다랗게 부풀었
다. 이 나이에. 그는 두 손으로 거길 가리려고 했지만 손이 말을
듣지 않았다.

*

　나는 옥수숫대를 걷어냈다. 보닛이 우그러진 자동차가 보였다. 운전석에 덜 영근 옥수수가 떨어져 있었다. 트렁크를 열어보았는데 삽이 보이지 않았다. 분명 여기에 넣은 것 같은데. 삽은 뒷좌석 바닥에 있었다. 나는 삽에 묻은 흙을 털어냈다. 산에서 묻혀온 흙이 옥수수밭 위로 흩어졌다. 오랫동안 내 손에서 나던 흙냄새가 삽자루에서도 났다. 삽을 들고 형체조차 알아볼 수 없을 정도로 삭아버린 트럭이 있는 곳으로 걸어갔다. 그가 트럭에서 나와 처음으로 발을 디뎠을 것으로 짐작되는 곳에 삽을 꽂았다. 무릎 정도 깊이까지 땅을 팠을 때 삽 끝에 뭔가가 걸렸다. 바닥에 쪼그리고 앉아 손으로 흙을 헤집었다. 커다란 돌덩어리였다. 돌을 잡아당겨보았지만 꿈쩍도 하지 않았다. 할 수 없이 돌덩어리가 시작되는 지점에서부터 다시 흙을 파기 시작했다. 똑같은 장면이 반복되는 것만 같았다. 그때도 그랬었다. 기껏 파낸 곳에는 굵은 나무뿌리가 있었다. 그곳에 그놈의 시체를 묻을 수는 없었다. 그랬다간 매일 밤 나무뿌리에 온몸이 감긴 사람이 나타나는 꿈을 꿀 것만 같았다. 그래서 나무뿌리가 끝나는 지점에서부터 다시 흙을 파야만 했었다. 그의 시체를 드럼통에서 빼내는 일은 쉽지 않았다. 나는 드럼통을 쓰러뜨려 안에 있는 물을 빼냈다. 그러고는 드럼통을 굴려 파낸 구덩이 안으로 집어넣었다. 드럼통은 멋진 관이 되어줄 것이다. 흙으로 시체를 덮은 뒤, 엎드린 채 땅에 귀를 대보았다. 숨소리는 들리지 않았다. 나는 무릎에 묻은 흙도 털어내지 않았고 손톱 밑에 낀 흙도 닦아내지 않았다. 침대를 놔두고 딱딱한 탁자에서 며칠 동안 잠만 잤다. 잠을 자는데 어디선가 탁탁, 하고 이 부딪는 소리가 들리는 것 같았다. 소리는 문밖에서 났다. 문을 열고 나와보니, 낯선 사람들이 모닥불을 피워놓고 축제를 벌이고 있었다. 모두 여섯 명이었다. 어떤 사람은 폭죽에 불을 붙여 불꽃놀이를 하고, 어떤 사람은 꼬치에 닭을 끼워 모닥불에다 굽고, 어떤 사람은 불꽃에서 떨어지는 불똥을 잡으려고 뛰어다녔다. 머리를 맞대고 이야기에 열중하는 사람들도 있었다. 나는 그들에게 다가갔다. "당신들이군요. 이곳에서 태어난 아이들이." 그들은 불꽃이 터지는 소리가 너무 시끄러워 내가 한 말을 제대로 알아듣지도 못했다. 그들은 촛점이 없는 눈으로 웃기만 했다. 닭을 굽던 사람이 내가 태어났나요?라고 뜬금없는 말을 했다. 샴페인을 터뜨리면서 파티를 벌이던 그날 경기를 일으킨 아이가 틀림없어, 하고 나는 짐작했다. 그날 이후로 그 아이의 머릿속에서는 늘 샴페인 터지는 소리가 들렸을 것이다. 내가 어머니의 뱃속에 있었을 적에 군인이던 아버지는 어머니에게 자주 하모니카를 불어주었다. 군인들 사이에서 하모니카가 유행이었다. 하지만 아버지는 하모니카를 잘 불지 못했다. 음정박자가 틀린 하모니카 연주를 비웃지 않고 들어줄 사람은 어머니밖에 없었다. 하지만 그 두 분은 나를 잊고 있었다. 아직까지도 내 귀에는 음정박자가 틀린 하모니카 소리가 들렸다. 아침이 밝아오자 그들의 몸도 밝아지기 시작했다. 하늘이 환해지는 속도에 맞춰 그들의 몸도 투명해지더니 마침내 사라졌다. 몸을 돌려 집으로 돌아가려는데 무엇인가가 밟혔다. 그의 틀니였다. 윗니와 아랫니가 벌어진 채로 땅에 박혀 있었다. 마치 땅을 먹으려는 듯이. 틀니조차도 턱관절에 있는 힘껏 힘을 주고 있었다. 그의 오래된 탁자에는 이런 낙서가 적혀 있었다. 세상엔 믿지 못할 이야기들이 많다. 그러니 무서워하지 말자. 나는 아직 그에게 내 이야기를 하지 못했다. 어디서부터 다시 시작해야 하나. 그래. 스물다섯살의 겨울부터. 십년의 세월을 이야기해야 하니 일단 어딘가에 앉아야겠다. 의자를 찾으려고 사방을 두리번거리는데 이제야 모든 것이 무서워지기 시작했다.

감 기

여자는 창에 몸을 기대고는
라디오에서 나오는 노래를 따라 불렀다.
널 이토록 병들게 만들어놓은 건 누구.
날 저주하렴.
차라리 흉터처럼 기억해주렴.
아는 노래예요?
차가 신호에 걸렸을 때,
남자가 뒤를 돌아보며 물었다.
아니요. 오늘 처음 들어보는 노래예요.

정말이에요? 여자가 물었다. 약속시간보다 사십분이나 늦었지만 여자는 미안하다는 말을 하지 않았다. 여자는 자기 앞에 놓인 잔을 들었다가는 도로 내려놓았다. 선풍기 날개를 모은다는 거, 정말이냐고요? 여자는 각설탕 두 개를 엄지와 검지로 조심스럽게 집어들었다. 남자는 여자의 잔에서 커피 몇방울이 튀어오르는 것을 보았다. 백개가 넘어요. 엄지손톱만한 것도 있는데 정말 귀여워요. 남자는 탁자에 오른손을 올려놓았다. 여자도 자신의 오른손을 탁자에 올려놓았다. 여자는 마디가 잘린 남자의 검지를 조심스럽게 만졌다. 여자의 손은 차가웠다. 남자는 화상으로 피부가 일그러진 여자의 손등을 쓰다듬었다. 아팠어요? 남자는 고개를 끄덕였고, 여자는 고개를 가로저었다. 그거 알아요? 여자가 속삭이듯 말했다. 여자의 말을 듣기 위해 남자는 몸을 앞으로 기울였다. 생각보다 그다지 실망스럽지 않네요. 남자도 여자가 들릴 듯 말 듯한 목소리로 대답했다. 나도요.

지난 일년 동안 남자와 여자는 일주일에 두 번씩 전화통화를 했다. 여자는 고속도로 톨게이트에서 일을 했다. 매주 화요일이 쉬는 날이었는데, 여자는 월요일에서 화요일로 넘어가는 자정이면 남자에게 전화를 했다. 마을버스를 모는 남자는 짝숫날에는 일을 하고 홀숫날에는 일을 쉬었다. 남자는 금요일이나 토요일 중 홀숫날이면 여자에게 전화를 걸었다. 여자가 쉬는 화요일이 남자가 쉬는 홀숫날과 겹칠 때면 통화를 하면서 밤을 새우기도 했다. 여자가 남자의 휴대폰에 문자메씨지를 잘못 보낸 것이 시작이었다. 그 돈 언제 갚을 거예요? 남자는 누구에게 돈을 꾼 적도 꿔준 적도 없었는데, 그것만이 자기 인생에서 유일하게 자랑할 수 있는 일이었다. 다음날에도 여자는 문자메씨지를 보냈다. 제발 부탁이에요. 돈 좀 갚아요. 문자메씨지를 확인하다 신호를 놓치는 바람에 남자는 하마터면 사고를 낼 뻔했다. 그 다음날도, 또 그 다음날도, 남자는 여자의 메씨지를 받았다. 나쁜 새끼! 눈이 많이 쌓여 브레이크를 밟을 때마다 신경을 곤두세워야 하는 날들이 계속되었다. 남자는 종점에 차를 세우고 자판기에서 커피 한잔을 뽑았다. 커피 한모금을 마신 다음 허공에 대고, 아, 아, 하며 소리를 질렀다. 잠긴 목은 쉽게 풀어지지 않았다. 남자의 전화를 받자마자 여자가 흑, 하고 흐느꼈다. 눈이 내리기 시작했다. 남자는 여자의 울음소리를 들으면서 떨어지는 눈송이를 종이컵으로 받았다. 다 울었나요? 남자는 여자의 이야기를 들어주었다. 어딘가에서 불이 났는지 검은 연기가 하늘을 뒤덮었다. 남자는 연기가 나는 하늘을 향해 종이컵을 던졌다. 커피에 녹아버린 눈이 다시 하늘로 흩어졌다.

　남자는 고개를 돌려 창밖을 바라보았다. 구급차 두 대가 병원
으로 들어오고 있었다. 여자의 말에 의하면 이 도시에서 가장 시
설이 좋은 종합병원이라고 했다. 게다가 이 도시에서 가장 근사
한 일몰을 볼 수 있는 곳이기도 했다. 병원 맨 꼭대기층에 커피숍
이 있거든요. 커피를 마시러 병원까지 가는 사람은 나밖에 없을
거예요. 무엇이 재미있는지 여자는 전화를 하면서 계속 웃어댔
다. 그래요? 그럼, 나도 한번 보고 싶네요. 약속날이 다가오자 여
자는 남자에게 문자메씨지를 보냈다. 혹시, 실망할지도 몰라요.
남자가 답을 보냈다. 실망할 땐 실망하죠. 해가 지는 풍경은 아름
답지 않았다. 해는 저 멀리 고층아파트 사이로 떨어졌다. 도시가
아주 잠깐 붉게 물들었다. 건물들의 경계가 금방 허물어졌다. 아
름답죠? 여자가 남자에게 물었다. 그러고는 남자가 대답도 하기
전에 두 손을 허리에 대고 자랑스럽게 말했다. 여기 커피는 참 싸
요. 제가 한잔 더 사죠. 남자는 각설탕 두 개를 여자의 커피에 넣
어주었다. 커피 한잔을 마시러 병원까지 오는 사람이 한명 더 생
겼네요.

　커피를 두 잔씩 마신 뒤, 남자와 여자는 병원의 꼭대기층을 거
닐었다. 환자복을 입은 사람은 출입할 수 없습니다. 복도 곳곳에
패가 걸려 있었다. 여자는 남자에게 설명을 해주었다. 여긴 환자
보호자들을 위한 공간이래요. 병원이지만 환자들은 출입할 수 없
는 곳. 어때, 재미있죠? 찜질방, 노래방, 피씨방 그리고 작은 호
프집도 있었다. 맥주는 한사람 앞에 1000cc 이상 팔지 않는다고
적혀 있었다. 남자와 여자는 노래방에 들어갔다. 뒤따라온 종업

원이 마이크를 건네주면서 한시간에 한번씩 소독을 한다고 말해주었다. 남자는 아무 번호나 눌렀다. 아는 노래가 나왔다. 남자는 반주를 들으며 마음속으로 노래를 따라 불렀다. 남자의 노래가 끝나자 이번에는 여자가 아무 번호나 눌렀다. 남자도 여자도 전혀 모르는 노래였다. 여자는 아무렇게나 노래를 따라 불렀다. 남자는 훗날 가족이 생기면 이곳으로 가족 나들이를 와도 괜찮을 것이라는 생각이 들었다. 무엇보다 깨끗한 게 마음에 들었다.

남자와 여자는 병원 로비에서 헤어졌다. 휠체어를 타고 지나가던 아이가 불쑥 남자에게 귤 하나를 내밀었다. 일할 때 졸지 마요. 그리고 돈계산 잘해요. 손해보지 않게. 남자는 아이가 건네준 귤을 반으로 나눴다. 반쪽은 자기 입에 넣고, 나머지 반쪽은 여자의 입에 넣어주었다. 맛있네요. 둘은 동시에 말했다. 생각보다 실망스럽지 않았어요.

*

몽유병이 시작된 것은 초등학교 이학년 때였다. 남자는 지금도 그날을 선명하게 기억한다. 아버지는 이틀째 같은 텔레비전을 고치고 있었다. 아버지는 한번 물건을 잡으면 고칠 때까지 밥을 먹지도 않았고 잠을 자지도 않았다. 아버지는 동네에서 꽤 실력 있는 기술자로 통했다. 커다란 책상에는 언제나 고쳐야 할 물건들이 가득 쌓여 있었다. 남자는 벽에 걸린 선풍기를 바라보다 선풍기가 회전하는 속도에 맞춰 고개를 좌우로 움직였다.

아빠?

아버지는 아무 대답이 없었다.

생각해보니까, 전 아직 자전거를 탈 줄 몰라요.

왜, 배고프냐. 자장면 시켜줘?

아니요. 자전거를 타고 어디 멀리 갔으면 좋겠어요.

아버지는 안경을 벗어 책상에 올려놓았다. 남자는 텔레비전 브라운관에 비친 아버지의 얼굴을 바라보았다. 십년 후쯤의 아버지 얼굴이 그 안에 들어 있었다. 남자는 갑자기 아버지가 시시하게 느껴졌다. 아버지는 고개를 들어 벽에 걸린 달력을 무심하게 바라보았다.

넌, 이미 멀리 갔다 왔단다. 니 엄마가 널 뱃속에 넣고 아주 멀리멀리 갔었거든.

아버지는 선풍기 쪽으로 얼굴을 돌렸다. 선풍기 바람이 아버지 머리를 헝클었다. 아버지는 손으로 머리를 가지런히 빗은 다음, 다시 안경을 쓰고는 고장난 텔레비전 안을 들여다보았다.

남자는 가게문을 발로 걷어찼다. 학교 운동장까지 달렸다. 운동장에는 아는 아이가 한명도 없었다. 남자는 철봉에 매달렸다. 봉은 열을 받아 뜨거웠다. 몸을 앞뒤로 흔들었더니 주머니에서 동전 부딪는 소리가 났다. 남자는 손바닥을 코밑에 대고는 크게 숨을 들이쉬었다. 손바닥에서 쇠냄새가 났다. 삼거리에서 가죽점퍼를 파는 사내를 만났다. 자! 사내는 박수를 쳤다. 혹시 압니까. 갑자기 폭설이 내릴지. 사내가 박수를 칠 때마다 지나가던 사람들이 발길을 멈추었다. 하지만 점퍼를 구경하는 사람들은 없었다.

아저씨, 그거 진짜 가죽 아니죠?

남자가 사내에게 다가가 말을 건넸다. 사내는 아이스박스에서 주먹만한 얼음덩어리를 꺼내 남자의 옷 안에 집어넣었다. 남자는 몸을 부르르 떨었다.

그래도 점퍼 뒤에 새겨진 독수리는 진짜야.

남자는 아이스박스에 앉아서 사내가 옷을 파는 것을 구경했다. 목이 마르면 아이스박스에서 얼음을 꺼내 씹어먹었다. 얼음에서도 쇠냄새가 나는 듯했다. 남자는 사내가 정확히 반을 먹고 남긴 도시락을 먹었다. 반찬은 김치와 무말랭이가 전부였는데 너무 짰다. 남자는 반찬을 모조리 입에 넣고는 씹지도 않고 삼켰다.

맛없지? 마누라가 음식솜씨가 영 아니거든. 확, 이혼이나 해버릴까?

괜찮아요. 전 늘 맛없는 반찬만 먹었거든요.

사내는 남자를 트럭 옆자리에 앉혀주었다. 남자는 조수석 바닥에 널려 있는 쓰레기들을 비닐봉지에 주워담았다. 더러운 건 질색이니까 앞으로는 쓰레기들은 꼭 비닐봉지에 버려달라고 남자는 말했다. 자기처럼 깔끔한 조수를 얻은 건 행운이라는 말도 잊지 않고 덧붙였다. 사내는 운전을 하다 말고 시동을 두 번이나 꺼뜨렸다.

전, 아직 한번도 자전거를 탄 적이 없어요. 남자는 사내에게 귓속말을 해주었다.

얼른 커. 그러면 트럭을 몰 수 있지. 자전거보다는 훨씬 근사하잖아.

사내는 오른손으로 남자의 머리카락을 헝클었다. 남자는 손가락으로 머리를 가지런히 빗었다. 앞으로 내 머리는 만지지 마세요,라고 말했다. 사내는 똑같은 곳을 계속 맴돌았다. 남자가 그 사실을 발견한 것은 한참 시간이 지난 후였다. 뭐 하는 거예요? 여기 아까 지나갔어요. 남자는 사내가 쥐고 있는 핸들을 흔들었다. 핸들은 꼼짝도 하지 않았다.

어디로 가고 싶은데?

아무데나. 먼 곳으로요.

사내는 차를 세우더니, 양손으로 남자의 뺨을 잡고는 뚫어지게 눈을 바라보았다. 그러고는 바지 뒷주머니에서 구겨진 손수건을 꺼내 남자의 얼굴을 닦아주었다. 그제야 남자는 자신이 울었다는 사실을 알아차렸다. 남자는 사내에게 자신의 비밀을 이야기해주었다. 실은 아주 먼 곳까지 여행을 간 적이 있었다고, 트럭을 타고 전국을 돌아다닌 적이 있었다고, 남자는 말했다. 아주 어릴 적, 아주 어릴 적이에요. 그러니까 내가 엄마 뱃속에 있을 적에. 사내는 다시 차를 출발시켰다. 그러고는 삼거리로 되돌아왔다. 사내도 자신의 비밀 한가지를 남자에게 이야기해주었다. 난, 아직 한번도 진짜 가죽점퍼를 팔아본 적이 없단다. 남자가 아버지의 가게로 돌아왔을 때, 이틀 동안 아버지 애를 먹인 텔레비전이 고쳐져 있었다. 지금까지 아빠가 고친 텔레비전이 몇대나 될까? 남자는 그게 궁금했지만 묻지 않았다.

아버지에게 그 질문을 던진 사람은 작은아버지였다. 지금까지 고친 물건들은 모두 얼마나 될까요? 남자의 키보다 더 큰 가방을 멘 낯선 사내가 가게로 들어왔다. 막 가게문을 닫으려는 순간이었다. 가죽점퍼를 팔던 사내와 하도 똑같이 생겨서, 남자는 그 사람이 자기를 데리러 왔다고 생각했다. 할 수 있다면 제 마음도 고쳐주세요. 낯선 사내는 웃는 것인지 우는 것인지 짐작할 수 없는 표정을 하고는 주먹쥔 손으로 자기의 가슴을 두들겼다. 아버지가 들고 있던 십자드라이버로 사내의 어깨를 내려찍었다. 사내는 꼼짝도 하지 않았다. 아버지는 고장난 라디오를 꺼내 전원버튼을 눌렀다. 가게는 이내 주파수를 잃은 라디오 소리로 가득 찼다. 가방을 내려놔도 될까요? 등에 멘 가방의 어깨끈이 점점 붉게 물들어갔다.

아저씨! 아까 가죽점퍼 팔던 사람 아니에요? 사내는 아무 대답도 하지 않았다. 그럼, 혹시 쌍둥이 동생이 있나요?

아버지가 갑자기 라디오의 볼륨을 높였다. 작은아버지라 불러라. 하마터면 니 아버지가 될 뻔한 사람이니까. 아버지의 목소리는 라디오 잡음에 묻혔다. 하지만 남자의 귀에는 아주 선명하게 들렸다.

작은아버지가 남자의 손을 잡았다. 난 가죽점퍼를 판 적은 없단다. 아주 먼 바다에서 아주 커다란 고기를 잡았지. 쌍둥이 동생도 없어. 누나가 한명 있는데 내가 전화를 걸어도 받아주지 않는단다. 아버지는 입고 있던 셔츠를 찢어 사내의 어깨를 감쌌다. 남자는 작은아버지라는 말이 쉽게 나오지 않아서 마음속으로 몇번이나 중얼거려야 했다.

처음 간 곳이 P시였어요. 거기서 한달. 다음이 S시. 거기서는 좀 오래 있었어요. 사십일 정도. 아, 가장 오래 있었던 곳은 Q읍이었네요. 거기서 이 녀석이 태어났으니까. 그 세 곳 말고는 일주일 이상 머문 곳이 별로 없어요. 남자는 상추쌈을 만들어 아버지 입에 넣어주었다. 내가 집사람을 처음 만난 곳이 바로 이 가게였어. 작은 라디오를 하나 가지고 와서 고쳐달라고 했는데 아무리 해도 못 고치겠더라고. 일주일 밤을 새웠지. 그 사람이 내게 말했어. 당신은 친절한 사람이네,라고. 남자는 작은아버지의 잔에 술을 따랐다. 제가 처음 그 사람을 만난 곳은 시외버스터미널이었어요. 버스가 모두 끊긴 시간이었는데 저도 그 사람도 갈 곳이 없었죠. 남자는 젓가락에 마늘을 꽂아 불에 구웠다. 아버지가 돼지고기의 비계만을 떼어내 먹고는 나머지 살코기를 남자의 입에 넣어주었다. 내가 그 사람이랑 같이 산 것은 꼭 이년이었어. 이년, 남자는 작은아버지 앞에 노릇하게 구워진 마늘을 올려놓았다. 전열 달이었어요. 열 달. 아버지와 작은아버지는 건배를 했다. 그런데 어디로 갔을까요, 그 사람은?

그날 새벽, 아버지는 물을 마시러 부엌에 들어갔다가 냉장고 앞에 쪼그리고 앉아 있는 남자를 발견했다. 냉장고 문은 열려 있었고, 남자는 열린 냉장고 안을 뚫어지게 바라보고 있었다.

배고프니? 아버지가 남자에게 물었다.

따뜻해요. 이리 와서 불 좀 쬐세요.

남자는 난로에 손을 쬐듯 냉장고 불빛을 향해 두 손을 내밀었다. 냉장고 안은 텅 비었다. 아버지는 남자 옆으로 다가갔다.

그래, 따뜻하구나. 그런데 아빠, 엄마는 왜 떠났을까요? 남자가 높낮이가 없는 목소리로 말했다.

다음날 아버지는 남자를 동네에서 가장 큰 슈퍼마켓에 데리고 갔다. 사고 싶은 거 있으면 다 사라. 아버지는 냉장고에 먹을 것을 가득 채웠다. 그리고 문을 아무리 오래 열어두어도 냉장고 불빛이 꺼지지 않도록 냉장고를 조금 손봐주었다. 그후로 오랫동안 남자는 몽유병을 앓았다. 아버지는 냉장고에 먹을 것이 떨어지지 않도록 늘 신경을 썼다.

아버지는 작은아버지에게 부엌 옆에 딸린 골방을 내주었다. 방은 작은아버지의 키보다도 작았다. 그래서 작은아버지는 문을 열어둔 채 잠을 자야 했다. 몽유병이 심할 때면, 남자는 부엌을 헤매다 문밖으로 뻗어나온 작은아버지의 발을 밟았다. 발목 인대가 세 번이나 늘어난 다음에, 작은아버지는 『상식으로 알아두는 민간요법』이라는 책을 사왔다. 책에는 한자가 많았고, 작은아버지는 다시 서점으로 달려가서 옥편을 사와야 했다. 꿈 몽. 놀 유. 꿈속에서 놀다. 어라! 뭐 좋은 병이네. 너 차라리 깨지 마라. 옥편을 뒤적거리면서 작은아버지가 중얼거렸다.

몽유병에는 권삼주라는 술이 좋다네요.

그런데 그 술은 어떻게 담그는 건데?

작은아버지는 『약이 되는 술』이라는 책을 사왔다. 책에는 백가지가 넘는 술이 소개되어 있었다.

이걸 보니 술 한잔 하고 싶네요. 그건 그렇고 어디 보자. 가래 약주, 결명주, 계피주, 고비주, 과루인주, 구기자주, 국노주, 아, 여기에 있다. 권삼주. 자, 잘 들으세요. 제가 읽어드릴게요. 범꼬리풀의 뿌리를 채집한다. 뿌리를 깨끗이 씻어 물기를 제거해둔다. 적당한 크기로 썬 뿌리를 항아리에 넣고 술을 붓는다. 서너달이 지나면 먹을 수 있다. 효능은……

그런데 자네 범꼬리풀이 어떻게 생겼는지 알아?

아버지의 질문에 작은아버지는 다시 서점으로 달려갔다. 한참이 지난 후, 두 볼이 붉게 상기된 채로 돌아왔다. 그건 컬러로 인쇄된 책이라 비싸요. 책값 좀 주세요. 아버지는 토시를 벗더니, 그 안에 만들어놓은 비밀주머니에서 돈을 꺼냈다. 아! 비상금이 거기 숨어 있었네. 돈을 받아든 작은아버지가 눈을 찡긋거렸다. 작은아버지는 아버지를 찾아왔을 때 메었던 가방을 꺼냈다. 어깨끈에 묻었던 피가 갈색으로 변해 있었다.

좀 빨아두지 그랬어요?

남자는 먹을 것들을 챙겨 가방에 넣어주었다.

이 배낭은 아직 한번도 빤 적이 없다. 니가 크거든 널 주마.

작은아버지는 『한국의 야생화』라는 책을 들고는 산속으로 들어갔다. 작은아버지를 기다리는 동안 남자는 옥편을 뒤져가며 민간요법책을 읽었다. 훗날 남자가 중학생이 되었을 때, 딱 한번 백점을 받아본 과목이 있었는데 한문이었다.

작은아버지는 열흘 만에 돌아왔다. 작은아버지는 들고 있던 책을 아버지 책상에 던졌다. 뿌리는 가을에 채취해야 한대요. 아버지는 드라이버를 거꾸로 들고는 손잡이 부분으로 작은아버지의 어깨를 두드렸다. 그럼 여섯 달이나 기다려야 하네. 아니지. 술이 익으려면 넉 달을 더 기다려야 하니까, 열 달만 더 발을 밟히면 되겠네. 그게 싫으면 거꾸로 자. 설마 저 녀석이 자네 얼굴까지 밟을까. 그때 재빨리 남자가 끼어들었다. 걱정 마세요. 작은아버지 머리는 단단하잖아요. 아버지가 작은아버지에게 창고 열쇠를 쥐여주었다. 가봐. 작은아버지는 가게 뒤에 붙은 창고로 달려갔다. 중고로 팔려고 모아둔 텔레비전과 선풍기 들 사이로 항아리 다섯 개가 보였다.

약재상에 물어봤더니 금방 구해주더군. 그렇게 멍청해서야, 그 사람 고생이나 시키지 않았는지 모르겠네.

넉 달이 지난 후, 아버지는 첫번째 항아리를 개봉했다. 작은아버지는 중국집에 전화를 걸어 탕수육을 배달시켰다. 돈은 아버지의 토시에 숨겨진 비밀주머니에서 나왔다. 그래도 처음 마시는 술이니까 예절을 가르쳐야 한다고 작은아버지가 말했다.

뭔 술? 자넨 이게 술로 보이나. 이건 약이야.

아버지가 남자의 코를 움켜잡았다. 작은아버지가 남자의 입에 술을 부었다. 탕수육이 도착하기도 전에 남자는 쓰러져 잠이 들었다. 그날 아버지와 작은아버지는 항아리 하나를 다 비웠다. 몽유병은 고쳐지지 않았다. 대신, 아버지의 신경통이 사라졌다. 작은아버지는 무좀이 없어졌다고 했지만 아무도 믿지 않았다. 술을 마시면 그대로 잠이 드는 버릇 때문에 남자는 학교 숙제를 거르기 시작했다.

다섯 개의 술독이 거의 다 비워질 무렵, 작은아버지는 새로운 치료법을 찾기 시작했다. 손님 중 누군가가 조심스럽게 최면술에 대해 말해주자 작은아버지는 다시 서점으로 달려갔다. 최면술에 관한 책은 생각보다 많았고 작은아버지는 돈이 없었다. 작은아버지는 옥편을 들고 시립도서관으로 향했다. 도서관에서 돌아온 작은아버지는 남자를 꼭 껴안으면서 말했다. 미안하다. 미안해. 네 무의식 깊은 곳까지는 우리가 돌봐줄 수 없구나. 작은아버지가 흘린 눈물이 남자의 눈동자로 떨어졌다.

아버지는 설날에도, 추석에도 닫지 않던 가게문을 닫았다. 남자는 나프탈렌 냄새가 심하게 밴 옷을 입었다. 작은아버지는 아버지의 양복을 빌려입었다. 셋은 기차를 타고 최면술에 관한 책을 세 권이나 썼다는 사람이 사는 R시로 향했다.

출판사에서 알려준 주소를 찾아갔더니, 앞니가 두 개밖에 남지 않은 노파가 살고 있었다. 아마 못 찾을 거야. 노파가 재떨이에 가래침을 뱉어내고는 말했다. 먼 곳으로 도망갔거든, 젊은 여자랑. 최면술로 꼬시는지 암튼 여자 하나는 잘 후린다니까. 아버지는 선물로 준비한 박카스 한 박스를 노파에게 내밀었다. 그러고는 고장나서 한 채널밖에 볼 수 없는 텔레비전을 고쳐주었다. 텔레비전을 고치는 동안 남자는 노파의 무릎을 베고 깜빡 잠이 들었다. 노파가 자장가를 불러주었다. 잠을 자면서 남자는 무슨 꿈을 꾸는지 자꾸 웃었다. 작은아버지가 노파의 머리를 뚫어지게 바라보더니 말했다.

근데 할머니, 이는 그렇게 빠졌는데 머리는 하나도 안 셌네요.

노파가 두 손으로 얼굴을 가리면서 수줍게 대답했다.

이거 염색이야. 좀 젊어 보여?

집으로 돌아오는 기차 안에서 작은아버지는 하모니카를 주웠다. 옆자리에 앉은 사람이 내리면서 하모니카를 흘린 모양이었다. 손수건 있어요? 아버지가 주머니를 뒤지더니 없다고 말했다. 작은아버지가 아버지의 바지에 하모니카를 문질렀다. 뭐 하는 거야? 뭐 하긴요. 하모니카 닦잖아요. 생전 이도 안 닦는 사람이 불던 거면 어떻게 해요. 근데, 그거 불 줄 알아? 아니요. 숨을 내뱉었다가 들이마셨다 하면 되는 거 아니에요? 작은아버지가 자리에서 일어나더니 사람들을 향해 소리쳤다. 여러분, 제가 근사한 연주 한번 해보겠습니다. 남자가 박수를 쳤다. 몇몇 사람들이 마지못해 남자의 박수를 따라 쳤다.

아빠, 전 아직까지 자전거를 탈 줄 몰라요.

이 아버지는 뭐든지 고칠 줄 안단다. 너도 알지?

아버지가 남자의 무릎에 손을 올려놓았다.

예, 그러니까 가게 이름이 만물수리상이잖아요.

작은아버지가 하모니카를 불기 시작했다. 잠을 자다 놀란 아이가 자지러지게 울었다. 사람들이 귀를 막았다. 작은아버지보다 덩치가 큰 사람들이 욕을 해대기 시작했다.

그런데 니 엄마의 마음은 못 고쳤지. 네 마음도 못 고칠 것 같구나.

작은아버지의 엉터리 연주가 끝나자 남자가 자리에서 일어나 다시 한번 박수를 쳤다. 이번에는 아무도 남자의 박수를 따라 치지 않았다.

*

남자는 꿈속에서 아버지를 만났다. 아버지는 당신이 가장 아끼던 십자드라이버를 들고 있었다. 작은아버지의 어깨를 내려찍은 그 드라이버였다. 아버지가 남자를 바닥에 누이더니, 남자의 몸에 박힌 나사들을 풀기 시작했다. 뭐 하시는 거예요? 봐라, 나사들이 다 녹슬었구나. 아버지는 남자의 몸에서 오십개가 넘는 나사를 빼냈다. 나사 빨리 풀기 대회라는 게 있다면 틀림없이 아버지는 그 대회에 나가서 우승을 했을 것이라고, 꿈속에서 남자는 아버지에게 말했다. 나사가 빠지면서 생긴 구멍 사이로 빛이 새어나왔다. 바람이 구멍들을 넘나들었다. 오늘 어떤 사람을 만났어요. 그 사람을 보려고 기차를 타고 세 시간이나 갔어요. 앞으로 연애를 하려면 꽤 피곤하겠어요. 그건 그렇고, 아버지 얼른 이 구멍들을 막아주세요. 추워요.

전화벨 소리에 남자는 간신히 눈을 떴다. 등이 축축했다. 몸이 남자의 의지와 상관없이 떨렸다. 어제 잘 갔는지 궁금해서요. 먼 곳까지 오라고 해서 미안했어요. 여자의 목소리가 여러 겹으로 울렸다. 남자는 대답을 하려 했지만 목소리가 나오지 않았다. 왜 그래요, 왜 아무 말도 안해요? 남자는 무릎이 가슴팍에 닿을 정도로 몸을 웅크리고 마른침을 삼켰다. 꿈에서 아버지를 만났어요. 그리고 아무래도 감기에 걸릴 것 같아요. 전화를 끊고 남자는 다시 긴 잠에 빠져들었다.

3월 1일이야. 아니에요. 3월 1일이라니까. 아니라니까요. 아버지와 작은아버지는 말싸움을 했다. 3월 2일이 맞아요. 그래도 제 손으로 받은 아이인데 제가 어떻게 태어난 날을 잊겠어요. 글쎄, 자네가 착각한 거야. 저애가 내 품으로 돌아왔을 때 쪽지 하나를 쥐고 있었다니까. 집사람 글씨였지. 생일은 3월 1일이에요. 그렇게 적혀 있었어. 아무렴 어미가 지 자식 생일도 모를까? 아버지가 작은아버지의 멱살을 잡았다. 3월 1일이야. 작은아버지도 아버지의 멱살을 잡았다. 아니에요. 2일이에요. 남자가 두 아버지의 어깨를 흔들면서 소리쳤다. 그만들 싸우세요. 이제부터 제 생일은 일년에 두 번이에요. 3월 1일 아침. 아버지는 남자에게 생일상을 차려주었다. 남자는 쇠고기를 넣고 끓인 미역국에 밥을 말아먹었다. 맛있어요. 그런데 좀 싱거운 것 같아요. 애야, 작은아버지 말은 믿지 마라. 너 내가 생일상 차려준 게 몇번째냐. 벌써 열 번이다. 열 번. 내가 널 십년이나 키웠다는 사실을 잊으면 안 된다. 아버지가 말했다. 남자는 불고기도 먹고, 잡채도 먹고, 달 걀을 씌워 부친 쏘시지도 먹었다. 아빠, 어디서 이상한 소리가 들 리지 않아요. 아버지가 남자의 몸에 귀를 갖다댔다. 니 몸에서 나 는 소리다. 뼈가 마구 자라고 있어. 아버지의 말이 끝나기도 전에 갑자기 남자의 키가 자라기 시작했다. 무릎과 발목이 시큰거렸 다. 입고 있던 바지가 종아리까지 기어올라갔다. 3월 2일 새벽. 작은아버지는 잠을 자던 남자를 깨웠다. 생일 축하합니다. 생일 축하합니다. 작은아버지의 손에는 케이크가 들려 있었다. 열 개 의 초가 방을 환하게 밝혀주었다. 생일날 케이크를 받아본 건 처 음이에요. 남자는 박수를 쳤다. 니 생일은 3월 2일이야. 그해에 3월 2일이 일요일이었거든. 아마도 엄마가 헷갈렸나봐. 그래도 이건 기억해야 한다. 백일을 챙겨준 건 나였단다. 남자는 입술에 침을 발랐다. 후—— 바람이 동그랗게 모은 입술 사이로 새어나왔 다. 초가 꺼질 듯 꺼질 듯 흔들렸다. 열 개였던 초가 열한 개로 늘 었다. 열두 개, 열세 개, 스무 개. 초를 끄려 할 때마다 초가 하나 씩 늘어났다. 남자는 마지막으로 숨을 크게 들이마셨다가 있는 힘껏 내뱉었다. 스무 개의 초가 한번에 꺼졌다. 순간, 모든 불빛 이 사라졌다.

몸은 좀 어때요? 왜 전화를 안 받았어요? 여자가 다정한 목소 리로 말했다. 여자는 그동안 서른 통도 넘게 전화를 했다고 말했 다. 여자의 설명을 듣고 나서야 남자는 이틀 동안이나 잠을 잤다 는 사실을 알았다. 내가 그거 이야기했었나요. 전 두 번 태어났어요. 그래서 생일도 두 번이나 찾아와요. 좋았겠네요. 그중 하루는 나를 주면 안될까요? 안돼요. 난, 고등학교 이학년 때 감기에 걸리고는 아직까지 한번도 아픈 적이 없었는데.

괜찮니? 작은아버지의 입에서 생선비린내가 났다. 애야! 아버지가 남자의 이마를 쓰다듬었다. 남자는 오른손을 들어 손가락에 감긴 붕대를 바라보았다. 웃기죠? 꼭 누에고치 같아요. 남자는 웃었다. 그래, 조금 있으면 그 안에서 나비가 자라날 거다. 작은 아버지가 두 손을 펄럭이며 날갯짓을 했다. 지금 나오려나봐요. 간지러워요. 아버지가 남자의 눈곱을 떼어주었다. 아버지의 손톱 밑이 새까맸다. 제가 비밀 하나 알려드릴게요. 남자는 작은아버지의 귀에 대고 속삭였다. 작은아버지는 오년 후에 폐암에 걸려요. 의사가 삼개월을 못 넘긴다고 했는데 그래도 용하게 육개월을 넘겨요. 작은아버지는 셔츠를 벗더니 자신의 가슴에 난 수술자국을 들여다보았다. 그래도 예쁘게 꿰매졌네. 아버지가 작은아버지의 가슴을 쓰다듬었다. 그리고 아버지! 남자가 아버지를 향해 소리를 질렀다. 제가 그렇게 말했죠. 제발 횡단보도로 가라고. 그렇게 무단횡단하다가는 큰일이 날 거라고 제가 몇번이나 주의를 줬어요? 아버지의 충혈된 눈에서 흰나비 한마리가 나오더니 창밖으로 날아갔다.

남자는 무릎걸음으로 냉장고에 다가갔다. 냉장고 불빛을 향해 두 손을 내밀었다. 불빛은 따스했다. 가지런히 정돈된 반찬그릇들이 보였다. 삐. 삐. 냉장고에서 신경질적인 기계음이 들렸다. 남자는 냉장고 문을 닫았다가 다시 열었다. 남자는 여자에게 전화를 걸었다. 달걀이 두 개밖에 남지 않았어요. 내일 먹으면 그만

이겠어요. 남자는 중얼거렸다. 뭐라고요? 여자에게는 남자의 목소리가 잘 들리지 않는 듯했다. 틀림없어. 그날 병원에서 옮은 것 같아. 냉장고에서 다시 삐, 삐, 하는 소리가 들렸다. 혹시, 당신이 옮긴 거 아냐? 남자는 휴대전화를 냉장고 문 안쪽, 바나나우유와 오렌지주스 사이에 끼워넣었다. 그러고는 조심스럽게 냉장고를 닫았다. 언제 내렸는지 마당에는 눈이 쌓였다. 남자는 맨발로 마당을 걸었다. 발이 시리다는 생각은 들지 않았다. 십년 만의 한파가 찾아왔다. 남자의 집은 햇볕이 잘 들지 않아서 마당에 쌓인 눈은 오랫동안 녹지 않았다. 눈에 찍힌 남자의 발자국도 오랫동안 사라지지 않았다.

남자는 열쇠를 오른쪽으로 돌렸다. 와이퍼가 빠른 속도로 움직였다. 누군가가 와이퍼 멈추는 걸 잊은 채 시동을 끈 모양이었다. 남자가 지독한 독감을 앓는 동안 눈은 내리고 또 내렸다. 동료 기사 두 명이 사고를 냈고 버스 한대가 폐차되었다. 사고를 낸 동료는 그날 비번이었지만 일주일째 결근을 하는 남자를 대신해 운전을 했다. 병원에 입원한 동료는 남자에게 전화를 걸어서 욕을 해댔다. 남자는 땀냄새가 밴 베개에 코를 박고 동료의 욕을 들었다. 전화를 끊고 부엌으로 가서 물을 끓였다. 물이 끓기를 기다리면서 남자는 마당에 쌓인 눈을 바라보았다. 켜켜이 쌓인 눈 어딘가에 자신의 발자국이 숨어 있을 거라는 생각을 하면서. 커피잔을 드는 순간, 손잡이 이음새가 벌어지면서 잔이 바닥으로 떨어졌다. 남자는 자신의 손에 남아 있는 손잡이를 무심히 보았다. 눈꺼풀이 바르르 떨렸다. 이제 그만 일어나야 되겠네, 하고 남자는 중얼거렸다.

손님은 많지 않았다. 저, 지갑을 잃어버려서. 주황색으로 머리를 염색한 남학생이 머리를 긁적였다. 다음에 두 배 내라. 남자가 말했다. 할아버지가 지팡이를 바닥에 내리치면서 말했다. 너 그거 거짓말이지? 남자는 룸미러로 남학생이 할아버지의 뒤통수에 대고 혓바닥을 내미는 것을 보았다. 초등학생 여자아이가 한손에는 햄버거를 다른 손에는 콜라를 들고 버스에 올랐다. 바닥에 콜라 흘리면 안된다. 남자는 초등학생이 자리에 앉을 때까지 기다린 다음 출발했다. 제가 뭐 어린앤가요. 먹을 걸 흘리게. 초등학생의 말이 끝나자마자, 자리가 있어도 앉지 않고 서서 가던 남자 둘이 서로 멱살을 잡았다. 그래서 뭐가! 무테안경을 낀 남자가 소리를 질렀다. 니까짓 게 형이냐! 뿔테안경을 낀 남자가 무테안경의 종아리를 걷어찼다. 그러자 무테안경이 뿔테안경의 뺨을 쳤다. 안경이 바닥으로 떨어졌다. 라디오에서 일기예보가 흘러나왔다. 강원 산간에 많은 눈이 오고 있습니다. 동해 해상은 물결이 비교적 높게 일겠습니다. 조업중인 선박은 간통 주의하시기 바랍니다. 아나운서는 코맹맹이 소리를 냈는데, 그 때문에 강풍이 간통이라는 말로 들렸다. 남자의 바로 뒤에 앉은 아주머니가 큭, 하고 웃었다. 시끄러워! 할아버지가 자리에서 일어나 싸우는 남자들을 향해 지팡이를 휘둘렀다. 남자가 급브레이크를 밟았다. 무테안경이 초등학생 쪽으로 넘어졌고, 초등학생은 들고 있던 콜라를 엎질렀고, 콜라는 바닥에 떨어진 안경을 향해 흘러갔다.

무테안경과 뿔테안경은 멀찍이 떨어져 앉았다. 남자는 다시 버스를 출발시켰다. 무테안경이 창을 열고는 밖으로 침을 뱉었다. 날씨 참 좋네. 소풍이나 갔으면. 남자는 정지신호를 무시하고 달렸다. 버스정류장도 그냥 지나쳤다. 이봐! 기사양반. 뭐 하는 거야. 사람들이 손잡이를 꼭 움켜잡은 채 말했다. 정말 날씨가 좋아요. 우리 소풍이나 가죠! 그렇게 말하고 남자는 경적을 길게 울렸다. 병원에 가야 한다는 중년 남자와 가스레인지에 설렁탕을 올려놓고 나왔다는 새댁이 버스에서 내렸다. 남자는 늘 좌회전을 하던 교차로에서 직진을 했다. 열여덟 개의 정거장을 하루에 여덟 번씩 반복해서 돌던 마을버스는 1997년 가을 공장에서 출고된 이후 처음으로 낯선 길을 달렸다.

쌓인 눈 위로 햇살이 가만히 내려앉았다. 눈은 녹으면서 자기가 품은 빛보다 더 강렬한 빛을 내뱉었다. 아주머니가 시장바구니에서 귤을 꺼내 사람들에게 나눠주었다. 버스에 타면서부터 전화통화를 하던 주황색 머리가 창밖으로 휴대전화를 던졌다. 그러고는 얼굴을 무릎에 묻고는 울기 시작했다. 뿔테안경이 남학생 곁으로 가서는 그의 등을 토닥여주었다. 초등학생이 가방에서 디지털카메라를 꺼내더니 팔짱을 끼고 무엇인가 골똘히 생각하는 사람들의 옆모습을 찍었다.

라디오에서 정오 뉴스가 시작되었을 때, 남자는 여자가 일하고 있는 톨게이트에 도착했다. 팔천오백원입니다. 말끝을 길게 늘이면서 여자가 말했다. 없는데요. 대신 내주세요. 여자가 고개를 돌려 남자를 바라보았다. 여자는 눈을 감았다가 마음속으로 열을 센 후 다시 떴다. 아까보다 조금 높은 억양으로 말했다. 팔천오백원입니다. 미안해요. 뒤차가 빠앙, 하고 경적을 울렸다. 화났어요? 팔천오백원입니다. 나, 살이 좀 빠진 것 같지 않아요? 팔천오백원입니다. 내 생일 중 하루 당신에게 줄게요. 팔천오백원입니다. 지금 소풍가는 길이에요. 당신도 같이 가지 않을래요? 버스에 탄 사람들이 일제히 창문을 열어 소리쳤다. 이봐요! 우리 배고파요. 탈 거면 빨리 타요.

장바구니를 든 아주머니가 여자에게 자리를 내주었다. 여자는 창에 몸을 기대고 라디오에서 나오는 노래를 따라 불렀다. 널 이토록 병들게 만들어놓은 건 누구. 날 저주하렴. 차라리 흉터처럼 기억해주렴. 아는 노래예요? 차가 신호에 걸렸을 때, 남자가 뒤를 돌아보며 물었다. 아니요. 오늘 처음 들어보는 노래예요.

남자는 한적한 국도에서 히치하이킹을 하는 사람들을 만났다. 그들은 똑같은 색깔의 모자를 썼다. 남자는 그들을 이웃 동네까지 데려다주었다. 그곳에는 다른 색깔의 모자를 쓴 사람들이 운동회를 하고 있었다. 할아버지가 버스에서 내리더니 학교 운동장을 가로질러, 운동장 한쪽에서 국수를 삶고 있는 여자들에게 다가갔다. 그러고는 버스를 향해 손을 흔들었다. 줄다리기가 시작되었다. 무테안경과 뿔테안경은 빨간 모자 팀에 섰고, 주황색 머리와 아주머니는 노란 모자 팀에 섰다. 남자는 빨간 모자 팀을 응원하고, 여자는 노란 모자 팀을 응원했다. 지금도 잘 모르겠어요. 여자가 가볍게 고개를 흔들면서 말했다. 어쩌면…… 남자가 무슨 말인가를 하려다 말았다. 줄이 노란 모자 쪽으로 당겨지기 시작했다. 초등학생 여자아이가 이 모든 풍경들을 카메라에 담았다.

재채기

다섯 명의 남자들이
어깨동무를 하고는 거리를 걷고 있었다.
그들은 고백의 날을 없애야 한다고
구호를 외쳐댔다.
이렇게 행복한 날을 왜 없애!
팔짱을 끼고 길을 걷던 할아버지 할머니가
그들을 향해 손가락질을 했다.
그들은 꽃다발을 들고 가는 여자에게
다가가 짓궂게 장난을 쳤다.
아무것도 믿지 마세요.

오늘은 사람들이 손꼽아 기다린다는 고백의 날이었다. 아침 일곱시가 되면 자동으로 켜지도록 설정을 해놓은 라디오에서 이런 이야기를 들려주었다. "작년 고백의 날에는 국민 열 명당 한 명꼴로 꽃다발을 샀다고 하네요." 식빵에 사과잼을 바르면서, 나도 모르게 고개를 끄덕였다. 고백의 날에 팔리는 꽃다발 수가 발렌타인데이에 팔리는 꽃다발 수보다 여섯 배가 많다는 통계를 어디에선가 본 적이 있었다. 출근을 했더니, 그 통계가 거짓이 아니라는 듯, 동료 Z의 책상에도, P의 책상에도 꽃다발이 놓여 있었다. 점심시간이 지난 후에 C에게서 전화가 걸려왔다. "뭐, 고백이라도 할 게 있어?" C는 내 말에 대답하지 않고, 흠, 흠, 하며 헛기침을 두어 번 했다. C가 자신의 전재산을 가로챈 동창을 찾아 태국으로 떠난 것은 작년 가을이었다. C는 동창이 나타났다는 소문이 들리면 어디든 찾아갔다. 필리핀으로, 베트남으로, 말레이

시아로. "H에게 헤어지자고 말했어. 오늘 말해야 충격이 덜할 것 같아서. 걔 만나서 위로 좀 해주라." 나는 C에게 내가 왜 H를 만나야 하는지 모르겠다고 말했다. 명색이 고백의 날이었다. 친구의 옛애인을 만나 신세한탄이나 들어줄 자신이 없었다. "나도 오늘 만날 사람 있어." 그러자 C가 킥킥대며 웃기 시작했다. "거짓말 마. 야근이나 할 거면서." C는 고백의 날에 내가 누군가를 만난 적이 한번도 없었다는 사실을 알고 있다고, 목소리를 깔면서 말했다. C는 H가 충격을 견디지 못하고 자살을 할지도 모른다고 했다. "내가 딴맘을 먹으면 자기는 죽어버린다고 했어." "언제?" "인천공항, 그것도 남자화장실 입구에서." 할 수 없이, 나는 H를 만나 맛있는 밥을 사주겠다고 약속했다. 전화통화를 엿듣던 회사 동료들이 저마다 한마디씩 했다. 과장은 고백의 날을 핑계 삼아 애인에게 결별을 통보하는 사람들이 늘고 있는 게 큰 문제라고 이마를 찌푸렸다. 그러더니 자기 딸은 아침에 백만원이 넘는 카드영수증을 내밀더라는 이야기를 덧붙였다. 동료 A는 술을 먹이는 게 가장 좋은 해결책이라며 숙취해소용 음료수를 두 병 사주었고, 동료 P는 친구의 옛애인이 우울해 보이거든 물에 타서 먹이라며 이상한 가루를 주었다. 나는 H에게 휴대폰 문자메씨지를 보냈다.

"내가 가장 싫어하는 것은 웨하스예요." H가 말했다. "과자?" 내가 되물었다. H가 고개를 끄덕였다. 고등학교 이학년 여름방학이 시작되기 직전이었다. 그날, 그녀는 평소보다 한시간이나 일찍 일어났다. 그녀의 집은 학교 담장과 이웃해 있어 집에서 나와 교실까지 가는 데 오분이 걸리지 않았고, 그래서 그녀는 언제나 등교시간 십분 전에 일어났다. "그때는 세수하고 스킨도 바르지 않았어요." 지금은 어느 브랜드의 화장품을 쓰고 있는지, 다른 화장품과 비교해서 어떤 점이 뛰어난지, 그녀는 장황하게 설명을 했다. 언젠가 C가 술자리에서 이런 말을 한 적이 있었다. H에게 화장품을 사주었더니 월급의 반이 없어졌다고. 그 말을 듣고도 C에게 술값을 내게 할 수 없어서 나는 하는 수 없이 지갑 안쪽에 숨겨둔 비상금을 꺼내야 했다. "참, 그날 내가 왜 일찍 일어났냐 하면요." 생리를 시작한 그녀의 동생 때문이었다. 피묻은 팬티를 다리 사이에 어정쩡하게 걸친 채 동생은 자고 있는 그녀를 깨웠다. 울지 마. 그녀가 동생에게 말했다. 그 순간, 그녀의 머릿속에는 자율학습을 땡땡이치고 보러 갔던 영화의 한장면이 떠올랐다. 생리를 시작하게 된 딸의 이마에 금발인 아버지가 뽀뽀를 하며 말했다. 축하한다. 영화 속에서 그들이 사는 집은 뾰족지붕이 있는 이층집이었다. 그녀는 뾰족지붕이 달린 이층집에 대한 묘한 환상이 있었다. 그런 집을 가진 사람이라면 사랑하지 않아도 결혼할 수 있을 것이라고 생각하기도 했다. 아버지는 창문을 열어놓고 마루에서 맨손체조를 하고 있었다. 그녀는 아버지에게 막내의 이마에 뽀뽀를 해주라고 부탁을 했다. 언니가 고등학교를 졸업하던 날, 아버지는 언니를 데리고 호프집으로 가서 술을 사주었다. 그녀는 볼이 불그스름해진 언니에게 부탁을 했다. 자신의 코에 대고 입김을 불어보라고. "언니의 입에서 나는 술냄새는 어떤지 궁금했거든." 그녀는 언니의 이야기를 마치 자기 이야기인 것처럼 꾸며 친구들에게 하곤 했다. 맨손체조를 하다 말고 아버지는 그녀를 뚫어지게 바라보았다. 내가 누구냐? 그녀는 대답하지 못했다. 아버지의 오른쪽 눈 흰자에 검은 반점이 보였다. 십칠년 만에 처음 안 사실이었다. 난 아버지다. 아버지의 말이 끝나자마자 압력밥솥에서 칙, 하고 김새는 소리가 들려왔다. "그날 아버지는 막내에게 이렇게 말했어요. 밥 많이 먹어라." 그녀의 아버지는 다음해에 폐암이라는 진단을 받았고, 삼개월밖에 못 버틸 것이라는 의사의 진단과는 달리 그로부터 육년을 더 살았다. 아버지는 딸의 손을 잡고 결혼식장에 들어가기 전에는 죽을 수 없다고 입버릇처럼 말했다. 그녀의 언니는 아버지의 생명을 조금이라도 연장시키기 위해서라도 딸들이 결혼을 해선 안된다고 주장했다. 그녀는 결혼을 하기 위해 서른 번이 넘게 맞선을 보았지만 그중에서 다시 연락을 해온 남자는 단 한명이었다. 차라리 내가 할까, 하고 고등학생이 된 동생이 말했다. 난 사랑하는 사람도 있거든. 남편 대신 직장에 나가게 된 그녀의 어머니가 발가락 사이에 무좀약을 바르면서 한숨을 내쉬었다. 막내는 아직 안된다. 그러자 큰딸이 폭탄선언을 했다. 난 동성애자예요. "우리 식구들은 아직도 언니의 말이 정말인지 아닌지 몰라요. 남자든 여자든 내가 알기로는 아무도 안 사귀거든." 종업원이 다가와 커피 더 드릴까요, 하고 물었다. H의 잔에 커피를 따르는 동안 종업원은 도톰한 아랫입술을 윗니로 깨물고 있었다. "그래서 당신이 이혼녀가 된 거군요?" 종업원이 커피를 따르다 말고 고개를 들어 나를 보더니 고개를 좌우로 흔들었다. 나는 갑자기 얼굴이 화끈 달아올랐다. 결혼식장에서 딸의 손을 잡고 식장에 들어선 아버지는 이렇게 속삭였다. 나는 이제 죽어도 소원이 없구나. 하지만 둘째딸이 제주도로 신혼여행을 떠난 그날밤 남은 두 딸과 아내의 손을 잡고 이렇게 말했다. 딱 일년만 더 살았으면 소원이 없겠어. "언니는 아직도 나를 미워해요. 내가 결혼을 안했으면 아버지가 그렇게 일찍 돌아가시지 않았다고." 학생으로 보이는 소년이 우리가 앉아 있는 테이블로 다가오더니 복조리를 내밀었다. 아르바이트를 해서 학교에 다니는 가난한 학생이라고, 하나만 팔아달라고, 기어 들어가는 목소리로 말했다. 그녀는 복조리에 붙은 스티커를 떼어 자신의 손등에 붙였다. 메이드 인 차이나. 그녀는 스티커에 적힌 글을 손가락으로 짚어가며 읽었다. 학생은 고개를 숙인 채 아무 말이 없었다. 복조리를 다시 집으려 했지만 용기가 나지 않는지 손가락으로 테이블에 동그라미만 그려댔다. 그녀는 지폐를 동그랗게 말아서 학생의 손가락 사이로 살짝 밀어넣었다. "아, 배고프다. 밥 먹으러 가자." 그녀는 자리에서 일어났다.

"그런데 왜 웨하스를 싫어하는 거죠?" 나는 삼계탕에 들어 있는 인삼을 건져냈다. 그거 왜 버려, 하는 표정으로 그녀가 나를 보았다. "그런데 왜 인삼을 싫어하는 거죠?" H의 동생은 첫 생리를 하던 날 결국 눈물을 보이고 말았다. 그녀의 아버지가 밥 많이 먹어라,라고 말을 하자마자 동생은 겁에 질린 표정을 짓더니 울기 시작했다. 아이를 학교에 보내지 말자고 어머니가 말했다. 그러자 아버지가 그게 무슨 대단한 일이라고 결석까지 시키는지 이해할 수 없다고 했다. 결국 부모님은 말싸움을 시작했다. 막내는 방으로 들어가 이불을 뒤집어썼고, 그녀는 가방을 메고 집을 나왔고, 언니는 아무것도 들리지 않는다는 듯 묵묵히 밥을 먹었다.

세 딸들은 결국 어머니가 이길 것임을 알고 있었다. 어머니는 소녀시절부터 말싸움이라면 누구든지 이길 자신이 있었다. "내가 그 점을 닮았어야 하는데. 불행히도 막내가 엄마를 닮았어요." H가 오른손에 닭다리를 들고 왼손에 술잔을 들었다. 나는 왼손에 닭다리를 들고 오른손에 술잔을 들었다. 잔은 잔끼리, 닭다리는 닭다리끼리, 건배를 했다. "참, 내 동생은 배우가 되었어요. 텔레비전에도 종종 나왔는데……" 그녀가 동생의 이름을 말했지만, 처음 들어보는 이름이었다. 동생은 아버지가 돌아가시고 난 뒤에 한동안 방황을 했다. 동생이 재수를 하는 동안 누가 학원비를 대줄 것인가를 놓고 어머니와 언니가 싸우기도 했다. 동생은 둘의 싸움을 멈추게 하는 법을 알았다. 차라리 내가 결혼하는 게 더 나을 뻔했어,라고 말하며 눈물을 글썽이면 식구들은 싸움을 그치고 동생을 불쌍한 눈으로 보았다. 동생의 연기실력은 그렇게 향상되었다. H의 동생은 범죄사건을 재구성해서 보여주는 재연 프로그램에 출연했다. 그중에서 주로 동생이 맡은 역은 사기꾼이었다. 동생이 경찰에 잡혀가고 난 뒤, 그녀의 언니는 동생이 출연한 프로그램들을 샅샅이 살펴 몇번이나 사기꾼 역을 했는지 밝혀냈다. 무려 백칠십번이었다. 사기꾼 역을 자주 하다보니 자신의 실제 모습이 헷갈린 것이라며 언니는 증거자료를 제출했지만, 재판과정에서 받아들여지지는 않았다. 처제가 감옥에 갔다는 사실이 남부끄럽다며 그녀의 남편은 이혼을 요구했다. "그래도 동생 덕에 내 문제가 하나 해결됐지. 고마워서 이혼하던 날 동생에게 영치금을 잔뜩 넣어주었어." 그녀의 동생은 감옥에서 한자능력검정시험을 준비하고 있다. 같은 방을 쓰는 사람 중에서 한문학과를 나온 사람이 있다는 것이었다. 학원에서 프랑스어를 가르치던 여자가 간통죄로 들어오는 바람에 프랑스어 공부도 조금 했다. 동생은 스포츠마싸지나 경락마싸지를 할 줄 아는 사람이 죄를 짓고 감옥에 들어왔으면 좋겠다는 편지를 그녀에게 보냈다. 평소보다 일찍 집을 나온 그녀는 달리 갈 곳도 없고 해서 학교로 갔다. "교실에는 아무도 없었어요. 태어나서 일등을 해본 건 아마 그때가 처음인 것 같아요." 그녀는 교실에 앉아서 멍하니 창밖을 바라보았다. 누군가 자기의 뒤통수를 보는 것 같았지만 뒤를 돌아보지는 않았다. 누군가가 「에델바이스」라는 노래를 허밍으로 부르면서 복도를 지나갔다. 어릴 적에 타던 세발자전거가 떠올랐다. 페달을 밟으면 「에델바이스」라는 노래가 울려퍼지는 자전거였다. 그녀는 그 자전거를 언니에게서 물려받았고 동생에게 물려주었다. 햇살이 교실 안쪽으로 들어오기도 전이었는데 그녀는 눈이 시큰거렸다. 수학문제집을 풀려고 가방을 열었다가 자신이 빈 가방을 메고 학교에 왔다는 사실을 알아차렸다. 그녀는 가방을 들고는 다시 교실 밖으로 나왔다. "왜 그랬는지는 지금도 모르겠어요. 발이 집과는 반대반향으로 걸어지는 거예요." 그녀는 자신의 발이 시키는 대로 걸었다. "그건 그렇고, 우리도 입이 시키는 대로, 삼차나 갈까요?"

다섯 명의 남자들이 어깨동무를 하고는 거리를 걷고 있었다. 그들은 고백의 날을 없애야 한다고 구호를 외쳐댔다. 이렇게 행복한 날을 왜 없애! 팔짱을 끼고 길을 걷던 할아버지 할머니가 그들을 향해 손가락질을 했다. 그들은 꽃다발을 들고 가는 여자에게 다가가 짓궂게 장난을 쳤다. 아무것도 믿지 마세요. '사랑을 고백한 연인들에게는 30%를 할인해드립니다'라는 문구가 쓰인 식당 앞에 서더니 우— 하고 야유를 퍼붓기도 했다. 다섯 명 중 한명이 목말라, 하고 외쳤다. 그러자 그들은 눈앞에 보이는 통닭 집으로 들어갔다. "우리도 저기 가요." H가 그들을 따라 식당으로 들어갔다. "난, 프라이드." "난, 양념." 식당 주인이 우리 둘을 번갈아 바라보더니 말했다. "반반. 맥주 둘. 오케이?" 그녀가 손으로 오케이 표시를 했다. "나는 걷고 또 걸었어요. 발이 아파 아래를 내려다보니 그때까지 실내화를 신고 있더라고요." 그녀가 도착한 곳은, 공원이라고 이름붙이기도 민망할 정도로 작은 공원이었다. 노인들이 벤치에 앉아 바둑을 두었다. 니가 보면 뭘 아니. 아이스크림을 먹으면서 훈수를 두던 노인 한명이 그녀에게 말했다. 다른 노인이 추임새를 넣었다. 본다고 뭘 알겠어. 저리 가라. 그 말을 듣는 순간 그녀는 뭐라 설명할 수 없는, 마치 화장실에서 용변을 보다 들킨 것 같은 수치심에 사로잡혔다. 그녀는 바둑판을 뒤집어버렸다. "바닥에 떨어진 바둑알을 보는 순간 죽고 싶다는 생각이 들더라고요." 그녀는 쪼그려앉아 땅바닥으로 흩어진, 검은돌과 흰돌을 뚫어지게 바라보았다. "삼십년 후의 내 모습이 너무나 선명하게 보였어요." 쉰살이 되기 전에 그녀는 상가 건물을 다섯 채나 가지게 된다고 한다. "지금은 몇채예요?" H는 검지에 치킨 양념을 묻히더니 탁자에 동그라미를 그렸다. "반지하. 전세 삼천만원." 훗날 그 말이 사실이 된다면 작은 가게 하나만 빌려달라고 했지만 그녀는 고개를 저었다. "정식으로 보증금 내고 월세 내고 그렇게 장사해요. 아는 사람이라고 싸게 해줄 수는 없죠." 어찌된 일인지 노인들은 그녀에게 화를 내지 않았다. 어떤 할아버지는 그녀에게 아이스크림을 사주기까지 했다. "아이스크림 이름도 기억해. 서주아이스바였어요." 세발자전거를 타고 있던 아이가 그녀를 빤히 쳐다보았다. 그래서 그녀는 아이에게 똑같은 아이스크림을 사주었다. 아이가 아이스크림을 먹는 동안 그녀는 세발자전거를 타보았다. 페달을 돌리기에 다리가 너무 길었다. 아이가 뒷좌석에 매달아놓은 봉지에서 무엇인가를 꺼내더니, 그녀에게 주었다. 웨하스 조각이었다. 그녀는 끈끈해진 손을 내밀어 과자를 받았다. 자전거 손잡이에서도, 그녀의 손바닥에서도, 웨하스 냄새가 났다. 집으로 돌아오는 길에 그녀는 빈 가방에 하나 가득 돌을 담았다. 가방을 멘 어깨가 아파오면 죽고 싶다는 생각이 잠깐 사라지기도 했다. 어깨동무를 하고 술집으로 들어왔던 다섯 명의 남자들이 자리에서 일어났다. 여러분, 저희가 건배 제의를 하고 싶습니다. 식당에 있던 사람들이 박수를 쳤다. 그들이 외쳤다. 고백의 날이 없어지는 그날을 위하여! 아무도 위하여, 라는 말을 따라하지 않았다. 그때 갑자기 H가 잔을 높이 들어올렸다. 그날을 위하여! 그런데 그쪽은 무슨 사연이 있습니까? 테이블 저쪽에서 다섯 명 중 누군가가 물었다. "오늘 새벽에 남자친구가 전화를 해서는 이렇게 말하더라고요. 새로운 사람이 생겼다고." 나쁜 사람이군요,라고 누군가가 중얼거렸다. "나쁜 사람은 아니에요." 그녀가 큰 소리로 말했다. C는 그녀 어머니의 무좀을 치료하기 위해 갖가지 민간치료법을 공부했다. 어머니의 장례식장에서는 자식들처럼 슬프게 눈물을 흘렸다. 술에 취하기만 하면 그녀를 괴롭혔다는 전남편 이야기를 듣고서는 자기는 앞으로 소주를 한병 이상 마시지 않겠다고 약속했다. 게다가 전봇대에 오줌을 누고 있던 전남편의 뒤통수를 몽둥이로 후려친 적도 있었다. "다만 제가 참을 수 없는 건." 그녀는 딸꾹질을 했다. "그 전화가 콜렉트콜이었다는 거예요." 나는 숙취해소용 음료수에 P가 준 가루를 탔다. 봉지에 남아 있는 가루를 혓바닥으로 핥아보았다. 미숫가루 맛이 났다. H의 입술에 타원형의 얼룩이 보였다. 자세히 보니 스티커였다. 복조리에 붙어 있던 스티커. "내가 웨하스를 싫어하는 이유는……" 해가 질 무렵에 그녀는 집으로 돌아왔다. 돌이 가득 든 가방을 마루에 내려놓고 그녀는 화장실로 가서 참았던 오줌을 누었다. 오줌을 누면서 손바닥에 남아 있는 과자냄새를 맡아보려고 애를 썼다. 아버지의 면도기에서 칼날을 꺼내 날을 살짝 만져보았다. 손끝에서 피가 났다. 피는 생각보다 많이 나왔고, 손가락은 생각보다 많이 아팠다. 그녀는 면도날을 화장실 변기에 버렸다. "그날 내가 죽었다면 웨하스는 마지막으로 먹은 음식이 되었을 거예요." 그녀가 말을 할 때마다 입술에 붙어 있던 스티커가 흔들렸다. 메이드 인…… 나는 스티커에 적힌 글자를 천천히 읽어보았다. "이거 마셔요." 나는 그녀에게 음료수를 주었다. "고마워요." 음료수를 마시고 난 뒤, 그녀의 입술에 붙어 있던 스티커가 보이지 않았다.

C가 다짜고짜 울기 시작했다. H가 실종되었다는 것이다. 어찌나 크게 우는지 회사 동료들이 일제히 일손을 멈추고 울음소리가 새어나오는 수화기를 바라보았다. "어디서 들은 소식인데?" H의 언니가 전화를 걸어와서는 동생이 사라졌으니 책임을 지라며 한

바탕 소란을 피웠다고 한다. 옆자리에 앉은 동료가 스크랩해둔 신문기사를 내 책상에 올려놓았다. 기사에 따르면 고백의 날이 지나고 나면 사망률이 급증한다고 한다. 특히, 수십년 동안 비밀을 간직해둔 노인들은 그 비밀을 고백하고 난 뒤 갑자기 돌연사하는 경우가 많다며 주의를 요한다고 적혀 있었다. 또 고백의 날이 지난 뒤 학교나 회사를 무단결근하는 젊은이들이 느는 것도 큰 문제라고 지적했다. 나는 기사를 읽다 말고 사무실을 둘러보았다. 그러고 보니 아르바이트를 하는 남학생이 아직까지 출근을 하지 않았다. 감수성이 예민한 이들은 아예 며칠씩 사라지기도 한다는 문장에 밑줄을 그었다. 그러고는 C에게 신문기사를 읽어주었다. 전화를 끊기 전, 혹시 H의 언니가 콜렉트콜로 전화를 걸지 않았느냐고 물었다. "어떻게 알았어?" 어쨌거나 귀여운 자매들이었다. 나는 H에게 문자메씨지를 보냈다. 그런 식으로 복수하니 시원해요? 며칠 후에야 답장이 왔다. 시원해요, 맥주가. 지금 회사 앞에 있는 술집이에요.

H는 낯선 사람들과 술을 마시고 있었다. "저녁 안 먹었죠?" H가 포크를 내 손에 쥐여주었지만 테이블에는 닭의 뼈다귀들만 남아 있었다. "설마, 이걸 먹으라고요?" 내 말이 끝나자마자 매운 닭찜이 안주로 나왔다. 무진장 닭을 좋아하는 여자군, 하고 나는 생각했다. "올 시간에 맞춰 미리 주문해놓았어요." 낯선 사람들이 말했다. 그들이었다. 어깨동무를 하고 거리를 걷던 다섯 명의 남자들. 그날, 다섯 명 중 누군가가 그녀의 손바닥에 전화번호를 남겼다. 세수를 해도 전화번호는 지워지지 않았고, 그래서 다음

날 그녀는 그 번호로 전화를 걸어 이렇게 물었다. 혹시, 고백의 날이 왜 만들어졌는지 아세요? 전화를 받은 사람은 답을 알지 못했다. 그는 나머지 네 명의 친구들에게 전화를 걸어 똑같이 물었다. 그녀는 국립중앙도서관에서 그들을 만났다. 그들이 알아온 것은 1965년 이전에는 고백의 날이 없었다는 사실뿐이었다. "1965년에 저희 부모님이 결혼을 했거든요. 아버지에게 물어봤더니, 그런 날이 있었다면 아마도 짝사랑한 여자에게 청혼했을 거라고 하네요." 다섯 명 중 가장 키가 큰 남자가 말했다. 그들 중 두 명은 1965년 이후에 발행된 모든 신문을 검색했다. 다른 한명은 월간지와 주간지를 검색했는데 거기에는 황당하고 재미있는 사건들이 넘쳐났다. 잡지를 읽다보니 자신이 얼마나 따분하게 살고 있는지 알게 되었다며 회사를 그만두었다. 유일하게 직장에 다니는 사람이었다. 또다른 사람은 방송국에 관련된 자료가 있는지를 알아보러 다녔다. 옛날에 사귀었던 여자친구가 방송국 PD와 결혼했다는 사실을 생각해냈다. 그 PD를 찾아가서 이렇게 말했다고 한다. 예전에 제가 축의금도 냈습니다. PD는 이혼을 했고 그를 도와주지 않았다. 그가 알아낸 사실은 하나도 없었다. 나머지 한사람은 명동 한복판에 서서 지나가는 사람들에게 일일이 묻기로 했다. 모름지기 떠도는 소문이 가장 정확하다는 게 그의 지론이었다. "그래서 마침내 우리가 알아냈어요!" 그들이 한목소리로 외쳤다. "잠깐! 그런데 당신은 뭘 했어요?" 나는 감자를 찍은 포크로 H를 가리켰다. "다섯 명이 먹을 수 있는, 맛있는 도시락을 쌌어요." 그녀가 자랑스럽게 말했다. "딱 한번!" 남자들이 동시에 검지를 흔들면서 말했다. "우리 다같이 그 사람을 찾으러 가요." "누구요?" "박모씨! 그 사람이 고백의 날의 기원이에요." 그들은 내게 종이뭉치를 건네주었다. 1972년 5월 28일 신문에 의하면 박모씨는 38세였고 O시에 살고 있었다.

1984년 5월 28일자 Y신문 18면을 보면, O시에 사는 박모씨에게 체신청에서 공로패를 준다는 기사가 있었다. 사람들에게 따뜻한 편지를 쓰게 한 공로였다. H는 둘은 같은 사람인 게 틀림없다고 말했다. 우리는 자기가 아는 사람 중에서 우체국에서 일하는 사람이 있는지를 찾기 시작했다. 일곱 명의 사돈의 팔촌까지 뒤져보니 생각보다 많은 사람들이 우체국에 다니고 있었다. 그중에서 겹치는 사람도 세 명이나 되었다. 착하게 살아야 해! 누군가 그렇게 뜬금없는 소리를 했다. 우리는 가장 지위가 높아 보이는 사람에게 전화를 걸어 도움을 요청했다. 누군가의 삼촌이었다. 전화를 받은 삼촌은 자기가 일하는 곳은 우체국이 아니라 우정사업본부라고 말했다. "그러니까 그게 그거 아니에요? 암튼, 부탁이 있어요." 삼촌은 한시간 후에 연락을 주겠다고 했지만 다섯 시간이나 지난 뒤에야 연락이 왔다. "그럼 이번주 토요일에 출발해요!" 헤어지기 전에 그들은 둥그렇게 모여 서로의 손을 포개고 파이팅을 외쳤다. 토요일에는 밀린 빨래를 해야 한다고 말했지만 그들은 막무가내였다. 토요일마다 밀린 빨래를 하는 것은 지난 몇년 동안 한번도 빠짐없이 지켜온 일이었다. 토요일까지 구인승 승합차를 빌리는 일과 박모씨가 살고 있다는 주소지의 지도를 구해야 하는 일이 내 몫으로 돌아왔다. 그걸 왜 내가 해야 하는데, 하고 묻자 그녀와 다섯 명의 남자들이 황당하다는 듯이 나를 바라보았다. "그럼 그것도 안하고, 이렇게 재미있는 놀이에 낄 수 있을 것 같았어요?"

썬글라스를 끼고 온 남자는 차에 타자마자 잠을 자기 시작했다. 분홍색 꽃무늬가 새겨진 티셔츠를 입은 남자와 얼굴이 타면 안된다고 썬크림을 발라대는 남자는 새우깡을 연방 먹어댔다. 라디오에서 나오는 모든 노래를 따라 부르는 남자는 지독하게도 노래를 못 불렀다. 가로세로 낱말맞히기를 하는 남자가 그만 부르라며, 소리를 질렀다. 그럴 때마다 나도 모르게 자꾸만 가속페달을 밟게 되었다. "딱지가 날아오면 전부 내 돈으로 내야 해요?" 노래를 부르던 남자가 노래를 멈추더니 어이가 없다는 듯 고개를 절레절레 흔들었다. 휴게소에 도착하자 누군가 말했다. 각자 알아서 먹고 십분 후에 다시 이곳으로 집합! 그 말이 끝나자마자 여섯 명이 달리기시합을 하는 것처럼 휴게소를 향해 전력질주를 하기 시작했다. 내가 식당에 도착했을 때 그들은 이미 주문을 마친 상태였다. "왜 나한테는 밥 먹자고 안하는 거야. 치사하게."

박모씨가 살았던 곳은 아파트단지가 되었다. 벌써 십년도 더 된 일이라고 했다. 썬글라스를 낀 남자가 혹시 박모씨라고 아시나요?라고 아파트 경비에게 물었다가 바보 취급만 당했다.

집으로 돌아오기 길에 가로세로 낱말맞히기를 하던 남자가 전화국, 하고 소리를 질렀다. 그래 전화국, 하고 누군가가 맞장구를 쳤다. "우체국에서 공로패를 주었다면 전화국에서도 주었을지 몰라요." 나는 그 말에 동감한다는 뜻으로 경적을 짧게 두 번 울렸다. 고백의 날은 평소보다 전화통화량이 많았다. 우리는 차를 갓길에 세우고 전화국에 아는 사람이 있는지를 다시 생각하기 시작했다. 그녀가 홍보부에서 일하는 친구를 안다고 했다. 내게 전화해줘. 내게 전화해줘. 뒷자리에 앉은 다섯 명의 남자들이 익숙한 노래를 불렀다. "지난번에 그 일은 내가 미안했어. 용서해주라. 저기, 부탁이 하나 있는데……" 전화를 끊고 그녀는 1.5리터 사이다를 한번에 다 마셨다. "절대 사과하고 싶지 않은 친구였어요." "혹시 친구가 당신 뺨을 때렸나요." 썬글라스를 낀 남자는 모든 사람들을 다 용서할 수 있는데 이상하게 뺨을 때린 사람만은 절대 용서가 되지 않는다고 했다. 잠시 후, 그녀의 친구에게서 전화가 왔다. 공로패를 수여한 날은 1991년 5월 28일이었다. 친구의 말에 따르면 5월 28일은 크리스마스 다음으로 전화통화량이 많은 날이었다. 박모씨는 U읍에 살고 있었다. 우리는 다음 휴게소에 들러 U읍의 거리가 상세하게 나와 있는 지도책을 한권 샀다. 그리고 다음 톨게이트에서 빠져나와 구불구불한 국도를 따라 달렸다.

1972년 봄. 박모씨는 지독한 감기에 시달려야 했다. 사촌누이의 장례식을 치르고 난 뒤 찾아온 감기였다. 한국전쟁 때 부모를 모두 잃고 고아가 된 박모씨를 친동생처럼 아껴주던 누이였다. 감기를 앓는 동안 누이는 자주 꿈속에 나타났다. "꿈속에서 누이는 내게 따뜻한 생강차를 타주었어." 할아버지가 된 박모씨가 말했다. 열은 내렸지만 도통 기침이 멈추지 않았다. 아홉살짜리 아들에게 감기를 옮길까봐 밥도 따로 먹었다. 5월 28일에 그는 아들을 데리고 '대통령배 세계 청소년 도미노 경연대회'를 구경하러 갔다. "무슨 대회요?" 다섯 명 중 두 명이 동시에 물었다. "몰라, 그때는 이상한 대회들이 참 많았어." 그는 지금도 잊히지 않는다고 했다. 관중석에 앉아서 본 색색의 도미노들이 만들어내는 그림들을. 도미노가 넘어지면서, 산을 만들고, 꽃을 만들고, 사랑한다는 글자를 만들어냈다. 그는 시간을 되돌릴 수 있다면 그림 공부를 해보고 싶다는 생각이 들었다고 한다. 드디어 한국선수가 나왔다. 여자아이가 앞으로 나와 하루에 다섯 시간씩 한달에 걸쳐 만든 작품이라고 설명을 했다. 그러자 관중석에 있던 누군가가 그럼 외국에서 온 아이들은 한달이나 결석을 했다는 거야? 하고 말했다. 여자아이가 자신이 만든 도미노 작품을 향해 걸어갔다. "그때 갑자기 코가 간지럽기 시작한 거야. 그 망할놈의 감기 때문이지." 그는 의자에서 엉덩이가 저절로 들릴 정도로, 앞자리에 앉은 아주머니의 뒤통수에 콧물이 튈 정도로, 우렁차게 기침을 했다. 그 기침소리에 놀란 여자아이가 오른발을 헛디뎠다. 경연대회는 실내경기장에서 진행이 되었는데, 마룻바닥은 머리카락 하나도 보이지 않을 정도로 깨끗했다. 게다가 도미노가 잘 넘어지도록 꼼꼼하게 왁스칠이 되어 있었다. 여자아이는 야구선수가 슬라이딩을 하듯 미끄러졌다. 아이의 몸이 도미노를 통과했다. 아이의 몸을 가운데로 두고 도미노가 넘어지기 시작했다. 위쪽은 북한지도가, 아래쪽은 남한지도가 그려졌다. 저절로 휴전선이 그려졌네, 하고 그의 아들이 말했다. 그 와중에도 그는 아들의 머리를 쓰다듬으며 참 똑똑하다, 하고 칭찬을 해주었다. 수치심을 견디지 못하고 아이가 자살했다는 이야기를 전해들은 그는 아들의 머리를 쓰다듬어준 것을 두고두고 후회했다. 죄책감을 견디지 못한 그는 아내와 아들을 내버려둔 채 산속으로 들어갔다.

"약초나 캐면서 살고 싶었어." 하지만 그는 약초꾼이 되지 못했다. 산에만 갔다 오면 몸에 두드러기가 나고 입술이 퉁퉁 부어올랐다. 원양어선을 타기도 했지만, 비릿한 바다냄새만 맡으면 돌아가신 어머니가 생각나서 곧 그만두었다. "우리 어머니가 생선 장수였거든." 그는 지방을 떠돌아다니며 공사현장에서 일을 했다. 수많은 고속도로를 만들었고 수많은 다리를 만들었다. 아내와 아들이 보고 싶은 밤이면 망할놈의 감기 때문이야,라고 중얼거려보았다. "재채기만 하지 않았다면 아들이 자라는 것을 옆에서 지켜볼 수 있었을 거라고 생각했어, 그때는." 당시 그는 열 개도 넘는 통장을 가지고 있었다. 최소한의 생활비만 써가며 모은 돈이었다. 그는 그 돈을 제약회사에 기부할 생각이었다. 기적의 감기약을 만들 수 있도록. "지금은 그렇게 생각하지 않아. 감기가 아니었더라도 다른 일이 일어났을 거야." 그의 말에 다섯 명의 남자들이 일제히 고개를 끄덕였다. 훗날, 그는 그 돈으로 달력을 만들었다. 관공서 입구에 달력을 쌓아놓고 누구든지 공짜로 가져갈 수 있도록 했다. '고백의 날'이 새겨진 최초의 달력은 그렇게 만들어졌다. 아들이 결혼한다는 소식을 듣고 그는 오랜 방황을 끝내고 집으로 돌아왔다. 그를 기다린 것은 수백통의 편지들이었다. 그의 아들이 라디오에 편지를 보내면서 일은 시작되었다. 아들은 딸을 잃은 어머니에게 편지를 썼지만 주소를 몰라 부칠 수가 없었다. 그래서 주부들이 가장 많이 듣는 프로그램을 골라 편지를 보냈다. 사연은 꼬리에 꼬리를 물고 퍼져나갔다. 아나운서는 사소한 실수 때문에 평생을 죄책감으로 살아야 하는 일이 더이상 있어서는 안된다고 말했다. 주소를 어떻게 알아냈는지 그에게 직접 편지를 보내는 사람들이 생겨났다. 그들은 자신이 저지른 가장 우스꽝스러운 실수들을 적어 보냈다. 아들이 편지를 보낸 라디오 프로그램에서는 매년 5월 28일마다 특집을 진행했다. 시청자들은 자기가 저지른 실수들을 고백했다. 그 특집은 십년이나 계속되었는데, 해가 바뀔수록 실수를 고백하기보다는 다른 비밀들을 고백하는 시청자들이 늘어났다. 프로그램이 폐지된 뒤에도 사람들은 5월 28일이면 자신이 담아두었던 비밀을 고백하는 편지들을 라디오에 보냈다. 박모 할아버지는 고백의 날이 생긴 이유에 대해 다음과 같이 말했다. "고백을 해본 사람들은 고백하는 일이 생각보다 쉽다는 것을 알게 되지."

"한번 볼래?" 할아버지가 문을 열었다. 거기에는 벽지 대신 편지지로 도배를 한 방이 있었다. "여기에다, 아무거나 적어봐." 그는 우리에게 편지지 한장씩을 나누어주었다. 그러고는 선반에 놓여 있는 상자를 들고 와서는 뚜껑을 열었다. 거기에는 수백 종류의 펜이 있었다. H는 연두색 야광펜을 집었고 나는 모나미 볼펜을 집었다. 다섯 명의 남자들은 이걸 집었다 저걸 집었다 하며 쉽게 결정하지 못했다. 그들이 펜을 고른 것은 그로부터 한시간이나 지난 뒤였다. 그녀는 넓은 공간에서는 글을 쓸 수 없다며 화장실로 들어갔다. 그녀가 글을 다 쓰는 동안 우리는 마당에 핀 장미꽃을 향해 오줌을 누어야 했다. 다섯 명의 남자들은 가위바위보를 했다. 이긴 사람은 텃밭에 만들어놓은 비닐하우스 안으로 들어갔다. 다음 사람은 우물가를 선택했고, 또다른 사람은 현관 계단을 선택했다. 나머지 두 명은 집 뒤에 있는 대나무숲으로 발걸음을 옮겼다. 두 명은 서로가 보이지 않을 때까지 숲을 걸었다. 그러고는 너 거기 있니, 나 여기 있다, 이렇게 불러대며 장난을 쳤다. 나는 부엌에 있는 작은 상을 들고서 편지지로 도배가 된 방으로 들어갔다. 방에는 가구가 하나도 없었다. 상을 방 가운데 펼치고 편지지를 올려놓았다. 그러고는 그 옆에 누웠다. 천장에도 편지지가 도배되어 있었다. 내가 가장 싫어한 건 뭐였지? 생각이 나지 않자 나는 아무 말이나 해보았다. 거울을 보면서 얼굴에 난 뽀루지 짜는 것. 그렇게 말하니 정말 뽀루지 짜는 걸 가장 싫어한 것처럼 느껴졌다. 그래, 손에 땀이 많이 나는 사람들도 싫어했어. 나는 중얼거렸다. 내 주변에 그런 사람이 누가 있는지 헤아려보았지만 쉽게 떠오르지는 않았다. 그럼 내가 좋아한 건 뭐였지? 파리 한마리가 눈앞에서 빙빙 맴돌았다. 파리의 날갯짓 소리라고 해버리자. 보일러를 틀었는지 등이 따뜻해지기 시작했다. 왜 이렇게 더워요? 나는 문을 향해 고개를 돌리고 소리를 질렀다. 방이 눅눅하잖아, 하는 할아버지의 목소리가 밖에서 들려왔다. 나는 눈을 뜬 채 잠이 들었다. 꿈속에서, 나는 뒤꿈치가 까지도록 발버둥을 치는 어린아이가 되었다가, 삶은달걀먹기 대회에 나가 이백오십육개라는 경이적인 기록을 달성한 청소년이 되었다가, 매주 토요일마다 밀린 와이셔츠를 다려놓지 않으면 불안해 견딜 수 없는 어른이 되었다. 그녀가 어깨를 흔들어 나를 깨웠을 때, 나는 마라톤 완주를 하고 난 뒤처럼 다리가 뻐근했다. "다음주 토요일에 뭐 할 거예요?" 그녀가 웃으면서 대답했다. "동생 환영 파티를 준비해야 해요." "그럼 그 다음주에는?" "동생 환영파티를 준비해야 해요." 그녀는 똑같이 대답했다. 도대체 언제 출소를

하는데요, 하고 묻자 그녀는 내년에요, 하고 말했다. 다섯 명의
남자들이 방으로 들어오더니 자신들의 편지를 벽에 붙이기 시작
했다. 나도 편지지 뒷면에 풀칠을 했다. 빈 편지지를 벽에 붙이
자, 벽에 적혀 있는 수많은 사연들이 언젠가 앞으로 내가 겪어야
할 이야기들처럼 느껴졌다.

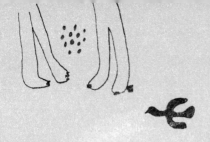

리모컨

그녀가 '서랍정리전문가'가
될 수 있었던 것은
세번째 남자친구 덕분이었다.
그의 이름은 따로 있었지만
그녀는 그를 규라고 불렀다.
규는 일방적으로 연락을 끊어버린
두번째 남자친구의
조카 이름이었다.

그녀는 K123이라는 글자가 새겨진 열쇠로 현관문을 잠갔다. 계단을 다 내려와서야 비가 온다는 사실을 알아차렸지만, 우산을 가지러 집으로 되돌아가지는 않았다. 오층까지 올라갔다 내려오느니 차라리 비를 맞는 게 낫다고 생각했다. 엘리베이터가 없는 오래된 아파트였다. 어느 봄날, 그녀는 집으로 돌아오다가 전봇대에 버려진 책더미를 보았다. 그녀가 최초로 가졌던 책은 오십권짜리 소년소녀세계명작전집이었다. 아버지가 누군가의 집 대문 앞에 버려진 책을 주워온 것이었다. 그녀는 칙, 하고 뜨거운 김이 새어나오는 지하 보일러실에서 그 책들을 읽었고, 우연히 책갈피에서 만원권을 발견하기도 했다. 돈은 소공녀가 아버지의 유산을 되찾는 장면에 끼워져 있었다. 열한살이던 그녀는 심장 뛰는 소리가 그렇게 크게 들릴 수 있다는 사실에 깜짝 놀랐다. 그로부터 몇년 동안 그녀의 장래희망은 마라톤선수였다. 책갈피에서 돈을 주운 후로 그녀는 길에 버려진 책들을 보면 그냥 지나치질 않았다. 그녀는 전봇대 옆에 앉아서 버려진 책들의 책장을 넘겨보았다. 『나도 할 수 있다―경매』라는 책 사이에 쓰다 만 편지가 한장 들어 있었다. 근처 공원에서는 벚꽃축제가 벌어지고 있었고, 그녀는 축제가 끝날 때까지 방에 틀어박혀 『나도 할 수 있다―경매』를 읽었다. 세 번 읽으니까 무슨 말인지 알 듯했다. 책을 읽다 졸리면 책갈피에 있던 쓰다 만 편지를 이어서 써보기도 했다. 편지를 받을 사람의 이름은 현우였다. 훗날, 그녀는 태국을 여행하다가 현우라는 남자를 만나는데 단지 이름이 같다는 이유만으로 그 남자를 짝사랑하게 된다. 그녀는 그 책이 시키는 대로 경매를 시도해보았다. 그리고 몇번의 실패 끝에 자기 이름으로 된 낡은 아파트 한채를 장만할 수 있었다. 그녀는 두 손으로 머리를 감싼 다음 택시정류장을 향해 뛰기 시작했다.

아나운서는 그녀에게 명함을 보여줄 수 있느냐고 물었다. 아나운서는 몇년 전까지만 해도 공중파 방송에서 뉴스를 진행한 사람이었다. 카메라맨이 그녀의 명함을 클로즈업으로 잡았다. 명함에는 '서랍정리전문가'라고 새겨져 있었다. 그녀는 비에 젖은 구두 끝을 보았다. 진흙이 튀어 지저분해진 바지 아랫단이 자꾸만 신경쓰였다. 현재 그녀에게 서랍정리를 맡기고 있는 사람은 모두 열일곱 명이었다. 세상에는 의외로 자신의 물건을 제대로 정리하지 못하는 사람들이 많았다. "고객들이 전화를 걸어서 물건을 찾으면 그 즉시 대답해줄 수 있도록 목록을 작성해두어야 합니다." 그녀는 아나운서에게 말했다. 그러자 갑자기 스튜디오에 전화벨이 울리기 시작했다. 고객 중 한명인 사진작가의 목소리가 들려왔다. "2003년 4월에 찍은 변산반도 사진이 어디 있어요?" 그녀는 가방에서 사진작가의 파일을 꺼냈다. "작업실 책꽂이에 있어요. C열 맨 위를 보세요. 파일 여섯 개가 꽂혀 있는데 그중에서 전라북도—바다라고 적어놓은 파일에 있습니다." 그녀의 말이 끝나자 아나운서가 박수를 쳤다. 냉장고도 정리해줄 수 있느냐고 아나운서는 물었다. 그녀는 한번도 해본 적은 없지만 가능하다고 말했다. "밥을 할 때마다 전화를 건다면 좀 귀찮겠네요." 그렇게 말해놓고 아나운서는 혼자 웃었다. "어떻게 해서 이런 일을 하게 되었나요?" 아나운서가 그녀 쪽으로 몸을 살짝 틀면서 물었다. "어릴 때 제가 살던 집에는 벽장이 하나 있었어요. 벽장 안에 들어가 몸을 웅크리고 있는 걸 좋아했죠. 벽장에는 오래된 물건들이 많았어요. 그전에 살던 사람, 또 그전에 살던 사람들이 버리고 간 것들이었죠. 하루는 그 물건들을 꺼내 바닥에 펼쳐보았는데 엄청 많더라고요. 그 많은 물건들이 벽장 안에 들어가 있는 게 참 신기했어요. 그때부터였어요. 벽장이니 서랍이니 장롱이니 하는 것들이 좋아지기 시작했죠." 말을 하는 동안 그녀는 오른쪽 다리를 떨었다. 카메라맨이 그녀의 상체만을 녹화했기 때문에 텔레비전을 보는 사람들은 알아차릴 수 없을 것이다. 하지만 주의깊게 보면 오른쪽 어깨가 살짝 흔들리는 것을 알 수 있다. 그녀는 자신이 거짓말을 할 때면 다리를 떠는 버릇이 있다는 사실을 모르고 있었다. 그것은 삼십년 전에 헤어진 그녀의 어머니만이 아는 사실이었다. 어쩌면, 아무 말 없이 연락을 끊어버린 그녀의 두번째 남자친구도 알고 있을지 모를 일이었다.

그녀는 로케트 건전지 두 개를 사서 리모컨에 끼운 다음 텔레비전을 틀었다. 「다양한 명함들」을 방송하는 곳은 그녀가 지금까지 한번도 틀어본 적이 없는 채널이었다. 그녀는 프로그램이 시작되길 기다리다 깜빡 잠이 들었다. 인테리어회사의 창고를 정리하는 날이어서 피곤했기 때문이다. 전과 16범인 소매치기가 나왔다. 사내의 직업은 '출장 싼타클로스'였다. 사내는 소매치기에서 싼타클로스가 된 사연을 이야기했다. 열여섯번째로 출감하는 날, 사내는 버스정류장에 서서 어딘가에서 들려오는 크리스마스 캐럴을 따라 불렀다. 그러다가 문득 열여덟살 이후로 감옥 밖에서 크리스마스를 보낸 적이 한번도 없다는 사실을 깨달았다. "그때, 저는 제 손을 잘라버리고 싶은 생각이 들었어요." 아나운서는 손수건으로 눈물을 닦는 시늉을 했다. 그후로 사내는 손을 씻었다. 그러고는 일년 내내 싼타클로스 옷을 입고 전국의 유치원을 돌아다니는 일을 하고 있었다. 사내가 이야기를 하는 동안, 그녀는 꿈을 꾸었다. 꿈속에서 열살 무렵의 그녀가 잠을 자고 있었다. 앉은 뱅이책상 밑으로 그녀는 두 다리를 뻗었다. 잠을 자고 있는 열살짜리 그녀는 이런 꿈을 꾸었다. 지하 보일러실에서 그녀의 아버지가 일을 하고 있었다. 아버지는 앞면에 빨간 고무가 칠해진 면장갑을 꼈다. 칙 하고 김이 새는 소리가 들려왔고 잠시 후 드라이버를 든 아버지가 공중으로 솟구쳤다가 바닥으로 떨어졌다. 열살의 그녀가 꿈에서 깨면서 앉은뱅이책상에 다리를 찧었다. 그녀가 깜짝 놀라 잠에서 깨어났을 때 방송은 이미 끝난 뒤였다. 열살짜리의 그녀가 꿈에서 예견한 대로 그로부터 십몇년이 지난 후 아버지는 지하실 보일러가 폭발하면서 숨을 거두었다. 녹화라도 해둘걸. 그녀는 후회했다. 그녀는 자신의 이야기가 방영되지 않았다는 사실을 몰랐다. 그녀의 사연은 다음주에 방영되었는데, 그날 그녀는 맥주를 마시면서 이종격투기 중계방송을 보았다.

*

그녀가 '서랍정리전문가'가 될 수 있었던 것은 세번째 남자친구 덕분이었다. 그의 이름은 따로 있었지만 그녀는 그를 규라고 불렀다. 규는 일방적으로 연락을 끊어버린 두번째 남자친구의 조카 이름이었다. 그녀는 그 조카를 두 번 보았다. 한번은 베니건스에서 바비큐 립을 먹을 때였고, 한번은 서울대공원에서 돌고래쇼를 볼 때였다. 밥값도, 입장료도 모두 그녀가 냈다. 그럴 때마다 규라는 어린아이는 죄송해요,라고 말했다. 두번째 남자친구는 오랫동안 실업상태였다. 그녀는 그의 부모님 회갑잔치에 가서 노래를 두 곡이나 부르기도 했다. 누나가 디스크로 병원에 입원했다고 해서 100퍼쎈트 오렌지주스를 사가지고 가기도 했다. 그녀는 사람들의 얼굴을 쉽게 잊었다. 그녀의 등을 두드려주던 남자친구의 어머니를 백화점에서 만났을 때 그냥 지나쳤다. 그것이 남자친구가 그녀를 떠난 이유였다. 하지만 그는 어떤 설명도 없이 그녀를 떠났고, 때문에 그녀는 자신에게 어떤 단점이 있는지에 대해 오랫동안 생각해야 했다. 그녀가 내린 결론은 이랬다. 앞으로는 상대방이 밥을 먹을 때 먼저 숟가락을 내려놓지 않겠어! 그녀는 밥을 먹는 속도가 빠른 편이었고, 남자친구는 그녀의 숟가락질 속도에 맞춰 밥을 먹다가 체한 적이 한두 번이 아니었다. 헤어지고 난 후에 그녀는 남자친구에 대해 아는 게 별로 없다는 사실을 알게 되었다. 하지만 남자친구는 그녀에 대해 알고 있는 게 많았다. 심지어 그녀 자신보다도 더 많이 알고 있었다. 그녀는 그런 사실 때문에 괴로웠고 그래서 잠을 잘 수 없었다. 밤이면 홈 쇼핑 채널을 보면서 이것저것 물건을 샀고, 낮이면 산 물건들을 다시 반품시켰다. 그렇게 여섯 달이 지나니 그녀는 불량고객리스트에 이름이 올라가게 되었다. 그녀는 늘 찌푸린 얼굴로 일을 했고, 부부생활이 좋지 않아 예민해진 사장에게 몇차례 주의를 받은 후 사표를 냈다.

지하철의 모든 역을 외울 정도로 규는 지하철 타는 것을 좋아했다. 규를 처음 만난 것도 지하철 2호선에서였다. 동대문운동장역에서 규는 잡상인에게 허리띠를 샀다. 합정역에서는 부채를 샀다. 그녀는 대림역에서 저기 있잖아요,라고 규에게 말을 건넸다. 규는 지하철에서 책을 읽고, 생각을 하고, 잠을 잤다. 그녀는 나중에 규의 집에 가보고 나서야 그가 왜 지하철에서 하루의 많은 시간을 보내는지 알게 되었다. 그의 집은 발을 디딜 수 없을 정도로 지저분했다. 게다가 주워온 물건들이 어찌나 많은지 벽에 걸린 시계가 열두 개나 되었다. 화장실에는 가게 개업식 때 나눠준 플라스틱 바가지 수십개가 쌓여 있었다. 그녀는 철물점으로 가서 선반을 주문했다. 거실을 빙 둘러 선반을 만들었고 안방과 화장실에도 벽마다 수납장을 만들어두었다. 몇달에 걸쳐서 그녀는 그의 물건들을 정리하기 시작했다. 그녀는 파란색 줄무늬가 그려진 양말은 어디에 있지? 하고 묻는 그를 상상했지만, 그는 한번도 그녀에게 그런 질문을 하지 않았다. 그와 헤어졌을 때 그녀는 물건이 어디에 정리되어 있는지 기록한 노트를 그에게 주었다. 몇년이 지난 후, 그는 세살 연상의 여자와 결혼을 했다. 아내는 인터넷 장터를 만들어서 남편이 모아둔 물건들을 싼값에 팔았다. 그는 딸이 태어나면 이름을 규라고 짓자고 임신한 아내의 배를 쓰다듬으면서 말했다. 그렇게 말하면서 그는 규라는 이름이 굉장히 귀에 익어서 잠시 고개를 갸웃거렸다. 세번째 남자친구와 헤어졌지만 그녀는 그다지 괴로워하지 않았다. 그의 물건들을 정리하면서 그가 어떤 사람인지 조금은 알게 되었기 때문이었다. 그녀의 아버지는 술에 취하면 나는 도통 니 엄마가 어떤 사람인지 이해할 수가 없었단다,라고 중얼거리곤 했다. 지하 보일러실에서 이십년 동안 일하면서, 아버지는 사람들을 이해하는 것보다 보일러를 이해하는 게 더 쉽다는 것을 알았다. 세번째 남자친구와 헤어지면서 그녀는 처음으로 아버지의 삶이 궁금해졌다. 그녀는 보일러를 이해할 수는 없었지만 제자리를 찾지 못한 물건들을 이해할 수는 있을 것만 같았다.

*

케이블TV 방송이 나간 다음날, 일을 맡기고 싶다고 전화한 사람이 다섯 명이나 되었다. 방송중에 전화를 걸었던 사진작가는 알래스카로 여행을 떠난다며 석 달 후에 보자고 연락해왔다. 지하철을 타고 한강을 건너는 중에 그녀는 사진작가와 비슷하게 생긴 사람을 보았다. 동작대교에서 은색 승용차 한대가 지하철이 달리는 속도와 비슷하게 달리고 있었다. 운전하는 사람의 옆모습이 보였다. 오른손으로 핸들을 잡고 왼손으로 턱을 괴고 있어서 얼굴이 정확히 보이지 않았지만, 사진작가를 닮은 듯했다. 그녀 옆에 앉은 고등학생이 휴대폰카메라로 자기 얼굴을 찍고 있었다. 고등학생은 혼자 웃기도 하고, 울기도 하고, 찡그리기도 했다. 고등학생이 새침한 표정을 짓고 버튼을 누르려는 순간, 그녀는 휴대폰을 빼앗아서는 창문 너머 동작대교를 달리고 있는 승용차를 찍었다. "미안해요. 잠깐만요." 그러자 고등학생은 뭐가 재미있는지 박수를 치기 시작했다. "몇년 전에 헤어진 첫사랑이죠, 저 사람? 우아, 멋있다." 고등학생은 그녀의 휴대폰으로 사진을 전송해주었다. 그녀는 사진이 전송된 휴대폰 액정을 들여다보았다. 사진작가는 아니었다. 하지만 어디선가 많이 본 사람이었다. 누구더라? 누군가의 이름이 생각날 듯 말 듯해서 머릿속이 간지러워지기 시작할 때 전화벨이 울렸다. "혹시 박진수씨인가요? 제 이름도 진수입니다. 이상하게 들릴지 모르지만 당신이 제 언니 같다는 생각이 들어서요……"

그녀가 여섯살 때 부모님은 이혼을 했다. 아버지가 고스톱을 쳐서 월급을 몽땅 날린 날 어머니는 이혼을 하겠다고 선언했다. 아버지는 이 사실을 부모님에게 전화로 알렸고, 마당에서 깨를 털던 할머니는 깻단을 들고 달려와서는 아버지의 등짝을 후려쳤다. 깨가 여기저기로 튀었고 집에 고소한 냄새가 감돌았다. 아버지는 어머니에게 다시는 노름을 하지 않겠다며 무릎을 꿇고 빌었다. 비록 이혼을 했지만, 아버지는 정말로 돌아가시는 그날까지 약속을 지켰다. 막 걸음마를 배우기 시작한 그녀의 동생이 바닥에 떨어진 깨를 주워 입에 넣었다. 어머니가 이혼하려는 이유는 고스톱 때문이 아니었다. 아버지와 어머니는 '약속다방'에서 맞선을 보았다. 어머니는 그날 커피를 처음 마셨다. 말을 하는 도중 아버지는 자꾸만 시계를 바라보았다. 어머니는 아버지가 몇번이나 시계를 보는지 마음속으로 세었다. 일곱 번이었다. 결혼을 하고 난 뒤에도 어머니는 시계를 보는 아버지의 얼굴이 자꾸만 떠올랐다. 일곱 번이라는 숫자가 머릿속에서 지워지지 않았다. "지금까지 당신은 내 이름을 한번도 부르지 않았어요. 내 이름은 어이,가 아니에요." 어머니는 단호하게 말했다. "그래도 자식은 우리가 키워야 한다." 깻단을 쥔 할머니의 손에서 피가 났다.

이혼서류에 도장을 찍을 때, 그녀의 아버지는 어린시절을 떠올렸다. 잠을 자다 말고 마당으로 나와서 소 여물통을 향해 오줌을 누던 것. 살얼음이 뜬 식혜를 한사발 마시고 가슴이 아파서 제자리뛰기를 하던 것. 새 신발이 신고 싶어서 운동화를 부뚜막에 올려놓고 일부러 태워먹은 것. 초등학교 삼학년 때는 반 아이 중하나가 아끼던 미제 필통을 잃어버렸는데 어찌된 일인지 그녀의 아버지가 도둑으로 몰렸다. 처음으로 죽고 싶다는 생각을 하게 만든 사건이었다. 도장에 묻은 인주를 닦아내면서 아버지는 그기억을 떠올렸다. 아버지는 힘들 때마다 그때 느낀 수치심을 생각해냈다. 스무살 무렵 그녀가 대학에 가지 않겠다고 아버지에게 대들었을 때도, 그녀의 아버지는 감나무에 목을 매달아서라도 결백을 주장하고 싶던 열살 무렵의 자신을 생각하면서 위로했다. 그녀의 어머니는 도장이 없어서 이혼을 하기 위해 도장을 파야 했다. 나중에 돈을 벌어서 자신의 명의로 된 집을 마련할 때를 대비해서 상아로 된 걸로 샀지만, 그 도장을 단 한번밖에 사용하지 못했다. 그녀의 어머니가 상아 도장을 주머니에서 꺼낼 때, 연탄가스 중독으로 돌아가신 그녀의 외할머니와 외할아버지는 가슴에 손을 얹고는 방 안을 떠돌아다녔다. 여동생이 이유없이 울기 시작한 것은 그 때문이었다. 외할머니는 아비라는 작자가 딸이라고 정을 주지 않았기 때문에 마음이 저렇게 모질게 된 것이라고 투덜거렸고, 외할아버지는 외탁을 해서 그런 거라고 반박했다. 외할머니는 아무 말도 하지 못했다. 외할머니의 형제 중에서 별탈없이 결혼생활을 유지한 사람이 한 사람도 없었던 것이다. 외할머니도 집을 나가려고 가방을 싼 게 세 번은 넘었다. 아버지와 어머니는 가위바위보를 했다. 어머니는 주먹을 냈고 아버지는 보를 냈다. "내가 이겼으니 내가 먼저 고르겠어." 아버지는 큰딸의 손을 잡았다. 앞니가 빠져 발음이 새는 목소리로 그녀가 말했다. "엄마, 나는 아빠가 더 좋아요." 어머니는 그녀가 다리를 떠는 것을 보았다. 어머니가 동생을 안았다. 동생이 엄마, 하고 말했다. 아직 아빠,라는 말을 배우기 전이었다.

*

동생으로 짐작되는 진수라는 여자는 케이블TV를 즐겨 보았다. 특히 「억울하게 감옥에 간 사람들」 「세상에 이런 일들이」 「당신이 잠든 사이 벌어지는 사건들」 따위의 프로그램을 좋아했다. 그런 프로그램을 보면 자신의 삶이 참으로 시시하게 느껴졌다.

진수의 기억은 도로를 따라 하염없이 걷는 장면에서부터 시작된다. 누군가 파출소로 그녀를 데려다주었고 그제야 솜사탕을 들고 있던 오른손을 펴서 순경아저씨의 손을 잡았다. 그녀가 기억하는 것은 어머니의 눈썹 옆에 사마귀가 있다는 것과 니 언니는 말이다,라고 말문을 열던 어머니의 입모양뿐이었다. 이름이 뭐니? 누군가 물었고 그녀는 울먹이면서 무어라고 말을 했다. 진우라고? 아니 정수라고 한 거 아니었어? 사람들이 숙덕거렸고, 첫째아이의 이름을 무어라고 지을지 고민하고 있던 순경 하나가 미아신고서에 자신의 성을 따서 정진수라고 기록했다.

그녀가 「다양한 명함들」을 보게 된 곳은 병원에서였다. 옆 침대에 누워 있던 아주머니가 저 사람 아가씨랑 닮았네,라고 말했다. 그러자 같은 병실에 입원해 있는 환자들이 모두 동의했다. 입구 쪽에 누워 있던 미자 아주머니가 어기적어기적 걸으면서 텔레비전 앞으로 다가가서 화면에 나오는 여자의 얼굴을 찬찬히 살펴보았다. "닮아도 너무 닮았네." 그녀는 그 프로그램을 끝까지 보지 못했다. 시간이 다 되어서 텔레비전 전원이 꺼졌다. 머리맡에 놓아둔 지갑에는 동전이 남아 있지 않았다. "텔레비전 보게 동전 좀 줘요." 그녀의 말에 모두들 이불을 뒤집어쓰고 자리에 누웠다. "보고 싶은 사람이 내는 게 이 병실 규칙이야." 그녀는 동전을 바꾸기 위해 목발을 짚고는 밖으로 나왔다. 그녀가 엘리베이터 앞을 지나가는데 땡, 하고 소리를 내며 엘리베이터 문이 열렸다. 내리는 사람도 없고 타려는 사람도 없었다. 문이 닫히려는 순간, 그녀는 손을 내밀어 엘리베이터를 잡았다. 일층으로 내려오니 눈이 오고 있었다. 누군가가 꽃다발을 들고 병원을 향해 걸어오고 있었다. 그 사람의 머리 위에도, 장미꽃에도, 눈이 쌓였다. 그 여자가 정말 우리 언니일지도 몰라. 하얗게 눈을 뒤집어쓴 사람을 보면서 그녀는 중얼거렸다.

언니로 짐작되는 여자에게 전화를 건 날, 진수는 목발을 짚고 병원 밖으로 나왔다. 며칠 동안 내린 눈 때문에 길이 미끄러워 두 번이나 넘어질 뻔했다. 그녀는 병원 앞에 있는 문방구에 가서 분홍색 도화지와 매직펜을 샀다. 문방구에서 병원으로 돌아갈 때는 병원에서 가장 잔소리가 심한 간호사에게 들켰다. 간호사는 나머지 다리도 부러지고 싶어요,라고 구박해가면서 그녀를 부축해주었다. 그녀는 도화지에 '쟁—병실 텔레비전 무료시청—취'라고 적었다. 그러고는 병실을 돌아다니며 사람들에게 나누어주었다. 그녀는 교통사고로 척추를 다친 영지 어머니에게 휠체어를 빌렸다. 그녀는 병원 로비 가운데 휠체어를 놓았다. 이마에 투쟁이라고 적은 머리끈을 묶었다. '병실 텔레비전 무료시청 그날까지 투쟁'이라고 적은 종이를 가슴에 붙이고는 휠체어에 앉았다. 병원 사무장이 달려왔다. 사무장이 휠체어를 밀려고 하자 그녀는 옆에 세워둔 목발을 휘둘렀다. "다리가 부러져 꼼짝도 못하는데 텔레비전도 마음대로 못 보다니 말이 됩니까?" 사람들이 그녀 곁으로 모여들기 시작했다. "여기가 노래방도 아니고, 십분에 백원이 뭡니까?" 사람들 몇명이 박수를 쳤다. 사무장이 고개를 절레절레 흔들고는 돌아갔다. 하루가 지났다. 이틀이 지났다. 일주일이 지나자 같은 병실의 환자 다섯 명이 머리에 띠를 두르고 병원 로비로 내려왔다. 보름이 지나자 병원 노조에서도 텔레비전은 무료시청을 하게 해야 한다고 성명서를 냈다. 방송국에서 취재를 나왔다. 병원 로비에는 환자복을 입은 환자들이 공짜로 텔레비전을 보게 해달라며 소리치고 있었다. 진수였거나 진우였거나 혹은 영수였을지도 모르는 그녀는 파출소 숙직실에 앉아서 자장면을 먹으며 만화영화를 보았다. 이다음에 크면 저런 로봇을 만드는 과학자가 되어야지. 그녀에게 정진수라는 이름을 붙여준 순경이 머리를 쓰다듬으면서 말했다. 다섯살이거나 여섯살이거나 혹은 일곱살이었을지도 모르는 그녀는 속으로 이런 생각을 했다. 나는 이다음에 크면 색깔이 나오는 텔레비전을 만들 거야. 흑백텔레비전밖에 본 적이 없던 그녀는 컬러텔레비전이 세상에 있다는 사실을 몰랐다. 컬러텔레비전이 있다는 사실을 안 뒤로는, 자신의 꿈이 무엇이었는지 잊고 오로지 텔레비전을 보는 일에만 열중했다. 그녀는 초등학교 삼학년 때 이미 안경을 썼고, 고등학교를 그만둘 때까지 반에서 사십등 안에 들어본 적이 없었는데, 모두 컬러텔레비전 때문이었다. 아홉시 뉴스에 보도가 되자 즉시 병원 게시판에 공고문이 붙었다. 병실 텔레비전은 무료로 시청할 수 있게 한다는 내용이었다.

*

"혹시 엉덩이에 점이 있나요?" 언니로 짐작되는 여자가 물었다. "오른쪽이요 왼쪽이요?" 동생으로 짐작되는 여자가 되물었다. "몰라요." 언니가 대답했다. "점이 몇갠가요?" "몰라요. 그냥 엉덩이에 점이 있었다는 기억이 나는 것 같아서요." 동생은 언니일지도 모르고 아닐지도 모르는 여자에게 엉덩이에 난 점을 보여주었다. 점은 세 개였다. 미자 아주머니가 두 사람을 번갈아 보았다. "틀림없어." 정치인들이 드나들 정도로 유명한 무당 밑에서 십년을 넘게 밥을 해왔다는 미자 아주머니는 틀림없어,라고 말하기를 좋아했다. 그건 무당이 즐겨 쓰는 말투였다.

언니는 일주일에 두 번씩 면회를 왔다. 월요일에는 「억울하게 감옥에 간 사람들」을 같이 보았고, 금요일에는 그녀도 출연했던 「다양한 명함들」을 같이 보았다. 미국의 어느 마을에서는 길에서 주운 볼펜 한자루 때문에 감옥에서 십오년을 보내야 했던 사람도 있었다. 그 볼펜이 살인도구였던 것이다. 아내가 유서를 남겨놓지 않고 자살하는 바람에 억울하게 살인범으로 몰린 남편의 이야기를 보고는 잠시 흥분했다. 자기 사랑을 받아주지 않는다는 이유로 남자를 성폭행범으로 신고한 여자도 있었다. "이 프로그램을 보면 내가 얼마나 운이 좋은지 알게 돼요." 동생은 말했다. 서로 친자매가 맞다면, 그녀들의 아버지인 사람은 이런 노래를 즐겨 불렀다. 진정 난 몰랐었네. 아버지는 진정이라는 단어만 들어도 가슴이 두근거렸다. 첫사랑인 여자가 떠나면서 당신을 진정 사랑했어요,라고 말했다. 여자가 진정,이라고 말하는 순간 아버지는 가슴에 물수제비처럼 동그라미가 여러 겹으로 퍼지는 것을 느꼈다. 첫사랑 여자와 헤어지면서 아버지는 훗날 아이를 낳으면 진수, 정수,라고 지어야겠다고 결심했다. "퇴원하면 이름부터 바꾸자." 언니가 동생 옆에 누운 환자의 머리맡에 올려져 있는 음료수를 훔쳐 마시면서 말했다. "이름 같은 건 바꿀 필요 없어요. 길어야 삼개월이거든요."

동생으로 짐작되는 진수는 위암 말기였다. 그녀는 빚이 오천만원이 넘었다. 같이 살던 룸메이트에게 보증을 섰다가 떠안게 된 빚이 이천오백만원이었고, 추어탕 가게를 차렸다가 실패하면서 떠안게 된 빚이 삼천만원가량 되었다. 그녀는 달려오는 버스를 보고 육교에서 뛰어내렸고, 버스는 그녀를 피하려고 급커브를 틀다가 전복되면서 다섯 명의 부상자를 냈다. 깁스를 하고 나면서부터 소화가 되지 않는 것 같아 내과를 찾았다가 위암 말기라는 사실을 알았다. 버스를 탔다가 다친 사람들만 불쌍하게 됐어, 라고 동생은 말했다. "왜 진작 말하지 않았니?" 언니가 말했다. "이봐요, 우리가 만난 지 몇주밖에 안됐거든요." 동생이 웃었다. 그러고는 텔레비전을 손가락으로 가리키면서 말했다. "저 드라마 봐요. 주인공이 암에 걸려서 죽는다고 시청자들이 얼마나 욕하는데. 드라마보다 더 진부해. 쪽팔려 죽겠어."

알래스카에서 돌아온 사진작가는 더이상 일을 맡길 수 없다며 전화를 걸어왔다. 사진작가는 자기 스스로 물건을 정리해보고 싶다고 했다. 언니인 진수는 고객 한명을 잃는 것은 상관이 없지만, 그가 알래스카에서 어떤 사진을 찍어왔는지 보지 못하게 된 것은 무척 섭섭한 일이라고 말했다. 동생은 여전히 케이블TV를 즐겨 보았다. 하지만 CF가 나오기만 하면 창밖으로 고개를 돌렸다. CF처럼 화면이 빠르게 바뀌는 걸 보면 자꾸 구역질이 난다는 거였다. 언니는 가습기를 사왔고, SK-II 화장품을 삼개월 할부로 사왔고, MP3 음악을 백 곡 이상 저장할 수 있는 휴대폰을 사왔다.
"저 자동차 몇달 전부터 저기 저렇게 버려져 있어." 언니는 동생의 손가락이 향하고 있는 곳을 보았다. 도색이 벗겨지고 앞유리가 깨진 자동차가 병원 담벼락과 붙은 골목길에 세워져 있었다. 언니는 문방구에 가서 수십개의 풍선을 샀다. 문방구 주인에게 풍선이 하늘로 날아갈 수 있게 하려면 어떻게 해야 하는지 물었더니 모른다고 했다. 그녀는 지하철을 타고 어린이대공원으로 갔다. 폐장시간이 지나서인지 공원 입구에는 노점상들이 보이지 않았다. 그녀는 주변을 둘러보았다. 풍선 하나가 하늘로 날아가고 있었다. 그녀는 풍선이 보이는 곳으로 달려갔다. 화장실 앞에 풍선이 주렁주렁 매달린 리어카가 보였다. 남자화장실 입구에서 그녀는 소리쳤다. 풍선장수아저씨! 풍선장수는 장비를 빌려줄 수 없다고 했다. "이건 내 밥벌이야." 할 수 없이 그녀는 풍선장수에게 일당을 주기로 했다. 풍선장수가 풍선에 바람을 넣어 그녀에게 건네주면, 그녀는 버려진 자동차에 못질을 한 다음 못대가리에 풍선을 묶었다. 언니가 밤새 자동차에 풍선을 매달고 있을 때, 동생은 고등학생으로 돌아가 서해안 바닷가를 여행했다. 하루에 버스가 두 번밖에 들어오지 않는 시골마을이었다. 그녀와 친구들은 바닷가에서 낡은 사진관을 발견했다. 장미사진관. 사진관 입구에는 '용건이 있으신 분은 마을회관으로 오세요'라고 적힌 쪽지가 보였다. 사진관에는 가족사진이 걸려 있었다. 한 남자가 한 살쯤 되어 보이는 어린아이를 안고 있었고 부인은 그 옆에서 어색한 미소를 짓고 있었다. 부부 앞에는 분홍색 원피스를 입은 여자아이가 오른쪽 눈을 찡긋하고 웃었다. 평범한 가족사진이었다. 그녀는 돌멩이를 주워 사진관을 향해 던졌다. 진열창의 유리가 깨졌다. 이제 사진 속의 가족들은 비릿한 바다냄새를 맡을 수 있을 거야. 꿈속에서 그녀는 중얼거렸다. 언니는 해가 뜨기 전에 풍선장식을 마쳤다. "밤을 새웠는데 당연히 야근수당도 줘야지." 풍선장수는 원래 약속했던 금액의 두 배를 요구했다.

"자동차가 날 것만 같아." 동생은 자리에서 일어나 두 팔을 벌렸다. 그러고는 하늘을 나는 새처럼 날갯짓을 했다. "어때, 병이 다 낫는 것 같지 않아? 『마지막 잎새』에서처럼." 동생이 언니의 두 손을 꼭 쥐면서 말했다. "그래도 여전히 아픈 건 아픈 거야." 고등학교를 중퇴한 동생은 언니가 말한 마지막 잎새가 무슨 뜻인지 알지 못했다. 동생은 눈을 감기 몇분 전에 언니에게 이런 부탁을 했다. 서해안 어느 바닷가에 가면 장미사진관이라고 있는데 거기 걸린 가족사진을 구해달라고. 화장할 때 그 가족사진도 같이 태워달라고. 그리고 이런 고백을 했다. 스무살 무렵 우연히 사람을 죽인 적이 있다고. 그래서 지금 벌을 받는 거라고. 그리고…… 실은 언니가 친언니가 아닐 것 같다는 생각이 든다고. 가쁜 숨을 몰아쉬는 동생에게 언니도 고백을 했다. 실은 자기도 그렇게 생각한다고. 죽기 직전 동생이 한 마지막 말은 이랬다. "이제 채널을 돌려 다른 거 봐요. 쪽팔려."

*

그녀는 장미사진관을 찾아가지 않았다. 그녀는 서해안 바닷가를 돌아다닐 정도로 한가한 사람은 아니었다. 사진작가가 선물이라며 그녀에게 알래스카에서 찍은 사진들을 보내왔다. ALASKA 라고 쓰여 있는 기차가 눈 속을 헤치고 어디론가 가고 있는 사진과 북극곰이 T자 모양으로 된 나무막대기에 매달려 늘어지게 낮

잠을 자고 있는 사진을 골랐다. 두번째 사진을 자세히 보니 그것은 살아 있는 북극곰이 아니라 북극곰의 모피였다. 그녀는 가죽만 남은 북극곰과 알래스카를 떠돌고 있을 기차를 동생의 관 속에 집어넣었다. 화장이 끝나기를 기다리는 동안, 그녀는 동생의 휴대폰에 저장된 메씨지들을 지우기 시작했다. 용량이 초과되었으니 메씨지를 삭제해달라는 신호가 자꾸만 울려댔기 때문이었다. 이자가 체납되었다는 메씨지, 낮은 이율로 대출을 해주겠다는 메씨지, 외로우면 통화버튼을 눌러달라는 메씨지. 백개가 모두 스팸메씨지로 채워져 있었다. 그녀는 자신의 휴대폰에 저장된 사진을 동생의 휴대폰으로 전송해보았다. 언젠가 동작대교를 지나던 차를 찍은 사진이었다. 동생의 휴대폰으로 전송된 사진을 들여다보다가 그녀는 자신이 착각했다는 것을 알았다. 운전을 하고 있는 남자는 아는 사람이 아니었다. 『나도 할 수 있다—경매』라는 책을 쓴 사람과 비슷하게 생겼을 뿐이었다.

그녀의 고객이 스물다섯 명으로 늘었다. 일에 지쳐 집에 돌아와서는 꼼짝도 할 수가 없었다. 그녀는 더이상 자신의 집을 청소하지 않았다. 옷들을 개지 않고 거실에 쌓아두었다가 필요할 때마다 뒤져서 입었다. 읽던 책이나 신문들을 바닥에 아무렇게나 버려두었다. 먹다 만 아이스크림을 냉동실에 넣지 않고 냉장실에 넣어두기도 했고, 더이상 쓸 그릇이 없을 때까지 설거지를 미루기도 했다. 집이 지저분해지면서 리모컨을 잃어버리는 날이 잦아졌다. 낡은 텔레비전은 채널 선택 버튼이 고장났다. 채널이 위로만 올라가고 아래로는 내려오지 않았다. 그래서 리모컨을 찾지 못하는 날은 7번을 보다가 6번을 보려면 7번부터 99번까지의 모든 채널을 거쳐야만 했다. 「다양한 명함들」은 없어졌다. 그녀는 그 프로그램의 마지막 방송을 보았다. '유령해설가'라는 직업을 가진 사람이 나왔다. 고객은 주로 외국인이었는데, 그들을 데리고 서울시 곳곳을 돌아다니면서 그곳에 깃들여 살고 있는 유령들의 사연을 이야기해준다는 것이었다. 말도 안되는 이야기네. 그렇게 생각했지만, 그녀는 유령해설가의 명함이 화면에 클로즈업될 때 전화번호를 눈여겨보았다.

유령해설가는 종각에서 만나자고 했다. 연미복을 입고 중절모를 쓴 사람은 서울 시내에 그리 많지 않을 것이라고, 그러니 자기를 찾기는 쉬울 것이라고, 유령해설가는 말했다. 그녀는 유령해설가가 시키는 대로 검은색 옷을 입고 나갔다. 유령해설가는 그녀를 택시에 태우더니 운전기사에게 C라는 동네의 사거리에 가달라고 했다. 그녀가 내린 곳은 한번도 와본 적이 없는 동네였다. 유령해설가는 사거리에서 우회전을 해서 한참을 걸었다. 어딘가에 방앗간이 있는지 기름 짜는 냄새가 바람 끝에 맡아졌다. 좌회전을 한 다음 바로 좌회전을 하니 골목 끝에 이층짜리 집이 보였다. "저 담벼락을 잘 봐요. 무슨 얼룩이 있죠?" 그녀가 가까이 다가가려고 하자 유령해설가가 그녀의 어깨를 잡았다. "집주인에게 들키면 큰일나요. 집주인은 자기 집에 귀신이 살고 있다는 사실을 모르거든요." 유령해설가가 그녀에게 망원경을 주었다. 담벼락을 보니 손바닥 모양의 얼룩들이 보였다. 유령해설가는 담벼락에 손바닥을 찍어대는 귀신이 이 집에 찾아온 것은 불과 얼마 전이라고 했다. 귀신과 집주인은 한국전쟁 때 헤어진 부부였다.

부인은 북에 남고 남편은 남으로 내려왔다. 대부분의 이야기가 그렇듯이, 부인은 북에서 아이들을 키우며 남편을 기다렸고 남편은 남에서 부잣집 여자를 만나 재혼했다. "죽은 부인의 영혼이 보이나요?" 그녀는 유령해설가에게 물었다. 그러자 유령해설가가 버럭 화를 냈다. "그렇게 의심스러우면 당신이 죽어봐요."

그녀는 다시 택시를 탔다. 이번에는 청담동의 어느 까페였다. "주인이 나를 알아서 저 까페에는 갈 수가 없어요. 혼자 들어가서 창가 세번째 자리에 앉으세요." 그녀는 시키는 대로 정해준 자리에 앉았다. 자리에 앉자마자 영혼해설가로부터 전화가 걸려왔다. "당신 맞은편 자리에 어떤 여자가 앉아 있어요. 몇년 전부터 늘 그 자리에 앉아 있더라고요. 그 귀신은 도통 말을 안해요." 그녀는 커피를 두 잔 시켰다. 혹시 단 커피 좋아하세요? 그녀는 설탕을 세 스푼 넣었다. 나는 있잖아요, 하고 그녀가 말문을 열었다. 그러나 막상 이야기를 하려니 아무것도 이야기할 게 없었다. 그래서 이렇게 말했다. 나는 있잖아요, 올해 서른여섯살이에요. 그녀는 수첩을 꺼내서는 수첩 사이에 꽂아두었던 알래스카 사진 한장을 꺼냈다. 크레바스 사진이었다. 발이 빠지지 않도록 조심해요. 그녀는 그 사진을 탁자에 올려놓았다.

해가 질 때까지 유령해설가와 그녀는 몇군데를 더 돌아다녔다. 일년도 채우지 못하고 사람들이 이사를 간다는 집에 들렀을 때 유령해설가는 그녀에게 무슨 비밀이야기를 하듯 두 손으로 입을 가리고 말했다. "나라면 이 집을 살 거예요. 헐값에 내놓았거든요." 정원에 커다란 감나무가 있는데 가을이면 그 나무에서 열리는 감이 하도 맛있어서 귀신들이 다른 곳으로 갈 생각을 안한다는 것이었다. 감이 열리는 가을 한철 말고 귀신들은 늘 배가 고팠고 그래서 집주인들을 괴롭힐 수밖에 없었다. "간단해요. 마당에다가 밥상을 차려주면 되거든요." 배고픈 귀신이라니. 그녀는 가방을 뒤져 초콜릿을 찾아냈다. 포장을 벗겨서는 마당을 향해 던졌다. "그렇게 간단하다면 당신이나 사세요." 유령해설가는 자신은 돈이 없다고, 돈만 있으면 살 수도 있었을 거라고 말했다. "솔직히 말해봐요. 혹시 내가 첫 손님인가요?" 유령해설가가 붉게 달아오른 두 뺨을 손바닥으로 가리면서 고개를 끄덕였다.

그녀는 열쇠고리를 손가락에 넣고 돌리면서 오층까지 올라갔다. 계단을 올라가면서 그녀는 지난 몇달 동안 아파트 계단에서 마주친 사람이 단 한명도 없었다는 사실을 생각해냈다. 마치 유령들만이 사는 아파트처럼 느껴졌다. 그래서 그녀는 304호의 초인종을 누른 후 재빨리 사층으로 올라갔다. 누구세요? 하는 목소리가 들려왔다. 현관문 손잡이에 새로 생긴 중국집의 메뉴판이 걸려 있었다. 그녀는 열쇠구멍에 열쇠를 넣고는 오른쪽으로 비틀었다. 현관문은 열리지 않았다. 열쇠를 왼쪽으로 돌렸다가 다시 오른쪽으로 돌렸다. 열쇠가 반으로 부러지면서 그녀의 손에는 K123이라고 새겨진 손잡이 부분만 남았다. 동그라미만 남은 열쇠를 한번 들여다보고 열쇠가 박혀버린 열쇠구멍을 한번 들여다보며 그녀는 중얼거렸다. 이제 무얼 해야 하지? 그녀는 반만 남은 열쇠를 만지작거리면서 계단을 내려갔다. 부러지면서 날카롭게 변한 열쇠의 한쪽 면에 엄지손가락을 베었다. 아파트 일층에서서 그녀는 피가 나는 엄지손가락을 빨았다.

저 너머

밤마다 악어에 쫓기는 꿈을 꾸었다.
스무살 때는 말을 선물로 받았다.
어찌나 늙은 말이었는지
가만히 서 있어도
다리가 흔들리는 것처럼 보였다.
자동차 키보다 더 낭만적이지 않니!
어머니가 콧소리를 내며 말했다.

1

소포가 도착했다. 부모님이 보낸 소포였다. 소포에는 약도 한 장과 카세트테이프가 들어 있었다. 소인을 보니, 부모님은 D시에 있는 모양이었다. 소포를 보낸 게 삼일 전이니 어쩌면 다른 곳으로 옮겼을 수도 있겠다. 내가 고등학교를 졸업하던 해에 부모님은 가게를 팔고 그 돈으로 캠핑카를 샀다. 그러고는 전국을 떠돌기 시작했다. 아버지와 어머니는 고향에서 차로 세 시간 정도 떨어진 놀이공원에서 데이트를 했다. 두 분이 그렇게 먼 곳까지 가서 연애를 할 수밖에 없었던 이유는 아버지에게는 아내가 있고 어머니에는 남편이 있기 때문이었다. 어머니와 아버지는 그곳에서 바이킹을 즐겨 탔다. 바이킹을 타다 어지러우면 벤치에 앉아 호수에 비친 가로등을 바라보았고, 그 가로등에 불이 켜지면 조심스럽게 서로의 손도 잡아보았다. 아버지와 어머니는 바이킹을 탈 때면 여느 연인들처럼 나란히 앉지 않았다. 어머니는 오른쪽 끝자리에 앉고 아버지는 왼쪽 끝자리에 앉았다. 바이킹을 반으로 접으면 두 분이 겹쳐질 수 있도록. 바이킹의 이쪽 끝과 저쪽 끝에 앉아서 공포로 일그러지는 서로의 얼굴을 바라보는 것이 부모님이 한 연애의 전부였다. 나는 무서워서 얼굴을 가리는 부모님의 얼굴을 상상해보았다. 부모님이 캠핑카를 몰고 전국을 떠도는 이유는 어쩌면 흔들리는 바이킹에서 이제 그만 내려오고 싶기 때문인지도 모른다.

요즘 시대에 카세트테이프라니! 나는 다락으로 올라가 오래전에 버려두었던 카세트를 찾았다. 플레이버튼을 누르려는데 버튼이 떨어져나가고 없었다. 방바닥에 굴러다니는 볼펜으로 버튼이 떨어져나간 빈자리를 눌렀다. 생일 축하한다. 설마, 잊지 않았겠지? 니가 서른이 된 기념으로 근사한 까페를 하나 사주기로 했단다. 스피커를 통해 들으니 아버지의 목소리가 더 멋지게 들렸다. 옆에서 어머니가 끼어들었다. 말은 똑바로 하자. 사주기로 한 게 아니라, 실은 땅값이 오른다는 소문이 있어서 오년 전에 사둔 건데, 오르기는커녕 팔리지도 않는단다. 그러자 다시 아버지가 어머니의 말을 가로막았다. 그러면 선물 같지가 않잖아. 암튼, 얘야, 호수도 있단다. 노을이 지면 멋지단다. 참, 십초 후에 이 테이프는 폭발한다. 부모님의 목소리는 거기서 끝나 있었고, 나는 빈 테이프 돌아가는 소리를 한참 동안 들었다. 뭐야? 왜 폭발 안해? 나는 혼잣말을 했다. 내 말이 끝나자마자 부모님의 목소리가 다시 들렸다. 두 분은 동시에 말했다. 농담이란다. 십년 후에는 더 근사한 걸 해주마. 우리가 살아 있다면. 나는 약도를 보았다. 거꾸로 보니 호수가 쉼표처럼 생겼다. 그 쉼표의 꼬리쯤에 부모님이 내게 선물로 준 까페가 붉은색 펜으로 칠해져 있었다.

　부모님은 십년마다 근사한 생일선물을 해주었다. 놀이공원이 폐장할 때까지 바이킹을 타던 어느날, 부모님은 집으로 돌아가는 마지막 버스를 타는 대신 낯선 도시로 향하는 새벽기차를 탔다. 그 기차 안에서 아버지는 어머니의 배에 손을 올려놓고 말했다. 이 아이에게 정말 멋진 생일선물을 해줄 거야. 내가 열살 때는 미술을 전공하는 대학생들을 불러다가 방을 아마존의 정글처럼 꾸며주었다. 천장에 밧줄도 매달았다. 타잔이 타고 다니는 넝쿨이라고 했다. 부모님이 원숭이도 사가지고 올까봐 나는 마음을 졸여야 했다. 타잔처럼 밧줄을 타고 싶었지만 팔에 힘이 없어서 몇 초도 매달리지 못했다. 어쩌다 우리집에 와본 친구가 학교에 소문을 내서 한동안 친구들의 방문이 끊이지 않았다. 극성맞은 아이 하나는 밧줄에서 떨어져 다리가 부러지기도 했다. 나는 밤마다 악어에 쫓기는 꿈을 꾸었다. 스무살 때는 말을 선물로 받았다. 어찌나 늙은 말이었는지 가만히 서 있어도 다리가 흔들리는 것처럼 보였다. 자동차 키보다 더 낭만적이지 않니! 어머니가 콧소리를 내며 말했다. 나는 마구간이 없어요. 마구간은 고사하고 내 집도 없다고요. 그렇게 소리를 지르려고 했는데 어느 사이에 부모님은 트럭을 몰고 사라져버렸다. 나는 결국 말을 팔아 그 돈으로 오토바이를 샀다. 면허증이 없어서 할 수 없이 오토바이를 대문 앞에 세워두었는데 밤사이에 누군가 두 바퀴와 안장을 뜯어갔다.

부모님이 기차에서 내린 곳은 중·고등학교를 합쳐도 네 개밖에 되지 않는 작은 도시였다. 역 대합실에서 율무차를 마시며 아버지는 어머니에게 말했다. 이 도시가 전국에서 범죄발생률이 가장 낮은 곳이래. 신문에서 읽은 적이 있어. 그 말을 듣자 등골에 단단히 박혀 있던 추위가 한순간 녹는 것 같았다고, 어머니는 선잠에서 깨어나 칭얼거리는 내 귀에 대고 속삭이곤 했다.

부모님은 공원에서 풍선을 팔았다. 풍선이 날아가지 않도록 아이들 손목에 끈을 묶어주며 아버지는 말했다. 이 풍선이 니 소원을 들어줄 거란다. 잘 간직해라. 그 소리를 듣고 있으면 기분이 좋아졌다. 그래서 나는 어머니의 뱃속에서 나도요, 아빠, 내 소원도 들어주세요, 하고 외쳤다. 어린 나는 풍선에 바람을 넣었다가 다시 뺐다가 하면서 놀았다. 풍선에 들어 있는 바람과, 아버지가 사랑한다고 속삭일 때마다 귓등을 간질이는 바람과, 나뭇가지를 흔들어대는 바람이 어떻게 다른지에 대해 어린 나는 늘 궁금했다.

풍선장사를 해서 어느정도 돈을 모으자 부모님은 공원 입구에다 가게를 차렸다. '소원의 집'이라는 선물가게였다. 아버지는 가게 입구에 빨간색 우체통을 설치해놓았다. 그 우체통에 소원의 집이라는 가게 이름을 써넣었다. 그런데, 언제부턴가 사람들이 그 안에 편지를 넣기 시작했다. 진짜 우체통인 줄 알고 잘못 편지를 넣는 사람도 있었지만, 대부분의 사람들은 자신의 소원을 적은 쪽지를 넣었다. 부부싸움이라도 하는 날이면 부모님은 우체통에 들어 있는 편지를 읽었다. 사연들을 읽으면 저절로 화해하고 싶은 마음이 생긴다는 거였다.

아버지의 전부인과 어머니의 전남편이 석유통을 들고 찾아왔다. 그들은 가게에 불을 지르겠다며 난동을 피웠다. 그때, 어머니가 석유통을 빼앗아 가게를 향해 던졌다. 아버지가 성냥을 꺼냈다. 어머니의 전남편 눈에서 어찌나 무섭게 불꽃이 튀는지 성냥을 꺼내자마자 그냥 저절로 불이 붙어버렸다. 불에 타는 가게를 보면서 부모님은 말했다. 우리를 죽었다고 생각하세요. 불은 가게에 있는 것들을 모두 재로 만들었다. 우체통에 들어 있는 편지들만 빼고.

　부모님은 우체통을 빨간색으로 다시 칠했다. 이번에는 가게 한가운데에다 우체통을 놓았다. 더이상 선물은 팔지 않았다. 사람들의 소원을 들어주는 가게로 탈바꿈을 했다. 부모님은 소원이 담긴 편지들을 읽었다. 그리고 상, 중, 하로 나누었다. 등급보류로 처리되는 일들도 많았는데, 그건 부모님의 능력으로는 들어줄 수 없는 소원들이었다. 부모님은 그런 소원들을 모아두었다가 절에 가서 태웠다. 재가 되어가는 편지를 보면서 부모님은 기도를 했다. 하로 구분되는 소원들은 주로 아이들이 의뢰자였다. 아이들은 고맙다는 표시로 가게에 연필이나 공책 들을 몰래 두고 갔다. 나는 학용품을 사지 않아도 되었다. 아이들의 소원을 들어주고 싶은 부모들도 많았고, 부모의 소원을 이루어드리고 싶은 자식들도 많았다. 선물가게를 할 때보다 수입이 더 많아졌다. 원래 불에 탄 터는 장사가 잘되는 법이란다. 부모님은 덤덤하게 말했다. 한사람의 소원을 들어주는 일은 오랜 시간을 필요로 했다. 치매에 걸린 어느 노모는 피난길에 몰래 훔쳐먹은 동치미 국물을 다시 한번 맛보는 게 소원이라고 했다. 부모님은 동치미가 맛있다는 식당을 찾아 전국을 떠돌았다. 나는 전국지도를 사다가 벽에 붙여놓았다. 그리고 이쑤시개에 종이를 붙여서 깃발을 만들었다. 부모님은 먼길을 떠날 때면 깃발을 지도에 꽂아두었다. 부모님이 보고 싶으면 지도를 보았다. 깃발 옆에 언제 돌아올 것인지 메모가 적혀 있었다. 부모님이 없는 동안 나는 월요일에 화요일 시간표대로 책가방을 싸갔고, 토요일에는 일요일인 줄 착각해서 학교에 가지 않았다. 내가 고등학교를 졸업하자 부모님은 우체통을 없앴다. 대신 우체국 사서함번호를 만들었다. 전국을 떠돌더라도 사람들의 소원을 들어주는 일은 멈추지 않았다.

2

부모님이 그려준 지도에 의하면 호수 입구에 작은 매점이 하나 있고 거기서 십분 정도 언덕을 올라가면 까페가 있다고 했다. 이름은 썬라이즈 썬쎘. 이제 주인이 바뀌었으니 당장 까페 이름부터 바꿔야겠어. 나는 트렁크를 끌면서 다짐했다. 매점은 생각보다 컸다. 매점 뒤로 벤치가 있었는데 거기 앉아서 호수를 바라보는 연인들이 꽤 많았다. 주변의 풍경들이 모두 담길 정도로 넓고 깊은 호수였다. 보트가 지나가면서 파문을 만들었다. 그러면 호수에 갇힌 풍경들도 따라 흔들렸다. 언덕에 오르니 두 개의 까페가 마주보고 있었다. 하나는 썬라이즈. 하나는 썬쎘. 까페를 두 개나 물려주시다니. 나는 무릎을 꿇고 잠시 기도를 했다. 앞으로 평생 부모님을 사랑하겠습니다.

썬쎘으로 들어가 전망 좋은 자리를 달라고 했더니 종업원은 두 사람 이상일 경우에만 내줄 수 있다고 말했다. 나는 두 사람 몫의 밥값을 내겠다고 했다. 스빠게띠는 그다지 맛있지 않았다. 하지만 커피맛은 좋았다. 나는 수첩을 꺼내 머리를 양갈래로 묶은 종업원 재교육, 주방장 바꿀 것, 화장실 바닥에 물기가 많음 따위의 메모들을 했다. 창 너머로 해가 지는 것을 보면서 짤막하게나마 지난 삼십년을 정리하기도 했다. 솔직히, 막상 정리하려니까 그다지 정리할 것이 없어서 조금 당황스러웠다. 계산서를 들고 카운터로 걸어갔다.

잘 부탁드립니다. 새로 온 사장입니다.

그러자 카운터에 앉아 있던 남자가 엉거주춤 자리에서 일어났다.

사장은 전데, 누구시죠?

크림쏘스 스빠게띠와 커피 한잔을 마셨을 뿐인데 사만구천원이나 나왔다. 사장은 한사람 몫만 받겠다고 했다. 나는 사장에게 반으로 접어 지갑 사이에 끼워둔 약도를 보여주었다.

아! 저기 건너편에 있는 호수입니다. 이렇게 찾아가세요. 걸어서 삼십분 정도 걸릴 겁니다.

사장은 내가 내민 종이 뒤에다가 새로운 약도를 그려주었다.

트렁크 바퀴에 돌이 튕기면서 자꾸만 종아리를 때렸다. 문단은 매점이 보였다. 냉장고에 자물쇠가 채워져 있고, 빈 막걸리병이 여기저기 버려져 있었다. 냉장고를 들여다보니 음료수들이 몇 병 보였다. 나는 트렁크를 들어 냉장고 문을 향해 던졌다. 유리는 깨지지 않고 트렁크 바퀴만 떨어져나갔다. 바퀴가 하나밖에 남지 않은 트렁크 때문에 걷는 속도가 더뎌졌다. 트렁크를 오른손으로 들었다가, 왼손으로 들었다가, 등에 짊어졌다가, 머리에 이었다가 하면서 길을 걸었다.

언덕 중간쯤에 할머니 두 분이 평상에 앉아 막걸리를 마시고 있었다. 한사람은 주황색 스카프를 두르고 있었고 한사람은 짙은 색 안경을 끼고 있었다. 나는 트렁크를 내려놓고 평상 귀퉁이에 앉아서 무릎을 주물렀다. 호수는 안개에 싸여 어디쯤 있는지 보이지도 않았다.

한모금 마실 테야?

스카프를 두른 할머니가 말했다. 나는 막걸리 사발을 받았다.

달다.

나도 모르게 달다,라는 소리가 나왔다. 입에 묻은 막걸리를 손등으로 닦아냈다.

혹시, 여기 썬라이즈 썬쌧이라는 까페 아세요?

짙은 색 안경을 쓴 할머니가 총각김치를 씹으면서 대꾸했다.

뭔 라이즈? 암튼 여기 있는 가게는 저것뿐이야. 자매집. 우리 둘이 하는 거지. 오늘밤 한잔하고 가.

할머니가 가리킨 곳에는 작은 선술집이 하나 있었다. 나는 두번째 잔을 받았다. 날파리들이 눈앞을 맴돌다가 잔 속으로 빠졌다.

그냥 먹어, 그것도 다 안주야.

막걸리를 들이켜는데 간판에서 이상한 것을 발견했다. 자,라고 쓴 글자 바로 위에 붉은 태양이 보였다. 집,이라고 쓴 글자 옆에 ㅅ자가 언뜻 보이는 것 같기도 했다. 나는 간판을 향해 다가갔다. 자매집이라는 글자 뒤편으로 원래 있던 글자들이 희미하게 드러났다. 나는 마시다 만 막걸리를 바닥에 버리고는 그 자리에 무릎을 꿇었다. 그러고는 좀전에 했던 기도들을 전부 다 취소했다.

  할머니들은 절대 가게를 비워줄 수 없다고 소리를 질렀다. 부모님의 통장으로 꼬박꼬박 월세를 부쳤을 뿐만 아니라, 아무도 찾지 않는 이곳까지 단골손님들을 끌어들인 것은 모두 자기들 공이라는 것이었다. 그런데 정말 단골손님들이 있어요? 그렇게 묻다가 나는 부침개를 부치던 뒤집개로 머리를 얻어맞았다. 할머니들은 가게에 딸린 방을 내주지 않았다. 당신들은 누군가 옆에 있으면 잠을 못 잔다고 했다.

  우리가 보기보다 예민하거든.

  제가 주인인데요?

  그러자 할머니들은 다시 부침개 뒤집개를 집어들었다. 나는 의자를 붙여서 잠을 잤다. 바람소리 때문에 제대로 잠을 잘 수가 없었다. 호수에서 어이— 하는 소리가 들려왔다. 나는 잠결에도 네, 하고 대답했다.

  일어나. 운동해야지.

  할머니들이 분홍색 트레이닝복을 입고 서 있었다. 나는 눈이 떠지지 않아 엄지와 검지로 눈꺼풀을 억지로 떼었다. 썬글라스 할머니는 여전히 썬글라스를 쓰고 있었고, 주황색 스카프 할머니는 파란색 스카프를 둘렀다. 나는 기지개를 켜면서, 밤새 누군가 나를 불렀다고 말했다. 그 때문에 제대로 잠을 잘 수가 없었다고.

  호수에서 들리는 소리야. 아마 매일 들을걸. 그러니 어서 여기를 떠나라고.

  할머니들은 마당에서 줄넘기를 했다. 누가 먼저 천번을 하는

지 내기를 하자고 해서 나는 시작도 하기 전에 기권을 선언했다. 줄넘기를 천번이나 하고 난 뒤에, 할머니들은 평상에 누웠다. 평상에는 신발 두 켤레가 붙어 있었다. 할머니들은 그 신발에 발을 넣고는 윗몸일으키기를 하기 시작했다. 윗몸일으키기가 끝나자, 훌라후프를 꺼내서는 목으로 돌리기, 가슴으로 돌리기, 배로 돌리기, 무릎으로 돌리기를 각각 오십번씩 했다.

도대체 올해 나이가 어떻게 되세요? 혹시 써커스단 출신 아니에요?

내가 박수를 치면서 물었다.

이번에는 달리기다.

말이 끝나자마자 할머니들은 팔을 크게 휘둘러 서로를 견제해가며 달리기를 하기 시작했다. 숨도 차지 않는지 달리기를 하면서도 어제 본 텔레비전 드라마 이야기를 해댔다. 안개는 걷히지 않았다. 안개가 언제쯤 걷히는지 묻자, 할머니들은 어깨를 으쓱하고는 고개를 가로저었다. 할머니들의 말에 의하면, 작년에는 한달 이상 간 적도 있다는 거였다.

할머니들은 매점 앞에서 달리는 것을 멈추었다. 썬글라스 할머니가 냉장고를 채운 자물쇠를 잡아당겼다. 그러자 자물쇠가 열쇠도 없이 그냥 열렸다.

이건 비밀인데 고장난 자물쇠야.

할머니들이 입술에 집게손가락을 대고는 주변을 살폈다. 썬글라스 할머니는 음료수 세 캔을 꺼낸 뒤 다시 자물쇠를 채웠다. 그리고 손으로 나팔을 만든 다음 호수를 향해 잘 먹을게, 하고 소리를 질렀다.

옛날에 매점하던 친구. 술 먹고 길을 걷다가 저 호수에 빠져 죽었지.

나는 마시던 음료수 캔을 바닥에 떨어뜨렸다.

그럼 귀신이?

할머니들은 마주보고 서로의 얼굴에 난 잡티들을 살펴보았다.

아니, 우리가 가져다놓은 거야. 목마를 때 언제든지 마시려고. 그건 그렇고 건강한가? 우리는 건강한 사람이 필요한데.

나는 바닥에 떨어진 캔을 밟아 찌그러뜨리며 중얼거렸다. 주인은 나라고요. 할머니들은 서로의 얼굴에 난 뾰루지들을 짜내느라 정신이 없었다. 할머니들이 엄지손톱에 묻은 피지를 보여주었다.

휴지 있어?

안개 때문인지 온몸이 축축하게 느껴졌다. 나는 호수가 있는 쪽을 바라보면서 입김을 불었다. 없어져라. 없어져라. 주문처럼 외웠다. 그러자 거짓말처럼, 호수를 가리고 있던 안개가 서서히 움직이기 시작했다. 나는 눈을 감고 거꾸로 된 쉼표 모양의 호수를 상상했다.

세상에!

할머니들이 소리를 질렀다. 나는 눈을 떴다. 안개는 걷혀 있었다. 물이 사라졌어. 스카프 할머니가 중얼거렸다. 나는 호수를 보고는 다시 하늘을 올려다보았다. 호수가 사라진 것인지 하늘이 사라진 것인지 알 수가 없었다.

솔직히 말해봐요. 물이 있긴 있었어요?

3

단골손님들은 오지 않았다. 할머니들은 모든 걸 내 탓으로 돌렸다. 내가 오기 전까지는 단골손님들도 끊이지 않았고, 호수에도 물이 가득했다는 것이다. 할머니들은 수십장의 파전을 부쳤다. 손님도 없는데 그 많은 부침개를 어디다 쓰는지 나로서는 알 수 없는 일이었다. 나는 파전에 달걀을 넣어달라고 했다. 그러자 부침개 뒤집개로 또 머리를 때렸다. 호수에서 이상한 냄새가 올라왔다. 가스냄새 같기도 하고 쓰레기가 썩는 냄새 같기도 했다. 바람은 한방향으로만 불었다. 나무들은 오른쪽으로 몸을 구부렸다. 거울을 보면 내 머리카락도 한쪽 방향으로 쏠려 있었다. 지난 오년 동안 평상에 앉아 호수를 바라보았다는 할머니들은 하도 바람을 맞았더니 머리숱이 줄어들었다고 했다.

할머니들은 부친 파전을 머리에 이고는 어디론가 갔다. 한참 후에, 낡은 자동차를 몰고 할머니들이 돌아왔다. 언덕을 오르는 자동차 뒤로 검은 연기가 울컥, 하고 쏟아졌다. 와이퍼는 한짝밖에 없었고, 조수석의 문은 다른 색으로 되어 있었다. 썬글라스 할머니가 차에서 내리더니 자동차 트렁크를 손바닥으로 두드렸다. 마치 손자의 엉덩이를 만지듯이. 할머니들은 방으로 들어가 옷을 갈아입고 나왔다. 꽃무늬가 그려진 씰크블라우스였는데, 유행이 지나도 한참이나 지난 스타일이었다. 할머니들은 서로 손을 잡고 마당을 한바퀴 돌았다.

멋지지! 이십년 전에 메이시 백화점에서 산 거야.

갈색 스카프를 매고 나온 할머니가 내게 자동차 키를 던졌다.

자, 운전해!

저 운전 못하는데요?

그러자 할머니가 다시 자동차 키를 빼앗았다. 스카프 할머니가 운전석에 앉고 썬글라스 할머니가 조수석에 앉았다. 뒷좌석 문을 열려는 순간 자동차가 출발했다. 나는 손잡이를 잡은 채 자동차가 달리는 속도에 맞춰 뛰기 시작했다. 며칠 동안 의자를 붙이고 잠을 잤더니 온몸이 뻐근했다. 달리는데 무릎에서 소리가 들리는 것 같았다. 한참 후에 차가 멈추었다.

운전 못하는 죄야. 어서 타.

혹시 쌍둥이가 아니냐고 묻자 할머니들은 서로 화를 냈다. 할머니들은 열여덟살 때 고향에서 같이 가출을 한 뒤로 늘 붙어다녔다고 한다. 둘은 유랑극단의 배우가 되었다. 스카프 할머니는 늘 주연을 했다. 썬글라스 할머니는 스카프 할머니의 하녀 역을 주로 했다. 스카프 할머니가 유랑극단의 감독과 결혼을 했을 때, 잠깐 떨어져 지낸 적이 있었지만, 그후로는 늘 함께였다. 결혼생활은 몇달 가지 않았고, 술에 빠져 지내던 스카프 할머니의 집으로 썬글라스를 낀 할머니가 다시 찾아갔다. 나야. 오랜만이다. 그래, 오랜만이야. 그런데 웬 썬글라스니? 그러자 썬글라스 할머니가 친구를 부둥켜안고 울기 시작했다. 썬글라스 할머니는 쌍꺼풀 수술을 잘못한 탓에 더이상 하녀 역도 할 수 없게 되었다고 했다.

참, 언제까지 우리를 할머니라고 부를래?

썬글라스 할머니가 고개를 돌려 나를 보았다. 부모님은 가족들과 왕래를 끊고 지냈다. 설날이나 추석날이면 우리 가족은 윷놀이를 하거나 카드게임을 했다. 책을 펼쳐놓고 체스를 배우기도 했다. 부모님이 집을 떠나기 전까지 나와 아버지와의 전적은 256승 121패였다. 나와 어머니와의 전적은 199승 199패. 그래서 짐을 다 싸고 나와 어머니는 체스 한판을 두었다. 결과는 나의 승리. 중국영화를 보고 난 뒤로 마작을 하자고 했지만 식구가 세 명이라 포기하고 말았다. 그때 부모님은 둘째아이를 낳아야겠다는 고민을 심각하게 하기도 했다. 어머니에게는 두 명의 언니가 있지만 아직까지 한번도 이모라고 불러보지 못했다고 나는 할머니들에게 말해주었다.

그러니까, 이모라고 부를까요?

안돼! 언니라고 불러.

스카프 할머니가 급브레이크를 밟았다. 나는 앞좌석에 얼굴을 부딪혔다. 할머니들은 차를 갓길에 세우고 가위바위보를 했다. 이긴 사람이 큰언니가 되겠다는 거였다. 썬글라스 할머니가 가위를 냈고 스카프 할머니가 보를 냈다. 가위바위보에서 진 스카프 할머니가 입을 삐죽 내밀었다. 자기가 키도 더 크고 생일도 빠르다고 했다. 나는 할머니들의 눈밑 주름을 살펴보았다. 차마 언니라는 말이 나오지 않을 것 같았다.

차는 구불구불한 국도를 달렸다. 할머니는 커브길에서 제대로 속도를 줄이지 않았다. 마침내 붉은 깃발이 걸려 있는 어느 한옥에 도착했을 때 나는 차에서 내려 낮에 먹은 것을 모조리 토해야 했다. 깃발 밑에는 '박보살'이라는 간판이 걸려 있었다. 할머니들은 대문 앞에서 옷을 털었다. 그러고는 두 손을 가슴에 모으고 무엇인가를 중얼거렸다.

박보살은 허리가 기역자로 굽은 할아버지였다. 박보살은 내 조상 중에 불타 죽은 영혼이 나를 따라다닌다고 했다. 그 영혼이 너무나 목이 말라 호수의 물을 다 마셔버렸다는 것이다. 할머니들은 그 조상이 누군지 잘 생각해보라며 나를 재촉했다. 박보살은 여러개의 막대기가 담긴 그릇을 꺼내더니 그중에서 두 개만 골라내라고 했다. 막대기 끝에는 상형문자 같은 것이 그려져 있었다. 박보살은 그것들을 한참 동안 들여다보더니 눈을 반쯤 감고 무어라 중얼거렸다. 그러고는 천천히 입을 열었다.

절에 가면 사십구재를 하는 곳이 있을 거야. 가족들 몰래 절을 하고 과일 하나를 훔쳐먹어.

할머니들은 내 손을 잡고 부탁을 했다. 삼십이년 전, 할머니들은 양녀로 삼았던 아이를 잃은 적이 있었다. 누군가 집앞에 버리고 간 아이였다. 아이는 만국박람회에 갔다가 어이없는 죽음을 당했다. 행사장 입구에 떠 있는 대형 애드벌룬을 묶어둔 끈이 풀리면서 아이의 발목을 휘감았고, 아이는 애드벌룬과 함께 하늘 높이 날아갔다. 아이의 시체는 찾지 못했다. 할머니들은 제대로 잠을 잘 수가 없었다. 눈을 감으면 몸이 허공으로 떠오르는 것 같았고 늘 멀미가 났다. 그로부터 몇달이 지난 후, 길에서 한 남자가 할머니들을 쫓아왔다. 아이가 날아갔죠? 하고 남자는 물었다. 그 사람이 바로 박보살이라는 거였다. 박보살은 아이의 시체가 저 멀리 북한을 넘어 시베리아 벌판으로 날아갔다고 했다. 박보살이 아이의 영혼을 달래기 위한 굿판을 벌였고 할머니들은 멀미에서 해방되었다.

그 아이는 우리를 이모라고 불렀지.

158

어떤 일이 있더라도 꼭 성공하고 오겠어요.

나는 할머니들의 손을 잡고 다짐했다.

나는 지도를 한장 샀다. 그리고 내가 있는 곳에 점을 찍었다.
오십원짜리 동전을 그 점에 놓고 동그랗게 원을 그렸다. 동그라
미 안에는 세 개의 절이 있었다. 처음 찾아간 절은 예약된 사십구
재가 없다고 했다. 두번째 찾아간 절은 그런 건 왜 묻느냐며 대답
해주지 않았다. 나는 점심공양 시간에 맞춰 부엌으로 갔다. 설거
지를 돕고 난 뒤 부엌일을 맡아하는 아주머니에게 살짝 물어봤
다. 삼일 후에 사십구재를 지내기로 한 신도가 있다는 것이었다.
나는 절에서 삼일을 잤다. 새벽 네시에 일어나 예불을 드리고 부
엌으로 가서 아침공양을 도왔다. 그러자 사십구재가 있던 날, 부
엌살림을 도맡아하는 아주머니가 나를 법당 뒤에 숨겨주었다. 재
를 마친 가족들이 법당 밖으로 나가 담배를 피우는 사이, 나는 한
번도 보지 못한 사람에게 절을 했다. 절을 하고 고개를 들어보니
쪽찐 머리를 하고 한복을 입은 할머니의 얼굴이 사진 속에 들어
있었다. 얼른 귤 하나를 집어 법당 뒤로 숨었다. 거기 쪼그리고
앉아서 귤을 까먹으면서, 지금까지 한번도 장례식장에 가본 적이
없다는 사실을 생각해냈다.

귤을 먹었다고 했더니, 박보살은 혹시 껍질도 먹었느냐고 물
었다. 나는 귤껍질에 농약이 얼마나 많은지에 대해 설명을 했다.
게다가 껍질도 먹으라는 말은 해주지도 않았다고 항의를 했다.
박보살은 컴퓨터를 켜더니 어딘가로 메일을 보냈다. 조금 후에,
절 이름과 가는 방법이 적힌 종이를 내게 건네주었다.

내일 그 절로 가봐. 명심해. 상에 오른 그 상태로 먹어야 해.

네, 알겠습니다. 그런데 이 절은 어떻게 아셨어요?

친구들한테 메일을 보냈더니 답이 왔어. 내가 전국에 아는 사람이 좀 많아.

늦은 나이에 겨우 얻은 외동아들의 사십구재였다. 유족들의 대화를 들어보니, 친구들과 바닷가로 놀러 갔는데 친구들이 모두 자는 사이에 홀로 바다로 걸어들어갔다고 했다. 머리가 희끗희끗한 아버지가 아들 친구들의 멱살을 잡았다. 니들이 그런 거야. 니들이. 아들의 친구는 넘어지면서 상을 엎었다. 멀리서 사십구재를 훔쳐보던 나는 발을 동동 굴렀다. 결국 절 마당에서 문이 열린 법당을 향해 절을 했다. 그러고는 바닥에 굴러떨어진 대추를 주워먹었다.

이번에도 박보살은 못마땅한 얼굴을 했다. 사실 주름이 너무 많아서 조금만 인상을 찌푸려도 금방 불만에 찬 얼굴로 보였다.

씨를 뱉었어, 안 뱉었어?

옆에서 할머니들이 물었다.

뱉었는데요.

내 말에 모두들 한숨을 쉬었다.

나는 다시 절을 찾아갔다. 이번에도 박보살이 전국에 있는 친구들에게 이메일을 보냈고, H시에 있는 어느 절을 소개받았다. 절을 하다 말고 나는 나도 모르게 엉덩방아를 찧었다. 사진 속의 여자가 나와 아주 많이 닮아 있었다. 나는 남방의 단추가 제대로 채워져 있는지 살펴보았다. 그러고는 술을 한잔 따라 올렸다. 나중에 봅시다. 나도 모르게 그런 말이 나왔다. 과일은 몇개 없었다. 나는 사과와 배 앞에서 한참을 망설였다. 둘 다 씨가 너무 컸다. 결국 내가 선택한 것은 밤이었다. 껍질이 까져 있어서 약간 고민을 했지만, 박보살은 재를 지낸 그 상태로 먹으면 된다고 했다. 나는 처마밑에 앉아서 밤을 먹었다. 얹힐 것 같아서 주먹으로 가슴을 몇번 쳤다.

박보살은 밤은 과일이 아니라고 우겼다. 할머니들은 밤은 과일이라고 우겼다. 나는 과일이건 과일이 아니건 상관없이 더이상 남의 제사상에 절을 하지 않겠다고 선언했다. 결국 인터넷 검색에 밤은 과일인가요?라는 질문을 쳤고 밤은 과일이라는 답변을 얻었다. 박보살은 화가 났는지, 방에 들어가 나오지를 않았다. 우리는 문밖에 서서 말했다.

죄송합니다. 이제 그만 집에 가겠습니다.

4

집을 비운 사이, 폭우가 가게 주변을 휩쓸었다. 커다란 바위가 길을 가로막았다. 매점의 냉장고는 엎어졌고, 먹다 버린 막걸리통은 바람에 날아가 하나도 보이지 않았다. 호수 바닥에는 물이 고여 있었다. 할머니들은 그게 모두 박보살 덕이라고 했다. 나는 빗물이 고인 것뿐이라고, 내일이면 사라지고 없을 거라고 했다. 할머니들의 운동화가 붙어 있던 평상도 없어졌다. 새로 만들어드리겠다고 약속을 했다. 가게에서 늦은 점심을 먹다 말고 썬글라스 할머니가 자꾸만 고개를 갸웃거렸다.

이상하게 몸이 오른쪽으로 기우는 것 같아.

나는 상에 펜을 올려놓았다. 펜이 굴러 바닥으로 떨어졌다. 고개를 들어 창밖을 보았다. 뒷문 창으로 보여야 할 나무가 보이지 않았다. 스카프 할머니가 달려가 뒷문을 열었다. 발을 한발 내디디려다, 재빨리 문고리를 잡고 멈추었다. 뒷마당이 없어졌다. 뒷마당이 빗물에 휩쓸려 사라지면서 가게를 지탱하고 있던 땅도 지반이 약해졌다. 할머니들은 네 발로 기어서 가게 밖으로 나왔다. 나는 방으로 가서 이불과 전기장판을 꺼냈다. 휴대용 가스레인지와 그릇들도 챙겨 나왔다. 부탄가스가 얼마 없어서 라면을 끓이다가 불이 꺼졌다. 할머니들은 덜 익은 면은 먹을 수가 없다고 했다. 뚜껑을 닫아놓고 십분 정도 있었더니 라면이 저절로 불었다. 선이 짧아서 장판은 전기를 연결할 수가 없었다.

생각보다 낭만적이네!

할머니들이 하늘에 떠 있는 별을 세면서 말했다. 부모님이 나이들면 꼭 이 할머니들처럼 될 것만 같았다.

아침이 되자, 그 와중에도 할머니들은 운동하는 것을 멈추지 않았다. 나는 윗몸일으키기를 할 수 있도록 할머니들의 발을 잡아주었다. 호수에 고인 빗물은 사라지고 없었다. 우리는 엎어진 냉장고를 다시 일으켜세우고, 그 안에 있는 음료수를 꺼냈다. 손으로 나팔을 만든 다음 호수를 향해 말했다.

잘 먹을게.

네, 그럴게요.

누군가가 우리의 뒤통수에 대고 대답했다. 뒤돌아보니 하얀색 캠핑카가 보였다. 운전석에 앉은 아버지가 내게 손을 흔들었다.

어머니는 주근깨가 더 많아졌다. 전국을 떠돌면서 어머니는 주근깨를, 아버지는 치질을 얻었다. 캠핑카의 문이 열리더니 밀짚모자를 쓴 남자가 나왔다. 검은 양복을 입은 남자, 웨스턴부츠를 신은 남자, 키가 아주 작은 남자가 차례로 나왔다. 곧이어 하품을 하면서 여자가 내렸다. 여자는 헝클어진 머리를 손으로 대충 빗어 정돈했다.

세상에! 이 많은 사람들이 이 차에 다 탈 수가 있나?

할머니들은 캠핑카 주변을 한바퀴 돌았다. 열려 있는 문으로 고개를 디밀고는 실내를 구경했다. 캠핑카 안에는 또다른 여자가 의자에 비스듬히 누워 술을 마시고 있었다.

놔둬! 지가 나오고 싶으면 나오겠지.

하품을 하던 여자가 말했다. 캠핑카에서 나온 남자들이 마당에 무엇인가를 설치했다. 바비큐 그릴이었다. 한 남자가 숯불에 불을 지피고, 다른 남자는 돗자리를 펼쳐 상을 차리고, 또다른 남자는 차에서 음식들을 나르고, 마지막 남자는 의자에 앉아 노래를 불렀다.

뭐 하시는 거예요?

파티하는 거란다.

오늘이 무슨 날이에요?

니 생일.

지났는데요.

그럼 우리 생일.

아버지는 구월이고 어머니는 십이월이잖아요.

그럼, 저기 있는 저 사람들 중 누군가의 생일.

부모님이 파티준비를 하고 있는 사람들을 가리켰다. 밤새, 돼지고기 삼겹살을 삼십인분이나 먹어치웠다. 차 안에서 술을 마시던 여자는 끝내 밖으로 나오질 않았다. 나는 고기를 구워 접시에 담았다. 여자에게 구운 고기를 가져다주려고 하자 누군가가 말했다. 여자는 술안주로 오직 커피만 마신다는 거였다. 나는 커다란 잔에 커피믹스 두 개를 섞어 커피를 타주었다. 여자는 고맙다는 말을 하지 않았다. 마당에는 우리가 먹은 술병들이 쌓여갔다. 나는 술에 취한 김에 부모님에 투정을 부렸다. 부모님이 집을 비우는 사이 벽에 붙여놓은 지도를 보면서 혼자 얼마나 외로웠는지 아느냐고. 그러자 부모님은 그 덕분에 내가 지리과목은 누구보다 잘할 수 있었던 것이라고 대답했다. 할머니들은 나보다 술이 더 셌다. 아니, 캠핑카를 타고 온 어느 남자보다도 술이 셌다. 남자들은 몹시 자존심이 상한 듯했다. 나는 아침마다 할머니들이 하는 운동에 대해 말해주었고, 남자들은 내일부터 자기들도 운동을 해야겠다고 호들갑을 떨었다.

나는 오래간만에 늦잠을 잤다. 할머니들도 나를 깨우지 않았다. 일어나보니 가게가 마당 한가운데로 옮겨져 있었다. 어찌된 일이냐고 물었더니, 남자들은 아침운동을 했을 뿐이라고 했다.

어떻게 옮겼는지 사실대로 말해주세요.

사실, 우린 보이스카우트 출신입니다.

남자들의 말이 끝나자마자, 어제부터 내내 헝클어진 머리를 하고 있던 여자가 말을 이었다.

전, 걸스카우트 출신입니다.

할머니들은 부모님의 캠핑카를 타고 전국여행을 하고 싶다고 했다. 세계여행은 해봤어도 전국여행은 해본 적이 없다는 할머니들의 말을 모두들 믿어주었다. 나는 할머니들의 귀에 대고 이렇게 속삭였다. 솔직히 말해주세요. 제가 오기 전부터 호수가 말라 있었죠? 할머니들은 끝내 대답을 해주지 않았다. 아버지와 어머니는 오랫동안 나를 포옹해주었다.

왜 내게는 소원이 무엇이냐고 한번도 묻지 않았어요?

우체통에 편지를 넣지 않았잖니. 그랬으면 우리가 읽어보았을 텐데.

나는 가게 이름을 바꾸지 않았다. 아침이면 운동을 했고, 한 방향으로만 부는 바람을 맞으며 바닥을 드러낸 호수를 바라보았다. 가끔 길을 잘못 들어선 사람들이 찾아왔다. 그러면 나는 파전에 막걸리 한잔을 대접했다. 물론, 술값은 꼭 받아냈다. 어느날, 한 여자가 찾아왔다. 예전에 이 술집에서 하룻밤을 묵은 적이 있다고 했다. 그때 평상에 앉아 사과 하나를 먹었고 그 사과씨를 마당에 파묻었다고. 그런데 어느날 그 씨가 싹을 틔워 나무 한그루를 만들어냈을 것만 같은 생각이 들었다고 여자는 말했다. 여자가 사과씨를 심은 곳은 새로 가게를 옮긴 자리였다.

만약, 사과나무가 자란다면 이 가게 바닥을 뚫고 올라오겠네요.

네, 그렇게 되면 죽이지 말고 꼭 키워주세요.

여자는 호수 너머를 가리켰다.

거꾸로 된 무지개, 처음 봐요.

여자의 말대로 무지개는 색이 거꾸로 되어 있었다. 나는 손가락으로 무지개의 색을 아래부터 짚어보았다. 빨, 주, 노, 초, 파,

남, 보. 빨간색이어야 할 맨 위가 보라색이었다. 색이 뒤집힌 무지개를 본 날, 나는 이런 꿈을 꾸었다.

아버지와 어머니는 손을 잡고 어딘가를 걷고 있었다. 백원짜리 있어요? 아이스크림을 먹다 말고 아버지가 말했다. 어머니는 동전 몇개를 꺼내 아버지의 손에 쥐여주었다. 두더지들이 구멍 밖으로 얼굴을 내밀었다. 망치를 내리칠 때마다 아버지의 몸이 흔들렸다. 나는, 말이죠, 눈물이, 날 때면, 이렇게, 두더지를, 잡아요. 망치를 휘두르며 아버지가 띄엄띄엄 말을 이어나갔다. 왼손에 들고 있던 아이스크림이 녹으면서 구두코로 떨어졌다. 왼쪽 가장 아래쪽에 있는 두더지의 머리 위로도 아이스크림이 흘러내렸다. 바이킹에서 한 여자가 높이 손을 들어올리고는 소리를 질러댔다. 바이킹이 방향을 바꾸자, 한 남자가 두 손으로 얼굴을 감쌌다. 어머니는 몸을 숙여 아버지가 들고 있는 아이스크림을 혀로 핥았다. 게임기에서 요란한 음악소리가 흘러나왔다. 음악소리가 끝나기 전에 어머니가 재빨리 말했다. 우리 헤어져요. 신기록을 달성했다며 아버지가 자랑스럽게 웃었다. 그런데 뭐라고요? 바이킹이 멈추고 양쪽 끝에 앉아 있던 남녀가 자리에서 일어났다. 우리에게 남은 일은 바이킹의 이쪽 끝과 저쪽 끝에 앉아서 공포로 일그러지는 서로의 얼굴을 확인하는 것밖에 없어요. 어머니의 뱃속에서 내가 속삭였다. 아버지가 어머니에게 망치를 쥐여주었다. 한번 해봐요. 어머니는 두더지가 머리를 내밀 때마다 요것 봐라, 하고 중얼거리며 있는 힘껏 망치질을 했다.

이어달리기

"남편도 없이
자식을 넷이나 키우는 여자는
울면 안되거든."
그녀는 기자의 손을 잡고 부탁을 했다.
"기사에 이렇게 써주세요.
우리 어머니는 서분례 여사라고,
아주 유명한 요리사였다고."

"이 도마는 몇년이 되었죠?" 기자가 물었다. "아주 오래된 거예요." 그녀는 대답했다. 하지만 얼마나 오래되었는지는 그녀도 모른다. 사진작가가 가운데가 움푹 파인 도마를 찍으면서 중얼거렸다. "대략…… 이십년은 넘었겠네." 그녀는 도마를 13호 가게 주인에게서 물려받았다. 막내가 초등학교 오학년 때였으니까 십년 전쯤이었다. 그녀는 귀퉁이가 깨진 도마를 쓰다듬었다. "내 손에 넘어왔을 때 이미 이랬지. 도마에서 어찌나 마늘냄새가 나던지 하루종일 식초에 담가둬야 했어요." 13호는 잔치국수를 파는 집이었는데 중앙시장에서 가장 장사가 잘되는 집이었다. 얼마나 장사가 잘되었냐 하면 하루에 삼백 그릇도 넘게 팔았다. 세상에 삼백 그릇이라니! 그녀는 13호로 드나드는 손님의 수를 세보다 그만 한숨을 쉬었다. 그날 자신이 판 콩나물국밥은 스물세 그릇이었다. (이 인터뷰가 기사화된 날 그녀는 삼백 스물다섯 그릇을 팔게 된다.) 가게 문을 닫을 시간이 되자 그녀는 국밥을 한 그릇 끓여 13호로 갔다. 13호 주인은 국물도 남김없이 국밥을 다 먹었다. "이런 걸 스무 그릇이나 팔았다니." 그녀에게는 도시락을 싸줘야 하는 딸이 세 명이나 되었다. 그리고 그 위로 쌍꺼풀 수술을 하고 싶어하는 딸도 있었다. 13호 주인은 그녀에게 가게를 넘겨준 전 주인을 욕했다. "그 망할 년. 권리금을 얼마나 받아쳐먹은 거야." 13호 주인은 가을마다 떠나는 중앙시장 상인 단합 야유회에서도 음료수 한번 산 적이 없었다. 5호 주인이 통닭 오십 마리를 내놓았을 때도, 그중에서 닭다리를 세 개나 먹었지만, 다 쓸데없는 짓이라고 생각했다. 그런 사람이었지만, 그날따라 이상하게, 어금니 두 개가 없는 그녀에게 국수를 말아주고 싶은 생각이 들었다. 그리고 그녀가 국수를 먹는 동안 콩나물국밥을 맛있게 끓이는 법에 대해서도 설명해주고 싶은 생각이 들었다. 그녀가 국수값을 내려 했지만 13호 주인은 받지 않았다. 그날 밤, 13호 주인은 모처럼 깊은 잠을 잤다. 그로부터 한달 동안 13호 주인은 매일 그녀의 국밥집에 와서 저녁을 먹었다. "그런데 왜 도와준 거죠? 그렇게 인색하신 분이." "나도 몰라요. 그 가게에 이런 글이 적혀 있긴 했어. 맛없는 음식을 파는 건 죄를 짓는 것이다." 그건 13호 주인이 함바집에서 설거지를 하던 열다섯살 무렵에 생각해 낸 말이었다. 그녀는 끝내 13호 주인이 왜 자신에게 친절하게 굴었는지 그 이유를 알지 못했다. (그 이유를 알았다면 그녀는 13호 주인의 위에서 자라고 있는 암세포에게 고마워해야 했을 것이다.) 13호 주인이 자신이 쓰던 도마를 넘겨주었을 때, 그녀는 도마에 밴 마늘냄새를 맡으며 이상한 예감에 사로잡혔다. 자신보다도 그 도마가 더 오래 살 것이라는. "이 도마를 물려받은 후로 장사가 잘되기 시작했어요." 기자가 도마 위에 칼을 올려놓았다. "이렇게 한 장 더 찍어보죠." 사진작가가 고개를 끄떡이더니 렌즈를 바꾸었다. 플래시가 터지면서 도마에 난 칼자국이 선명하게 보였다. 그녀는 미처 몰랐지만, 도마는 예전에도 이런 플래시를 받아본 적이 있다. (그리고, 훗날, 기자가 찾아와 또 도마를 찍어 간다. 그건 아주 나중의 일이다. 2055년쯤. 반으로 갈라진 도마가 신문 1면을 장식할 것이다.)

어젯밤, 딸들은 가족회의를 열었다. 회의는 저녁 열시에 열렸다. 아홉시 삼십분에 가게 문을 닫은 그녀는 마지막 손님이 먹었던 그릇을 치우지도 않고 집으로 향했다. 일주일이면 다섯 번 이상 야근을 하는 첫째는 과장이 화장실에 간 사이 몰래 퇴근을 했다. 편의점 아르바이트가 열시에 끝나는 막내는 일을 마치자마자 집으로 뛰었다. 집에 도착해보니 열시 사분이었다. 둘째가 사과를 깎으면서 말했다. "그런 인터뷰를 꼭 해야겠어? 난 반대." 둘째는 사과를 깎아 식구들에게 주지 않고 혼자 먹었다. "넌 그걸 혼자 먹냐? 엄마도 안 드리고." 셋째가 말했다. 셋째는 언제나 둘째에게 반말을 했다. "그건 그렇고 넌 왜 그런 앞치마를 입고 있냐?" 막내는 그때까지도 편의점 로고가 새겨진 앞치마를 입고 있었다. (편의점 창고에서, 밤새, 막내의 코트 주머니에 들어 있는 휴대폰이 울어댔다.) "그런데 왜 나를 인터뷰한다는 거냐? 하려면 니들을 해야지." 그녀가 말했다. 그녀는 모처럼 식구가 모인 김에 저녁이라도 같이 먹고 싶었지만, 최근에 윗배가 나오기 시

170

작했기 때문에, 참기로 했다. "참, 그래서, 넌 언제 결혼할 거야?" 첫째가 둘째에게 물었다. "안해. 그때 말했잖아." 첫째는 손바닥으로 가슴을 쳤다. "내가 니들 때문에 못 산다." 그녀가 첫째의 뒤통수를 치며 말했다. "니가 엄마냐? 내가 엄마냐?" 대학을 졸업한 그해에 이십만원짜리 월세를 얻어 독립을 한 큰딸은 때론 자신이 동생들의 언니가 아니라 엄마라고 착각을 하곤 했다. 아버지가 큰딸의 손을 잡고 가족을 부탁한다고 말했기 때문이었다. 하지만 같이 아버지의 임종을 지켜본 동생들의 증언은 달랐다. "아버지는 가족, 까지밖에 말을 못했어." 둘째는 말했다. 셋째의 기억은 보다 생생했다. "아버지가 언니 손을 잡은 게 아니야. 언니가 아버지 손을 잡았지. 그리고 아버지는 이렇게 말했어. 아오 오우아아. 그게 무슨 말이었는지 아버지밖에 모를 거야." "그건 그렇고, 인터뷰는 해? 말아?" 그녀의 말에 네 딸들이 동시에 팔짱을 끼고 눈을 감았다. 첫째는 생각했다. 그날 자신들이 한 일은 순전히 우연에 불과했다고. 둘째는 생각했다. 그런데 휩쓸리다보면 했던 일도 안한 일이 되고 안했던 일도 한 일이 되어버린다고. 셋째는 생각했다. 리플이 무서워. 막내는 별 생각을 하지 않았다. 왜 언니들은 항상 무엇인가 깊이 생각하는 척하는 거야?라는 생각을 했을 뿐. 딸들의 엄마인 그녀가 박수를 세 번 쳤다. "그만 생각하고 이제 의견을 말해봐. 막내부터." 막내가 언니들을 둘러보았다. 학교 다닐 적에도 발표 따윈 해본 적이 없었다. "해요. 그덕에 장사가 잘될지도 모르잖아." 막내의 한마디에 언니들은 자신들의 의견을 접었다. "그래, 엄마, 우리가 그 국밥을 먹고 컸다고 해요." "전 가끔 설거지도 했어요." "가족들을 대표해서 제가 기자에게 전화를 걸겠어요." 첫째가 전화기를 들었다. 그때 첫째의 손등을 내리치며 그녀가 말했다. "니가 가족 대표냐? 대표는 나다." 그녀는 기자에게 전화를 걸어 인터뷰를 하겠다고 말했다. 네 딸들을 결혼시키려면 지금보다도 더 장사가 잘되어야만 했다. (그녀는 여든살이 넘도록 살지만 네 딸들을 모두 결혼시키지는 못한다. 하지만 결혼을 세 번이나 한 딸 덕분에 결론적으로 네 번의 결혼식을 치르기는 한다.) 그날 밤, 자취방으로 돌아온 첫째는 칠년 동안이나 같이 산 룸메이트에게 부끄럽다는 말을 몇번이나 반복해서 말했다. "모두 동생들이 한 일이야. 난 구경만 했다고." 둘째는 배를 쓰다듬으면서 뱃속에 있는 아기에게 이렇게 말했다. "이 엄마는 사람을 구했단다. 내가 비록 너를 실망시키더라도 그 사실만은 절대 잊으면 안된다." 셋째는 얼마 전에 구입한 노트북에 그날 있었던 일들을 기록하기 시작했다. 네 딸들이 속초로 여행을 간 것은 지난주였다. 첫째가 거래처에서 펜션숙박권을 선물로 받았기 때문이었다. 첫째는 밑의 두 동생들에게 말했다. "막내를 언제까지 저렇게 둘 거니." 여행 첫날 밤 세 언니와 막내는 싸웠다. 언니들은 동생에게 물었다. "꿈이 뭐야?" "할 수 있다면 오래오래 편의점에서 일을 하고 싶어." 막내는 그렇게 중얼거렸지만 하도 작게 말해서 언니들은 그 말을 듣지 못했다. 속초에서 집으로 돌아오는 길에 그들은 막국수가 맛있다는 집을 찾아 한적한 국도를 달렸다. 뒤에서 고속버스 한 대가 경적을 울렸다. 첫째가 속도를 줄여가며 차를 갓길에 세웠다. 고속버스가 그들의 차를 추월하더니 언덕을 넘어 사라졌다. 차에서 내려 첫째와 셋째는 담배를 피웠다. 둘째는 기지개를 켰고 막내는 누군가에게 문자메씨지를 보냈다. 오분도 지나지 않아 그들은 다시 차에 올라탔다. 내년에는 말이야,라고 첫째가 말문을 열었을 때 막내가 아! 하고 소리를 질렀다. 언덕 아래에 그들을 추월했던 고속버스가 뒤집혀 있었다. 운동화를 신은 막내와 셋째는 비탈길도 아랑곳하지 않고 달렸다. 첫째와 둘째는 나뭇가지들을 잡아가며 경사진 산길을 내려갔다. 버스 아래에는 사람이 깔려 있었다. 하나. 둘. 셋. 네 딸들은 버스를 밀었다. 하지만 버스는 꼼짝도 하지 않았다. "더 힘줘." 막내가 말했다. 그러자 둘째가 대답했다. "미안해. 난 못해. 실은 임신했거든." 그 말을 들은 첫째가 버럭 화를 냈다. "이런 미친년." 너무 흥분한 나머지 첫째는 그날 자신이 어떤 일을 했는지 기억하지 못했다. 동생 욕을 하면서 버스를 들어올린 사실도. 셋째는 자신의 옷을 찢어서 사람들의 부러진 팔과 다리를 묶었다. 구조대가 도착했을 때 셋째는 거의 속옷만 걸친 상태였다. 셋째는 노트북에 이렇게 적었다. 이런 일이 있을까봐 엄마는 우리에게 항상 깨끗한 속옷을 입으라고 한 것이다. 막내는 꿈을 꾸었다. 버스에는 다섯살짜리 아이가 타고 있었는데 머리에서 피가 솟구쳤다. 막내는 입고 있던 셔츠를 벗어 아이의 머리를 감쌌다. 아이가 막내의 가슴에 얼굴을 파묻으며 물었다. 그런데 누나에요? 형이에요? (막내는, 가끔, 자신이 여자가 되고 싶은지 남자가 되고 싶은지 헷갈려했다.) 그녀는 잠을 잘 수가 없었다.

기자가 딸들의 어린시절에 대해 물어볼까봐 걱정이 되었기 때문이었다. 딸들이 사춘기를 겪는 동안 그녀는, 야쿠르트를 배달했고, 건물청소를 했고, 콩나물국밥을 팔았다. 첫째가 그녀에게 이렇게 충고를 해주었다. "할말이 없거든 속 한번 안 썩이고 자랐다고 그래. 아주 착한 딸들이라고." 둘째가 가슴에 손을 얹고는 말했다. "양심에 찔리긴 하네. 이제부터 착한 딸이 되어보지." 기자는 이렇게 물었다. "목격자들의 말에 의하면 큰따님이 버스를 들었다고 하던데, 원래 힘이 셌나요?" 그녀는 생각했다. 그렇다고 말하면 안된다고. 첫째는 아직 결혼을 하지 않았다. 누가 힘센 여자를 좋아하겠는가. "그애는 감기를 달고 살죠. 그래서 매일 이 콩나물국밥을 먹였어요." 첫째를 임신했을 적에 그녀는 입덧을 심하게 했다. 여덟 달 동안 그녀가 먹었던 음식은 막걸리와 도토리묵이었다. "막걸리를 먹어서 저런 거야." 그녀의 남편은 첫째를 보고 종종 그런 말을 했다. 여섯살 무렵이었나. 그해는 매일 부부싸움을 했다. 둘째에게 젖을 주다 말고 싸우고, 텔레비전 드라마를 보다 말고 싸우고, 연탄을 갈다 말고 연탄집게를 휘두르며 싸웠다. 남편이 주먹을 쥐었다 폈다 하며 소리를 질렀을 때 첫째가 창문 위에 서서 이렇게 외쳤다. "계속 싸울 거면 여기서 뛰어내릴 거야." 그날 이후로 그녀는 남편과 싸우지 않았다. (계속 부부싸움을 했다면, 그녀의 남편은 그렇게 일찍 죽지 않았을지도 모른다. 남편의 몸에는 일주일에 한번 이상 싸워야 하는 피가 흐르고 있었다.) 동생들이 텔레비전 프로그램을 가지고 다툴 적에 첫째는 동생들이 보는 앞에서 텔레비전의 전선을 모두 잘라버리기도 했다. "첫째는 싸우는 걸 싫어해요." 그녀는 말했다. 기자가 수첩에 그 말을 받아 적었다. "독립심도 강하고요." 그녀는 그 말을 꼭 기사에 적어달라고 부탁했다. 딸이 독립을 한 날은 2월 28일이었다. 대학졸업식 날 그녀가 딸에게 말했다. "보증금을 얻어

줄 테니 나가 살아라." 첫째는 대학동창이었던 친구와 같이 방을 얻었다. 룸메이트는 일곱 명의 남자를 사귀었는데 그 모든 남자들에게 차였다. 첫째는 그것을 '여덟 달 법칙'이라고 불렀다. 사귄 지 여덟 달이 되면 남자들은 룸메이트에게 이별을 통보했다. 첫째는 어머니의 국밥집을 찾아가 그 이야기를 했다. "여덟 달이 되기 전에 먼저 남자를 차라고 해라." 그녀는 새로 담근 깍두기를 싸주면서 말했다. 룸메이트는 그녀가 시킨 대로 사귄 지 일곱 달이 되었을 때 남자친구에게 이별을 선언했다. 그 남자는 술이 취한 날이면 첫째의 자취방으로 찾아왔다. 현관문을 발로 차면서 남자는 말했다. 도대체 이유가 뭐야? 한달이 지난 뒤 남자는 더 이상 찾아오지 않았다. 하지만 첫째의 귀에는 도대체 이유가 뭐야,라고 외치던 남자의 목소리가 계속 들렸다. (버스를 들어올렸을 때, 첫째는 그 남자가 버스 밑에 깔려 있을 것이라는 상상을 했다. 첫째는 오랫동안 그 남자를 짝사랑했다.) "결혼도 안한 딸을 독립시키다니. 어머님도 대단하세요." 기자가 말했다. 그녀는 국밥을 두 그릇 말아 기자 앞에 놓았다. "혹시, 첫째요?" 기자가 아니라고 대답했다. 사진작가는 막내라고 대답했다. "큰애가 직접 가서 젓을 사와요. 아무리 바빠도 젓갈 사오는 일은 꼭 큰애가 하지." 기자는 종지에 담긴 새우젓을 한 숟가락 퍼서 국에 넣었다. 사진작가가 젓가락으로 새우젓을 집어 맛을 보았다. "최고급 육젓이에요." 기자는 그 사실을 수첩에 적지 않았다. 음식을 소개하는 기사가 아니었으니까. "그게 우리 집 규칙이에요. 젓갈은 큰애. 화분에 물을 주는 일은 둘째. 형광등을 가는 일은 셋째." "그럼 막내는요?" "막내는 워낙 말이 없어서. 하루에 열 마디 이상 말하는 게 숙제죠."

그러나 어쩌면 식구 중에서 가장 말이 없는 사람은 셋째일지 모른다. 그녀는 기자들이 국밥을 먹는 모습을 바라보았다. 기자는 밥은 손도 대지 않고 국물만 떠먹었다. 사진작가는 콩나물을 젓가락으로 건져먹은 후에 국물에 밥을 말았다. 셋째는 언제나, 밥을 먹을 때나 텔레비전을 볼 때나, 조잘거렸다. 그녀는 셋째의 이야기를 듣는 걸 좋아했다. 셋째의 머릿속에, 그녀로서는 이름도 외울 수 없는, 저 먼 나라에서 벌어진 이야기들이 가득 담겨 있었다. "구조대원들이 그러는데 아주 훌륭하게 응급처치를 했다더라고요. 어느 따님이더라?" 기자가 마지막 깍두기를 집었다. 그녀는 김치통을 꺼내 깍두기를 국자 가득 펐다. 탁자에 깍두기 국물이 흘렀다. "걔가 셋째예요. 형광등, 퓨즈, 보일러 필터 청소 등을 담당하죠." 그녀는 셋째의 친구들을 한명도 알지 못했다. 셋째에게 남자친구가 있는지 없는지도 몰랐다. 셋째는 언제나 다른 사람들에 대해서만 이야기를 했다. 하루에 열 마디도 하지 않는 막내였지만, 식구들은 막내의 단짝 친구가 누구인지도 알았고, 그 친구가 자살을 해서 상처를 극복하는 데 오랜 시간이 걸릴 것이라는 것도 알았고, 고등학교 삼학년 때 걸핏하면 결석을 했다는 것도 알았다. 하지만 셋째가 삼수를 하는 동안, 그 누구도 셋째가 어느 대학을 가고 싶어하는지 무엇을 전공하고 싶어하는지 알지 못했다. "똑똑한 딸을 두셔서 좋겠어요." 사진작가가 말했다. 그는 국밥 한그릇을 다 비웠다. "왜 소개해줘요?" 사진작가가 미안합니다, 여자 친구가 있어요,라고 대답했다. 작년 겨울, 셋째

176

는 자고 있는 그녀의 품에 안겨 눈물을 흘렸다. 그녀는 오래간만에 딸의 등을 토닥여주었다. "아무것도 묻지 않으마." 셋째는 사귀던 남자친구에게 편지 한통을 받았다. 다른 여자가 생겼으니 헤어지자는 내용이었다. 편지는 삐뚤게 접혀 있었다. 셋째는 귀퉁이를 맞춰 편지지를 다시 접었다. 그리고 편지봉투에 집어넣었다. 봉투에는 사랑으로,라는 글이 적혀 있었다. 어쩌자고 봉투에 사랑으로,라는 말을 적었을까. 셋째는 그 이유가 궁금했다. 그러나 곧 그 이유를 알게 되었다. '사랑으로'는 남자가 살고 있는 아파트의 이름이었던 것이다. (셋째가 어머니의 품에 안겨 눈물을 흘린 것은 그 때문이다. 사랑으로,라니. 그때부터 셋째는 사랑이라는 것을 믿지 않으려고 애썼다. 물론 뜻대로 되진 않았지만.) 버스사고 현장에서 셋째가 응급처치를 해준 사람의 수는 열다섯명이었다. 그중 박덕순 할머니는 자신이 직접 키웠다는 흑염소로 약을 달여 셋째에게 보냈다. 셋째는 그 약을 어머니에게 주었다. "딸 덕분에 그런 귀한 약도 먹게 되었어요." 기자는 그 이야기를 수첩에 적었다.

병원으로 실려간 사람들은 병실에 나란히 누워 그날 자신들을 구조해준 젊은 여자들에 대해 이야기를 했다. "그런데 말이에요. 누군가 내 귀에 대고 이렇게 말해주었어요. 걱정 마세요." "저도 그 이야기를 들었어요." 다리가 부러진 청년은 그 사람이 누구인지 정확히 기억하고 있었다. "임신한 여자였어요. 제 손을 그 배에 올려놓고는 말했어요. 걱정 마세요. 이 뱃속에 있는 아기가 지켜줄 거예요,라고요." 첫째가 버스를 들어올리려고 온힘을 다 쏟아내는 동안 둘째는 신음을 하고 있는 사람들을 일일이 안아주었다. 방송국 기자와 인터뷰를 했던 할머니는 그 처자 덕분에 용기를 얻었다고 말했다. 이마가 찢어진 할머니는 피가 눈으로 들어가 눈을 뜰 수가 없었다. 그때 둘째가 할머니의 손을 잡았다. 할머니는 눈을 감은 채 말했다. 난 곧 죽을 것 같아. 둘째가 할머니의 손으로 자신의 배를 쓰다듬었다. 이 아이가 아들인 것 같아요? 딸인 것 같아요? 할머니는 아들일까, 딸일까,를 생각해야 했기 때문에 정신을 붙들고 있었다. 안 그랬으면 정신을 놓아버렸을지도 모른다고 할머니는 기자에게 말했다. "걔가 마음이 여려. 정도 많고. 그애가 물을 줘야만 화분의 꽃들이 살아나요. 걔가 한 달 동안 배낭여행을 갔다온 적이 있는데 그사이 꽃이며 나무며 우리 집 화분은 모두 다 죽었죠." 둘째를 임신했을 적에 그녀는 보름이 되면 마당을 서성였다. 그녀는 자신의 그림자를 보면서, 그 그림자의 둥근 배를 밟아보려고, 자꾸만 걸었다. 그녀는 자신을 닮지 않은 아이를 낳게 될까봐 두려웠다. 그녀와 남편은 자신들과 전혀 닮지 않은 첫째를 보면서 종종 이런 이야기를 했다. "지 할아버지를 닮은 것 같아." "아냐, 코가 오뚝한 걸 보니 외할머니를 빼다 박았어." 그녀는 기자에게 둘째는 우리 어머니를 닮았어요,라고 말했다. (그녀가 한 번도 보지 못한 어머니였지만, 놀랍게도, 그녀의 말은 맞았다. 턱에 있는 점까지 똑같았다.) 기자는 수첩에 감수성이 남달리 예민한 둘째딸,이라고 적었다. 둘째는 사물들에 이름을 붙여주는 걸 좋아했다. 라디오의 이름은 나팔이었고, 휴대폰의 이름은 바람이었고, 포스트잇을 여러 장 붙여놓은 책상의 이름은 숲이었다. 그녀가 아이 아빠에 대해 물었을 때 둘째는 의자라고 대답했는데, 그 말에 식구들 누구도 놀라지 않았다. 어쨌든 앉고 싶을 만큼 편했던 사람이었다는 뜻이 아니겠는가, 하고 그녀는 생각했다. 그렇게 생각하자 불안했던 마음이 사라졌다. "둘째는 아주 예쁜 아이를 낳을 것 같아요." 그녀는 놀랐다. 자신의 의지와 상관없이 말이 나와버렸다. "내가 낳은 딸들보다 더 예쁜 아기요. 우리 엄마가 봤으면 좋았을 텐데." 기자는 모든 것을 이해한다는 듯 고개를 끄덕였다. 기자는 그녀가 이야기를 하는 동안 수첩에 낙서를 했다. 그녀는 사람들의 중심에 설 수 없었기에 사물들의 중심으로 들어갔다. 그리고 그 문장 옆에 물음표를 그려넣었다. 사진작가가 기자의 수첩을 힐끗 보았다. 그리고 몰래 기자의 옆모습을 찍었다.

"혹시, 딸들을 키우면서 재미있었던 일들이 있었나요?" "기자 양반, 형제가 몇이요?" 기자는 뭐라고 대답을 해야 할지 몰라 망설였다. 얼마 전에 이런 질문을 받았다면 오빠가 있습니다,라고 말했을 것이다. 옆에 있던 사진작가가 대신 대답했다. "혼자예요." 그러자 기자가 고개를 흔들었다. "아니에요. 둘이에요." 그녀는 말했다. "재미있는 일들이야 많았겠지만, 깨우고, 밥 먹이고, 도시락 싸고, 빨래하고, 그러다보니 다 잊었지. 정신을 차릴 수가……" 그녀가 말을 하다 말고 자리에서 일어났다. 손님이 온 것이다. 손님은 냉장고 뒤로 들어갔다. 그녀는 국밥을 끓여 냉장고 뒷자리로 가져갔다. 이 시간까지 밥을 안 먹은 거요,라는 그녀의 목소리가 들렸다. 그녀가 다시 자리로 돌아오자 기자가 눈짓으로 냉장고 뒤를 가리켰다. "아, 저기. 저 뒤에도 자리가 있어요. 혼자 먹고 싶은 사람들을 위한 자리지." 그녀가 콩나물국밥집을 차린다고 했을 적에 막내가 말했다. "엄마, 아무도 볼 수 없는 곳에 자리를 만들어줘." 막내는 엄마가 장사를 하는 동안 그 자리에서 공부를 했다. 중학교에 들어가자 막내는 가게를 자주 찾지 않았다. 대신 그곳은 혼자 밥을 먹는 사람들을 위한 자리가 되었다. "생각보다 저길 찾는 사람이 많아. 아, 그리고 뭔 이야기를 하다 말았지?" 기자가 재미있던 일이요, 라고 대꾸했다. 그녀는 거실에 걸려 있는 상장에 대해 이야기하기 시작했다. 거실에는 막내가 초등학교 이학년 때 받아온 상장이 있었다. '물수제비뜨기 대회 최우수상'이었다. 무슨 대회라고요? 하고 기자가 다시 물었다. 물수제비뜨기 대회는 막내가 다니던 초등학교에서 개최한 대회였다. 막내가 아버지를 여읜 것은 초등학교 이학년 때였다. 그녀의 남편은 터무니없는 싸움에 말려 죽었다. "죽어도 좀 멋있게 죽지. 방귀 때문에 죽다니." 남편은 방귀를 자주 뀌는 편이었다. 남편이 방귀를 뀔 때마다 그녀는 내가 결혼을 잘못한 것 아닌가, 하는 의문에 빠지곤 했다. 남편이 버스에서 방귀를 뀌었을 때, 남편의 뒷자리에 앉은 사람들은 모조리 얼굴을 찌푸렸다고 한다. 버스에는 교도소에서 갓 출소한 남자가 타고 있었다. 그 남자가 남편에게 다가와 말을 건넸다. "내가 사회에 나와 처음 맡는 냄새가 이래야 되겠어." 마침 남편은 보름 동안이나 아무하고도 싸우지 않은 상태였다. 그래서 자신도 모르게, 갓 출소한 전과 3범의 남자 목덜미를 움켜쥐었다. "이 공기가 니 거냐?" 목격자들의 증언에 의하면 남편과 남자는 서로 멱살을 잡은 채 버스에서 내렸다고 한다. 그리고 세 시간 뒤 집으로 한통의 전화가 걸려왔다.

180

병원 응급실이었다. 남편의 장례식을 마친 뒤 그녀는 딸들이 학교에 가고 싶어할 때까지 학교에 보내지 않았다. "나는 말이야 개근상을 싫어해요. 아파도 학교에 가서 아파야 한다니 그게 무슨 개떡 같은 소리야." 셋째는 삼일 만에 학교에 갔고, 첫째와 둘째는 열흘이 지난 후에 학교에 갔다. 문제는 막내였다. 보름이 지나도 막내는 학교에 갈 생각을 하지 않았다. 그녀는 막내에게 말했다. "닷새 후 소풍이란다. 그래도 소풍은 가야지." 막내는 소풍 때 입고 가려고 사두었던 옷을 마당에 던졌다. "이번 소풍에는 물수제비뜨기 대회도 열린다는데." 그러자 막내의 눈이 반짝거렸다. 막내는 물수제비뜨기를 잘했다. 그녀는, 유행지난 원피스를 입고, 학교를 찾아갔다. 그러고는 교장선생님과 담임선생님에게 이번 소풍 때 물수제비뜨기 대회를 열어달라고 부탁하고는 박카스 두 박스를 내밀었다. "막내 소풍 날 모두 학교에 가지 마라." 첫째는 나는 고등학생이에요, 이제 수험생이라고요, 라고 말했지만 소용없었다. 둘째와 셋째는 플래카드를 만들었다. 막내의 소풍 날, 그녀는 김밥을 쌌다. 막내는 시금치 대신 오이를 넣는 걸 좋아했고 둘째와 셋째는 시금치 넣는 걸 더 좋아했기 때문에, 그녀는 두 가지 김밥을 싸야 했다. 첫째는 돗자리 두 개를 꺼내 깨끗이 닦았다. 커피 맛에 빠져들기 시작한 둘째는 어머니 몰래 커피를 끓였다. 셋째는 소풍을 가지 않겠다는 막내를 다독였다. 그날 막내가 던진 돌은 호수에 동그란 원을 열일곱 개나 만들었다. "봤어. 열일곱 번이야. 열일곱 번." 막내가 외쳤다. 플래카드를 들고 있던 둘째와 셋째가 서로를 껴안았다. 막내는 '물수제비뜨기 대회 최우수상'을 받았다. (2058년, 집이 무너졌을 때, 그때까지도 거실에는 막내의 상장이 걸려 있었다. 훈련된 개들이 무너진 건물에서 막내의 시체를 찾아냈다.) 평소엔 말이 없던 막내였지만, 사고 현장에서 막내는 누구보다 말을 많이 했다. 병실에서 사고에 대해 이야기를 주고받던 사람들 중 누군가는 이런 말을 들었다고 했다. "절 믿으세요. 전 수제비대회 최우수상을 받은 사람이라고요." 그 말에 병실에 있는 사람들이 모두 웃었다. 수제비대회라니! 병실에서 웃었던 사람 중에는 군 입대를 앞둔 청년도 있었다. 청년은 그녀를 인터뷰한 기사를 읽은 후에야 그 말이 물수제비뜨기 대회라는 사실을 알았다. 청년은 막내에게 팬레터를 보냈지만 막내는 답장을 하지 않았다.

"막내는 누굴 닮았는지 모르겠네. 아마도 우리 아버지를 닮지 않았나 싶어요." 그녀는 막내를 보면서 과묵하지만 속정이 깊은 아버지를 상상했다. 그들 부부가 네 명의 아이들을 낳은 이유는 한번도 본 적이 없는 부모님들 때문이었다. 남편은 첫째에게서는 자신의 아버지를, 셋째에게서는 자신의 어머니를 떠올렸다. 그녀의 어머니는 둘째를 닮아 마음이 착했으며 그녀의 아버지는 막내를 닮아 듬직했다. "우리 어머니는 순대를 팔았어요." "집안 대대로 음식 솜씨가 좋은가봐요." 기자가 대답했다. 그녀는 그렇다고 대답했다. 언젠가 그녀는 어머니를 찾아나선 적이 있었다. 결혼 초에 그녀는 삼만원짜리 월세를 살았는데, 그 집은 커다란 마당을 가운데 두고 모두 열 가구가 모여 살았다. 그녀의 옆집에는 K읍에서 이사를 온 과부가 있었는데, 그녀를 볼 때마다 K읍 터미널 앞에서 순대를 파는 할머니 이야기를 해주었다. "그 순대를 생각할 때마다 괜히 여기로 이사왔나 싶어." 옆집 아주머니는 하루에 한끼는 꼭 순대를 사먹을 정도로 순대를 좋아했지만 이사를 온 동네에는 맛있는 순대집이 없었다. 그녀가 K읍을 찾아간 것은 옆집 아주머니의 말 때문이었다. "새댁이 가면 좋을 텐데. 그 나이의 여자만 보면 순대를 막 퍼주거든. 잃어버린 딸이 있다는 소문이 있었어." K읍으로 가는 도중 그녀는 멀미를 했다. 비닐봉지에 그날 아침에 먹은 음식을 모조리 토했지만 울렁거리는 속은 가라앉지 않았다. 터미널 앞에는 순대 가게가 두 군데 있었다. 그녀는 왼편에 있는 가게 문을 열고 들어갔다. 물 한컵을 마시고 순대 한점을 집어먹은 후, 그녀는 고개를 갸웃거렸다. 하나도 맛있지가 않았다. 순대 두 점을 억지로 먹은 다음에 그녀는 자리에서 일어났다. 가게 주인이 말했다. "옆집 가려다 잘못 들어왔구먼. 원조는 저 할머니네 집이지. 참, 그래도, 돈은 내고 가요." 그녀는 다음 가게로 들어갔다. 가게 문에는 '서분례 순대집'이라고 쓰여 있었다. 메뉴는 단 두 가지였다. 순대와 순대국밥. 왼쪽 다리를 저는 할머니가 솥에서 순대를 꺼내, 장갑도 끼지 않고 썰었다. "안 뜨거우세요?" 그녀가 물었다. "하도 해서 괜찮아요." 서분례 할머니가 말했다. 할머니는 접시 한가득 순대를 담아왔다. 일인분 시켰는데, 하고 그녀가 말하자 할머니는 그게 일인분이라고 말했다. 세 명은 먹을 수 있을 정도로 많은 양이었다. 순대 한점을 집어먹자 울렁거리던 속이 거짓말처럼 가라앉았다. "이렇게 팔아서 뭐가 남겠어요." 그녀가 물었다. 할머니는 걱정 마, 아주 많이 남아, 적금도 열한 개나 붓는걸, 하고 말했다. "그런데. 새댁?" 할머니가 간을 썰더니 그녀의 접시에 올려놓았다. "혹시 임

신했나? 딸이겠는걸." 그녀는 고개를 저었다. "전 딸이 셋이나
돼요. 둘째가 할머니랑 똑같이 생겼네요." 가게를 나오려는데, 서
분례 할머니가 그녀에게 검은 비닐봉지를 주었다. "집에 가서 먹
어." 그녀는 봉지를 받아들었다. 비닐봉지 손잡이에 묻은 끈적한
기름이 손바닥에 느껴졌다. 버스를 기다리는 동안 그녀는 K읍 터
미널 앞에 있는 약속다방에서 커피를 마셨다. 그녀의 뒤에 앉아
있던 남자가 왜 우세요, 하고 말을 건넸다. 그녀가 우는 동안 남
자는 그녀에게 두 잔의 커피와 한 잔의 쌍화차를 사주었다. 남자
의 손은 희고 길었다. 그녀는 그 희고 긴 손가락을 보면서 자신의
둘째를 닮은 순대국밥집 할머니에 대해 이야기를 하기 시작했다.
그녀의 이야기가 끝나자 남자는 그녀의 어깨에 손을 올려놓았다.
전 트럭을 몰아요, 어디 가고 싶은 데가 있으면 다 데려다줄게요,
하고 남자가 말했다. 그때 그녀의 뱃속에서 누군가가 안돼! 하고
소리쳤다. 그녀는 그 남자에게 비닐봉지를 쥐어주면서 말했다.
"가다 배고프면 드세요." 플래시가 터지자 그녀가 깜짝 놀라며
말을 멈췄다. "기자양반. 이건 기사에 쓰면 안돼요. 알았죠?" 기
자가 알았다고 대답했지만 그녀는 믿을 수가 없었다. "손가락 걸
고 약속해요." 그래서 기자는 그녀와 손가락을 걸고 약속했다.
"저 그런데 제가 뭐 하나 물어봐도 될까요?" 사진작가가 카메라
렌즈로 그녀를 들여다보며 말했다. "그래서 그분이 진짜 어머니
였나요?" 그녀는 그만 얼굴을 찍으라는 의미로 손바닥으로 두 눈
을 가렸다. "그게 뭐 그리 중요한가. 사진가 양반은 남자라 잘 모
르겠지만 그런 건 하나도 안 중요하다오." 그러자 기자가 검지로
콧등을 긁었다. "죄송해요. 전 여잔데도 잘 모르겠어요. 그건 그

렇고, 그후로 또 찾아간 적은 있나요?" "응. 딱 한번." 콩나물국
밥집을 인수하기로 결정하던 날 그녀는 서분례 순대집을 찾아갔
다. "하지만 그분은 없었어. 돌아가셨지." 이렇게 장사를 하면 뭐
가 남겠어요,라고 말하는 손님들에게 서분례 할머니는 적금을 열
한 개나 붓는다고 자랑을 하곤 했는데 그게 화근이었다. 할머니
의 적금을 뺏기 위해 강도가 들었던 것이다. 할머니가 죽고 난 뒤
에 밝혀졌지만 적금통장은 한 개도 없었다. 남은 것은 순대냄새
가 밴 칼 두 자루와 커다란 도마뿐이었다. "죽었지. 죽었다고."
기자가 그녀의 얼굴을 빤히 쳐다보다가 우세요, 울어도 돼요,라
고 말했다. 하지만 그녀는 울지 않았다. "남편도 없이 자식을 넷
이나 키우는 여자는 울면 안되거든." 그녀는 기자의 손을 잡고 부
탁을 했다. "기사에 이렇게 써주세요. 우리 어머니는 서분례 여
사라고. 아주 유명한 요리사였다고."

(오대산 자락에서 약초를 캐던 약초꾼은 딸의 결혼선물로 도
마를 만들어주고 싶었다. 다른 집들은 장롱을 해준다지만 그럴
형편이 되지 않았다. 딸이 생리를 시작하자 약초꾼은 눈여겨보아
두었던 박달나무를 베어 삼대째 도마를 만들고 있다는 장인을 찾
아갔다. 장인은 죽기 전에 이런 말을 했다. 그 도마가 자신이 만
든 최고의 도마였다고. 서분례 할머니는 아버지가 선물해준 도마
덕분에 삼십년이 넘도록 순대장사를 했다. 서분례 할머니가 죽은
후, 할머니의 가게는 설거지를 하던 김영자라는 여인이 물려받았
다. 도마와 칼도 함께. 설거지라면 자신이 있었지만 순대국밥에
는 자신이 없던 김영자는 세 달 만에 가게 문을 닫았다. 그리고

그 칼과 도마를 C시의 중앙시장에서 잔치국수를 파는 언니에게 선물로 주었다.)

"이건 개인적으로 궁금해서 그러는데요, 도대체, 자식을 어떻게 키워야 하죠?" 기자가 물었다. "이봐요. 아가씨! 결혼부터 하고 고민하세요." 그녀는 자신의 딸들에게 하듯 기자의 이마에 꿀밤을 먹였다. "그리고 그걸 아는 사람이 어디 있겠어." 그녀의 말에 사진작가가 네, 맞습니다, 하고 대답했다. 그녀는 남편을 잃고 오랜 세월 우울증을 앓았다. 우울할 때면 그녀는 네 딸들과 나란히 누워 말없이 시간을 보내곤 했다. 어느날, 그렇게 다섯 식구가 나란히 누워 천장을 바라보고 있는데, 첫째가 말문을 열었다. "엄마, 제가 비장의 우울증 퇴치 비법을 알려드릴게요." 그녀는 얼른 첫째에게 천원을 주었다. "우리 집엔 공짜란 없거든." 그녀의 말에 기자가 웃었다. 사진작가도 따라 웃었다. "먼저 초등학교 운동장을 떠올리세요." 그녀는 첫째의 말처럼 학교 운동장을 떠올렸다. 운동장에는 줄다리기용 밧줄이 놓여 있는데, 가운데는 빨간색 리본이 묶여 있다. 이쪽에 열 명의 사람이 줄을 잡고 저쪽에 열 명의 사람이 줄을 잡는다. "그게 뭐야?" 그녀의 옆에 누워 있던 둘째가 물었다. "내가 열두살 때부터 해오던 명상법이야. 일명 줄다리기 명상. 이 줄다리기에는 스무 명의 사람들이 필요해. 그러니까 내가 아는 사람 중 스무 명을 떠올려. 그리고 그들을 줄다리기시키는 거지." 첫째가 말했다. "그러니까, 그게 뭐냐고." 그녀가 물었다. "단 한명의 얼굴도 떠오르지 않을 때가 있어요. 그럴 때면 똑같이 생긴 스무 명의 내가 줄다리를 하는 거예요."

막내가 눈을 감았다. 그러다가 킥, 킥, 하고 웃었다. "엄마랑 똑같이 생긴 사람 열 명이 나랑 똑같이 생긴 사람 열 명이랑 줄다리를 했어." "누가 이겼어?" 셋째가 물었다. "너 바보냐?" 막내가 대답했다. 첫째가 줄다리기 명상법을 알려준 이후로 식구들은 종종 나란히 누워 학교 운동장을 떠올리곤 했다. "아마, 그 때문이 아닌가 싶어요. 그 놀이 덕분에 우리 딸들의 성격이 좋아졌거든." 둘째는 탁구를 치는 상상을 했다. 첫째와 둘째가 한편이고 셋째와 넷째가 한편이다. 그녀는 파라솔이 쳐진 의자에 앉아 심판을 보고 있다. 첫째가 써브를 날리면 셋째가 받아친다. 그걸 둘째가 치면 다시 막내가 받아친다. 0:0 경기는 끝나지 않는다. 어머니가 하품을 하며 공을 빼앗을 때까지. 셋째는 2인 3각 경기를 한다. 자신과 큰언니와 한팀이 되기도 하고, 둘째언니와 한팀이 되기도 하고, 동생과 한팀이 되기도 한다. 엄마와 한팀이 되어 달리기를 할 때면 엄마의 겨드랑이에서 나는 땀냄새가 기분좋게 느껴진다. 하지만 결승점까지 달려가진 못한다. 그전에 모두들 넘어지고 만다. 그래서 셋째의 2인 3각 경기 명상법은 언제나 실패로 끝난다. 둘째는 이렇게 말했다. "왜 그런 경기를 선택했어? 네 다리를 왜 굳이 세 개로 만들어?" 막내는 복주머니 터뜨리기 경기를 상상한다. 농구 골대에 커다란 복주머니가 달려 있다. 막내는 언니들과 엄마와 함께 복주머니를 향해 돌을 던진다. 운동신경이 별로 없는 둘째 언니는 돌을 던지다 팔이 빠지기도 한다. 마침내 복주머니가 벌어지면서 그 안에 있던 금가루들이 사방으로 흩어진다. 그녀는 딸들이 그런 상상을 하는 동안 딸들의 얼굴을 바라보는 것을 좋아했다. "저도 오늘부터 해봐야겠어요." 기자가 무슨 생각을 하는지 얼굴에 잠깐 미소를 지었다. "그런데, 어머님은 어떤 상상을 하세요." "나는 이어달리기를 생각해요. 우리 큰애가 달리다가 바통을 둘째에게 넘겨주고……" 아! 둘째가 넘어질까봐 그녀는 눈을 질끈 감았다. 둘째는 간신히 셋째에게 바통을 건넨다. 아예 기어와라. 기어와. 셋째가 둘째에게 말한다. 셋째는 잘 달린다. 막내에게 바통을 건네주고 숨을 고른다. 막내는 두 팔을 벌린 채 눈을 감으면서 달린다. 막내의 바통을 건네받는 사람은 그녀. "아가씨도 한번 해봐요. 누구에게 그 바통을 건네주고 싶은지." 기자는 수첩을 접었다. 그녀는 둘째가 만들어준, 수를 놓은 앞치마를 입고, 가게 문 앞에 섰다. 그 모습을 사진작가가 찍었다. 모두 세 컷을 찍었는데, 한 컷은 웃었고 한 컷은 고개를 숙였고 한 컷은 얼굴을 찡그렸다. "그런데 아직도 모르겠어요. 왜 나를 인터뷰하는 거죠?" 기자는 무슨 생각을 하는지 그녀의 말을 듣지 못했다. 그녀가 사진작가에게 말했다. "혹시 저 아가씨가 바통을 건네주거든 얼른 받아요."

안녕!
물고기자리

나는 세 사람의 잔에
술을 채우면서 말했다.
열두 별자리 중에서
가장 술을 좋아하는 자리지.
내 별자리거든.
우리는 잔을 높이 들고 건배를 했다.
물고기자리를 위하여!
누군가 안주로 회를 시키지 않아서
다행이라고 농담을 했다.

언젠가 대형 할인매장에서 밤을 새운 적이 있었다. 택시를 타고 집으로 돌아가는 길이었다. 택시가 신호등 앞에 멈추었을 때 나는 고개를 돌려 밖을 보았다. 사층 높이의 할인매장이 불을 환하게 밝히고 있었다. 새벽 두시였다. 내가 시계를 보자, 운전기사가 요즘에는 할인매장도 24시간 영업을 한다고 일러주었다. 그래요. 나는 고개를 끄덕였다. 카트를 끌고 위로, 위로, 올라가는 사람들의 모습이 보였다. 순간 배가 고파졌다. 아저씨, 저 여기서 내릴게요. 나는 거스름도 받지 않은 채 택시에서 내렸다.

식당은 일층에 있었다. 그곳에서 나는 가락국수를 주문했다. 음식은 맛이 없었다. 면을 씹으면서 어렴풋하게 어떤 예감에 사로잡혔다. 조만간 소중한 사람들을 한꺼번에 잃을 것이라는. 국수를 남김없이 다 먹은 다음, 카트를 끌고 이층에서부터 사층까지 천천히 걷기 시작했다. 중간에 목이 말라 이온음료수를 한병

마셨다. 마시고 난 빈병을 카트에 담았다. 할인매장에는 즉석식품들이 많았다. 직업을 바꿀 기회가 있다면, 세상에 나오는 모든 즉석식품들을 비교해보는 일을 해도 좋을 듯싶었다. 즉석식품 비평가. 생각해보니 지금 하고 있는 일보다 훨씬 그럴듯한 직업 같았다. 사층의 마지막 코너를 둘러본 뒤에 나는 Y에게 전화를 걸었다. 낮에 자고 밤에 생활을 하는 Y는 내가 새벽에 전화할 수 있는 유일한 친구였다. 글쎄, 할인매장이 하루종일 영업을 하네. 나는 대단한 사실을 발견한 것처럼 자랑스럽게 말했다. 새벽에 쇼핑하는 기분은 어때? Y가 물었다. 나는 지금 내가 하는 것은 쇼핑이 아니라 산책이라며 Y의 말을 정정해주었다. 할인매장은 내가 찾은 최고의 공원이라는 말까지 덧붙였다. 카트에 인형을 앉히고는 물건을 살 때마다 인형에게 무어라 말을 건네는 여자를 할인매장에서 본 적이 있다고 Y가 말했다. 여자의 카트는 더이상 물건을 담을 수 없을 만큼 꽉차 있었지. 여자가 카트를 끌다 말고 갑자기 멈춰서서 비명을 지르더라. 더 황당한 건, 그렇게 비명을 지르고 나서는 언제 그랬느냐는 듯이 카운터로 가서 태연하게 계산을 하는 거였어. 너도 그 여자처럼 되기 전에 그만 그곳에서 나와. 그렇게 말하고 Y는 전화를 끊었다. Y를 안 지 구년이 되어가지만 솔직히 나는 한번도 Y의 말을 믿은 적이 없었다. 나는 다시 사층에서 이층까지 천천히 걷기 시작했다. 음료수 한병을 계산하고 밖으로 나오니 이미 해가 뜬 뒤였다. 그날 이후로 나는 가끔 할인매장으로 산책을 다녔다.

할인매장에서 S를 만났다. S는 고등학교 동창이었다. 이학년 때 같은 반이었는데, 한달 정도 짝을 한 적이 있었다. 어, 어쩐 일이야? S가 말했다. 그러게 말이다. 내가 대답했다. 십오년 만에 만난 것치고는 조금 싱거운 인사였다. 우리는 악수를 하며 웃었다. S의 손은 축축했다. 하나도 안 변했네. 나는 S의 카트에 실린 물건들을 힐끔 보면서 말했다. 카트에는 토마토가 가득 담겨 있었다. 넌 좀 살이 찐 것 같다. S도 내 카트에 실린 물건들을 훔쳐보면서 말했다. 나는 S에게 A의 안부를 물었다. A는 고등학교 때 S의 단짝친구였다. S는 A를 만나지 않은 지 오래됐다고 했다. 그러고는 내게 B의 안부를 물었다. 나는 고등학교를 졸업한 그해에 B와 크게 싸우고는 연락을 끊었다고 했다. 무슨 일 때문에 싸웠는지 이제 생각도 나지 않는다는 말까지 했다. 그거 맛있니? S가 내 카트에 실린 즉석칼국수를 가리켰다. 몰라, 오늘 먹어보려고. 검지로 콧등을 긁으면서 내가 대답했다. S도 나를 따라 검지로 콧등을 긁었다. 그런데 웬 토마토를 그렇게 많이 사니? 이번에는 내가 S의 카트를 턱으로 가리켰다. 응, 몸에 좋다 그러기에. 우리는 서로의 얼굴을 바라보고는 다시 한번 웃었다. 헤어지기 전에 S는 나를 저녁식사에 초대했다. 뭐라 거절해야 할지 적당한 말이 생각나지 않아 나는 그저 어, 어,라는 소리만 되풀이했다. 부담 가지지 말았으면 좋겠어. 지난주에 이사를 왔거든. 니 핑계대고 오늘 집들이하지, 뭐. 바로 이 매장 뒤에 있는 아파트야. 102동 606호. S는 지갑을 꺼내더니 천원짜리 귀퉁이에 102-606이라는 숫자를 적어 내게 건네주었다. S의 뒷모습을 보면서 나는 예전에 우리가 친했는지를 생각해보았다. 친하게 지낸 적은 없지만 그렇다고 사이가 나쁜 적도 없었던 것 같았다. 다행이었다. 나는 카운

터에 원두커피 필터, 생리대, 즉석칼국수를 내려놓았다. 칠천팔
백원입니다. 눈이 커다란 아가씨가 친절하게 말했다. 지갑을 열
어보니 삼만칠천원이 있었다. 만원짜리를 헐기 싫어 할 수 없이 S
가 준 천원짜리를 꺼냈다.

집에 도착하자마자 비가 오기 시작했다. 주변을 한번 둘러보
고는 현관 앞에 놓인 화분을 들어 열쇠를 꺼냈다. 문을 열기 전에
열쇠를 코에 대고 냄새를 맡았다. 흙냄새가 희미하게 났다. 열쇠
가 돌아가지 않았다. 열쇠를 꺼내 살펴보았다. 틀림없이 현관 열
쇠였다. 열쇠를 손바닥에 올려놓고 두 손으로 비빈 다음 다시 시
도를 해보았다. 그래도 문은 열리지 않았다. 나는 현관 앞에 앉아
서 빗방울이 계단을 적시는 것을 보았다. 앞집 아주머니가 옥상
으로 뛰어올라가고 있었다. 지난주, 부모님은 중국여행을 떠났
다. 아버지의 환갑기념 여행이었다. 나는 열쇠를 현관에 꽂아둔
채 다시 밖으로 나왔다.
　버스정류장에서 Y에게 전화를 걸었다. 문이 안 열려, 라고 말
했더니 그럼 이참에 아예 집을 나가버려, 라고 Y가 웃으면서 대답
했다. 하루만 재워줄래? 그건 곤란한데…… Y가 말끝을 흐렸다.
농담이야. 나도 솔직히 너네 집에 가는 거 싫거든, 하하. 나는 웃
으면서 전화를 끊었다. 첫번째로 오는 버스를 탔다. 버스는 시내
를 돌고 돌았다. 나는 맨 뒷자리에 앉아서 졸다 깨다를 반복했다.
비도 내렸다 그쳤다를 반복했다. 나는 눈을 감고 중얼거렸다. 지
금부터 열번째 정거장에서 내리는 거야. 눈을 감은 채 버스가 정
거장에 설 때마다 마음속으로 헤아렸다. 버스가 아홉번째 정거장

에 섰을 때 감은 눈을 떴다. 버스에는 승객이 한명도 남아 있지 않았다. 나는 다음 정거장에서 내렸다. 이곳이 어디쯤인지 짐작할 수가 없었다. 어디를 둘러봐도 이층 이상의 건물은 보이지 않았다. 낮게 가라앉은 건물들은 모조리 문이 닫혀 있었는데, 작은 철물점 하나만이 그 사이에서 장사를 하고 있었다. 나는 철물점 앞에 놓인 평상에 앉았다. 등이 굽은 할아버지가 나무를 깎고 있었다. 남루한 옷을 입은 사내가 딸기맛 우유를 마시면서 할아버지를 바라보았다. 할아버지, 여기가 어딘가요? 할아버지는 내 물음에 아무 대답도 하지 않았다. 여기가 어디긴 어디예요, 여기지. 대신, 우유를 마시던 사내가 대답했다. 평상이 비에 젖어서 엉덩이가 금방 축축해졌다. 할아버지가 만드는 것은 인형이었다. 다리는 모양을 갖추었고 이제는 팔을 깎는 중이었다. 근처에 혹시 식당 있나요? 배가 고파서요. 나는 조금 더 큰 목소리로 물었다. 여전히 할아버지는 고개를 숙이고는 아무 대답도 하지 않았다. 배고파요? 나도 배고픈데…… 같이 먹을래요? 사내는 마시다 만 우유를 바닥에 버리더니 내게 말했다. 그러고는 내가 무어라고 대답하기도 전에 평상 아래에서 버너와 코펠을 꺼냈다. 사내는 코펠을 들고 철물점 안으로 들어갔다. 잠시 후에 한손에는 라면 세 봉지를 다른 손에는 물을 채운 코펠을 들고 나왔다. 나는 사내에게 즉석칼국수를 꺼내 보여주었다. 이게 더 맛있을 것 같지 않아요?

칼국수는 사인분이었다. 칼국수와 스프를 넣고 삼분만 끓이면 된다고 쓰여 있었다. 뭐, 라면이랑 똑같네요. 조리법을 읽어보더니 사내가 별거 아니라는 투로 말했다. 사내와 나는 사인분의 칼국수를 남김없이 먹었다. 우리가 칼국수를 먹는 동안에도 할아버지는 여전히 나무를 깎았다. 할아버지, 국수 좀 드실래요? 내가 묻자 사내가 손을 저으면서 말했다. 그냥 두세요. 부인이 죽은 후부터, 저렇게 됐어요. 하루종일 나무를 깎는 일밖에 안해요. 사내는 코펠을 들고는 남은 국물을 모조리 마셨다. 땀이 흘러 눈속으로 들어갔다. 사내는 자주 두 눈을 깜빡거렸다. 사내가 할아버지의 가게를 안 지도 팔년이 넘었다고 한다. 팔년 전에도 할아버지는 평상에 앉아서 나무를 깎고 있었다고 사내는 말했다. 맨 처음에는 버스를 잘못 탄 것뿐이었어요. 잠을 자다 눈을 뜨니 낯선 곳이었죠. 그래서 내린 곳이 여기예요. 그런데 이상하죠? 그날부터 팔년이 지나도록 다시 돌아가는 버스를 탈 마음이 생기지 않는 거예요. 트림을 크게 한번 한 뒤에 사내는 평상에 누워 잠을 자기 시작했다. 할아버지도 앉은 자세로 꾸벅꾸벅 졸았다. 나는 할아버지가 만들던 목각인형을 만져보았다. 눈, 코, 입이 없는 인형의 모습이 슬퍼 보였다. 건너편 정거장에 버스가 섰다. 나는 버스를 향해 손을 흔들고는 찻길을 건넜다. 지금 버스를 타지 않는다면 사내처럼 영원히 이곳에서 벗어나지 못할 것만 같았다. 차가 출발하고 나서야 비닐봉지를 평상에 올려놓은 채 그냥 왔다는 사실을 깨달았다. 대신 내 손에는 얼굴 없는 목각인형이 쥐어져 있었다.

버스를 두 번 갈아탄 다음에야 S의 아파트에 도착했다. S의 말처럼, 아파트는 할인매장 바로 뒤에 있었다. 나는 할인매장에 들러 공구쎄트를 샀다. 언젠가 공구쎄트가 집들이 선물로 인기를 끈다는 기사를 읽은 적이 있었다. 매장 후문에서부터 아파트단지로 가는 길은 초록색 보도블록이 깔려 있었는데, 보도블록마다 할인매장의 이름이 새겨져 있었다. 할인매장에서 조성한 길인 듯싶었다. 공구쎄트를 들고 나는 길을 걸었다. 언젠가 내 집을 갖게 된다면 이처럼 할인매장이 가까운 곳으로 얻어야지, 하는 생각을 하면서.

102동 앞에 서서 육층을 올려다보았다. 102동은 분명한데 606호인지 605호인지 확실하게 생각나지 않았다. 나는 엘리베이터를 타고 육층으로 올라갔다. 복도에 서서 605호와 606호를 번갈아가면서 보았다. 현관문에 귀를 대보았지만 아무 소리도 들리지 않았다. 심호흡을 한번 하고는 606호의 초인종을 눌렀다. 어서 와! 그런데 왜 이렇게 늦었어? S의 반가운 목소리가 들렸다.

현관문을 열고 집 안으로 들어서자 눈앞이 온통 초록이었다. 베란다에는 수십개의 화분이 있었다. 그것도 모자라, 천장에 닿을 듯한 나무들이 거실 한쪽을 채웠다. 거실과 부엌의 경계에는 커다란 둥근 식탁이 보였다. 특이하게도 중국집에서 흔히 볼 수 있는 회전식 원반이 설치된 식탁이었다. 한 여자가 거기에 앉아서 닭을 먹고 있었다. 얼굴에는 주근깨가 가득했다. 고등학교 동창이야. 졸업하고 오늘 처음 만났어. S는 나를 주근깨 여자에게 소개시켰다. 나는 가볍게 목례를 했다. 이쪽은 예전에 살던 아파트에서 사귄 친구야. 아래위층에 살았는데, 서로 싸우다가 정들었지. 이름은 E야. 자기소개가 끝나자 여자는 닭을 먹던 손을 내게 내밀었다. 나는 여자의 손을 맞잡았다. 반갑습니다. 악수를 하는데 여자가 끄윽— 하고 트림을 했다.

뭐 먹고 싶어? S가 식탁에 흩어져 있는 뼈들을 비닐봉지에 담

196

으며 물었다. 음— 보쌈! 내가 말하자 주근깨 여자가 그게 마음
대로 안될걸요,라고 말하며 웃었다. S는 씽크대 서랍을 열더니
작은 주머니를 꺼내왔다. 주머니 안에는 여러번 접은 종이들이
보였다. S는 주머니에서 종이를 꺼내 식탁 위로 던졌다. 자, 하나
만 집어. 나는 닭날개 위로 떨어진 종이를 집었다. 앗싸! 탕수육
이다. E가 내가 펼친 종이를 보면서 박수를 쳤다. 자신은 원래 탕
수육이 먹고 싶었는데, 재수없게 프라이드치킨을 뽑았다는 거였
다. 새로운 사람이 오길 얼마나 기다렸는지 몰라요. 정말 고마워
요. E는 자기 앞에 펼쳐진 닭을 S 쪽으로 밀었다. 난, 이제 탕수육
먹어야지! S는 중국집으로 전화를 걸었다.

   참! 이거 집들이 선물. 나는 공구쎄트를 S에게 주었다. 우아—
혼자 사는 여자에게는 이게 남편이지. S가 공구쎄트를 펼치면서
중얼거렸다. 공구쎄트를 선물받은 기념으로 S는 삐걱거리던 씽
크대 문짝을 고쳤다. 거실 벽에 커다란 못을 하나 박기도 했다.
나중에 결혼사진 걸어두면 되겠네. 나와 E가 동시에 말했다. S는
전동 드라이버를 총처럼 들고 우리를 향해 겨누었다. 손 들어! 다
죽었어! 나와 E가 두 손을 번쩍 들었다. 죽이려거든, 안 아프게
죽여주세요!

   무슨 일이야? 한손에 부채를 들고 다른 손에 수박을 든 여자가
놀란 얼굴을 하며 현관문을 열었다. 나와 E는 두 손을 든 채, 낯
선 여자에게 목례를 했다. S가 전동 드라이버를 여자 쪽으로 겨
누면서 말했다. 어쩐 일로 왔는지 말해라! 여자가 부채를 펼쳐 S
의 얼굴을 부쳐주면서 대꾸했다. 어쩐 일이긴. 술 마시러 오라며.

아까 낮에 전화했잖아. S는 드라이버를 내리고는 자기 머리를 두 손으로 때렸다. 내가 이렇다니까. 그 모습을 보는 순간 나는 십오 년 전 S의 모습이 선명하게 떠올랐다. 준비물을 빼놓고 오는 날이면 두 손으로 머리를 때리면서 말했다. 내가 이렇다니까. 여자는 S가 예전에 다닌 회사 동료였다. 학교를 졸업한 후, S가 다닌 회사는 열 곳이 넘는다고 했다. 그 많은 회사를 다니면서 유일하게 사귄 친구지. 사장이 하도 이상한 놈이라, 서로 사장 욕을 하다 보니 친해질 수밖에 없었어. 이름은 H야. E가 부채를 들고 있는 여자에게 악수를 청했다. 만나서 반가워요. H가 자리에 앉자 S는 다시 싱크대 서랍에 넣어둔 주머니를 꺼내왔다. 나는 두 손을 맞잡고 기도를 했다. 제발 보쌈 먹게 해주세요. E도 나를 따라 했다. 제발 보쌈 먹게 해주세요. H가 눈을 동그랗게 뜨고는 S를 바라보았다. S가 종이들을 식탁에 던졌다. 잘 골라야 해! H는 바닥에 떨어진 종이를 집었다. 종이에는 유산슬이 적혀 있었다. 종이를 펼쳐본 후에야 H는 S의 장난을 알아차렸다. 나 유산슬 싫어하는데…… 진작 알았으면 기도라도 했을 거 아냐! H는 자신이 뽑은 종이를 구겨 입 안에 넣었다. 그러니까 다시 뽑아! 그렇게 말한 다음 H는 종이를 꿀꺽 삼켰다. 이번에는 식탁 귀퉁이에 떨어질 듯 말 듯 올려져 있는 종이를 집어들었다. 새로 뽑은 종이는 보쌈이었다. 나와 E가 하이파이브를 했다. 비곗살이 많은 놈으로 가지고 오라고 해. 주문을 하는 S의 귀에 대고 H가 소리를 질렀다.

각자 하나씩 쌈을 만들어 왼손에 들었다. 그리고 오른손으로 소주잔을 높이 들어 건배를 했다. 넷이 동시에 술을 마시고, 동시에 술잔을 내려놓고, 동시에 만들어놓은 쌈을 입에 넣었다. 우리들이 안주를 먹으려 할 때마다, S는 식탁의 원반을 돌리면서 장난을 쳤다. 어릴 때부터 회전식 식탁을 갖고 싶었다고, 그래서 지금의 집으로 이사를 오면서 맨 먼저 마련한 가구가 식탁이라고 S는 말했다. 식탁만 사면 뭐 하나. 같이 앉아서 밥 먹을 사람이 있어야지. E의 말에 S가 입을 비쭉 내밀었다. 아! 좋은 생각이 났다. 갑자기 S가 식탁을 두 손으로 두드리기 시작했다. 그러고는 잔에 소주를 채워 올려놓고는 원반을 힘껏 돌렸다. 잔은 몇바퀴를 돈 뒤에 S의 앞에 섰다. S는 그 술을 단번에 들이켰다. 자, 나처럼 이렇게 술잔이 자기 앞에 서면 그 사람이 벌주를 마시는 거야. 어때? 재미있겠지? 우리들이 뭐라고 대답도 하기 전에 S는 잔에 새 술을 따르고는 원반에 올려놓았다. 술 마시는 속도가 빨라졌다. H가 네 번을 이어서 마시는 바람에 다섯번째 걸렸을 때는 한번 봐주기도 했다.

열어놓은 부엌 창문으로 노랫소리가 들려왔다. 틀림없이 지금은 열한시야. 게슴츠레해진 눈을 깜빡이며 S가 말했다. 매일 밤 열한시면 음악소리가 들려온다는 것이었다. 우리는 식탁의자를 끌고는 창 쪽으로 갔다. 이 노래…… E가 멜로디에 맞춰 몸을 흔들었다. 그렇게 몸을 흔들다 E가 갑자기 소리를 질렀다. 틀림없어. 장국영이야. H가 E의 말에 맞장구를 쳐주었다. 그래 맞아, 영웅본색. 그러자 S가 의자에 올라서면서 대꾸했다. 영웅본색이 아니라 영웅본색2. 내가 목소리를 깔고 말했다. 분향미래일자(奔向未來日子). S가 부엌 창문 밖으로 고개를 내밀었다. 나도, E도, H도 의자를 딛고 올라가 부엌 창문 밖으로 얼굴을 내밀었다. 맨

밑에 깔린 S가 숨이 막힌다는 듯이 캑캑거리며 억지기침을 했다. 밤바람은 후텁지근했다. 끈끈한 바람을 힘껏 들이마신 뒤, 우리는 저 멀리 하늘을 향해 소리쳤다. 장. 국. 영.

그런데 그 상처 원래 있었니? S의 턱밑에 난 가늘고 기다란 흉터를 가리키면서 내가 물었다. 내 기억에 의하면 고등학교 때는 없었던 상처였다. 이거, 뭐 별거 아냐. 인라인스케이트 타다가 넘어졌어. S는 오른손으로 자신의 흉터를 쓰다듬으면서 말했다. 나한테는 어릴 적에 미끄럼틀 타다 다친 거라 그랬잖아. E가 팔짱을 낀 채 눈을 흘기면서 말했다. 어! 나는 눈싸움하다가 다친 걸로 알고 있었는데. 누군가 눈뭉치에 돌을 넣어서 던졌다며. H가 화장실에 가려다 말고 다시 자기 자리에 앉았다. 그래서, 뭐! 아무러면 어때. 그런다고 상처가 없어지니? S가 자리에서 벌떡 일어나더니 두 주먹을 불끈 쥐고는 소리를 질렀다. 나머지 셋은 입을 반쯤 벌린 채로 고개를 들어 S를 쳐다보았다. S는 심호흡을 크게 한번 한 뒤에 화장실로 달려갔다. E가 식탁을 빙글빙글 돌리면서 중얼거렸다. 기집애, 누가 뭐래. 내가 E의 말에 맞장구를 쳤다. 그러게, 누가 뭐래. 한참 동안 끊어졌던 노랫소리가 다시 들리기 시작했다. 우리 셋은 다시 창가로 가서 노래를 들었다. 월량대표아적심(月亮代表我的心). 달빛이 내 마음을 대신한다니! 어디서 그런 소리가 나올까 싶을 정도로 부드러운 목소리로 H가 속삭였다. 나는 하늘을 쳐다보았다. 달은 보이지 않았다.

삼십분이 지나도록 S는 화장실에서 나오지 않았다. 그사이, 나는 식탁에 남은 음식들을 모조리 쓰레기통에 쓸어담았다. E는 우리가 마신 술병들을 거실 한쪽 벽에 가지런히 세워두었고, H는 싱크대 서랍에서 안주 주머니를 꺼내 종이들을 바꿔치기했다. S가 한손으로 배를 쓰다듬으면서 화장실에서 나왔다. 이봐! 주인장, 안주가 떨어졌잖아. E가 식탁에 있던 젓가락을 집어던지면서 말했다. S가 말없이 식탁에 앉더니 우리들을 번갈아가면서 바라보았다. 나, 아무래도 변비에 걸렸나봐! E는 몸을 돌려 창 너머로 시선을 두었고, H는 두 손으로 입을 막았고, 나는 고개를 숙여 식탁에 묻은 간장자국을 바라보았다. 그러고는 동시에 웃기 시작했다. 우리들의 들썩이는 어깨를 보면서 S도 따라 웃었다.

우리는 새 안주를 시키기로 했다. 이번에는 H가 종이들을 던졌다. 음, 어떤 걸 집을까? 몇번이나 망설인 끝에 S는 식탁 한가운데 떨어진 종이를 집어들었다. S가 고른 안주는 갈비였다. 종이를 펼쳐본 S가 이상하다는 듯이 고개를 흔들었다. 이상하다. 원래 갈비는 없었던 것 같은데. H가 나와 E에게 눈을 찡긋거렸다. 우리는 할인매장으로 달려갔다. 할인매장 입구에 도착하자 십분 후에 보자는 약속을 하고는 각자 흩어졌다. 나는 주류를 파는 곳으로 뛰었다. 눈을 감고도 달려갈 수 있을 정도로 익숙한 코스였다. S는 양념갈비를 파는 곳으로 달려갔다. E는 갖은 쌈종류를 사왔고, H는 반찬코너에서 파무침과 양념게장을 사왔다. 거실에 신문지를 넓게 펴고 가운데 휴대용 가스레인지를 놓았다. 우리는 고기를 가운데 두고는 둥그렇게 둘러앉았다. 꼭 야외로 놀러 온 것 같다, 그치? H가 입에 들어갈 수도 없을 만큼 커다랗게 쌈을 만들면서 말했다. S가 고기를 집으려 할 때마다 E가 젓가락으로 방해를 했다. 변비환자인데 이런 거 먹을 수 있겠어?

여기 상추나 먹지. E가 놀리자 S의 두 볼이 금방 붉어졌다.

사실은 말이야 이 상처, 별거 아냐. S가 입을 열었다. 예전에
내가 사랑한 사람이 있었거든. 한 삼년 정도 사귀었어. 그 사람이
랑 헤어지던 날, 그날 다친 상처야. 그건 그렇고, 이봐요, 고기 타
잖아. S는 E가 들고 있던 집게를 빼앗아서는 고기를 뒤집었다.
게장도 살짝 구워먹으면 맛있다면서, E가 게 한토막을 불판에 올
려놓았다. 떠나는 그 사람의 뒷모습을 보면서 나는 이렇게 기도
했어. 가다가 제발 넘어져라. 넘어져서 다리나 부러져라. 그렇게
중얼거리면서 계단을 내려가는데, 순간 발을 헛디뎌서 그냥 아래
까지 굴렀잖아. 사람들 말이 목이 안 부러진 게 다행이란다. H가
S의 입에 고기 한점을 넣어주었다. 이거 먹고 기운내. 나는 S의
상처를 만져보았다. 손이 간지러웠다. 상처가 살아 움직이는 것
같았다. 그런데, 왜 헤어졌어? H가 조심스럽게 물었다. 안경을
자주 안 닦는 게 싫다나. 지저분한 안경을 쓰고 세상을 보는 나를
이해할 수 없대. 내가 그 말에 얼마나 충격을 받았는지, 다음날
바로 라식수술을 했잖아. E가 앞뒤로 뒤집어가며 타지 않도록 구
운 게장을 S에게 양보했다. 특별히, 너니까 양보하는 거야. 뜨거
우니까 조심해서 먹어. S가 두 손으로 게장을 잡고는 게의 몸통
을 힘껏 눌렀다. 흰 게살이 밖으로 삐져나왔다. 그 사람이 쌍둥이
자리거든. 원래 내 별자리는 쌍둥이자리랑 잘 안 맞는다고 하더
라고. S가 쩝쩝대며 소리나게 게장을 빨아댔다.

E가 양념이 묻은 손을 빨고 있는 S에게 물었다. 그럼, 혹시 너
도 물고기자리니? S가 고개를 끄덕였다. H가 S와 E의 어깨에 손

을 올려놓고는 휴, 하고 한숨을 내쉬었다. 어떻게 하냐. 나도 똑같은 자리네. 나는 세 사람의 잔에 술을 채우면서 말했다. 열두 별자리 중에서 가장 술을 좋아하는 자리지. 내 별자리거든. 우리는 잔을 높이 들고 건배를 했다. 물고기자리를 위하여! 누군가 안주로 회를 시키지 않아서 다행이라고 농담을 했다.

E가 바지를 걷어 종아리의 꿰맨 흉터를 보여주었다. 검지 정도의 길이였는데, 만화에서 보는 것처럼 흉터 양쪽으로 바느질 자국이 선명하게 남아 있었다. 웃기다. 바느질 자국을 보면서 내가 말했다. 응, 좀 웃기지. 돌팔이 의사한테 꿰매서 그래. E가 상처를 한번 만지더니 곧 바지를 내렸다. 이 흉터가 어떻게 생긴 거냐 하면 말이지…… E가 말을 하기 시작했다. 아홉살인가 열살 때였던 것 같아. 여름방학 때였는데, 낮잠을 자다가 꿈을 꾸었어. 꿈속에서 머리가 삼각형으로 된 하느님이 나타나더니 내게 이렇게 말하는 거야. 너는 이제 투명인간이 되었다. 친구들이 놀러 와서 잠이 깼지. 친구들한테 말하니 모두들 내가 잘 보인다는 거야. 한 친구는 내 왼쪽 뺨에 점이 열 개가 있다는 사실까지 말하더라니까. 암튼, 그런 꿈을 꾼 날이었어, 내가 다친 날이. 골목길에서 친구들하고 얼음땡놀이를 하다가 술래에 쫓겨 도망을 가는데, 막 달리다보니까 내가 어느 가게의 전면 유리를 그냥 통과해버렸더라고. 그래서 다쳤어. H가 못 믿겠다는 듯이 손을 휘저었다. 그거, 거짓말이지? E가 웃으면서 대답했다. 응, 좀 거짓말 같지. S가 말했다. 원래 물고기자리 사람들이 공상가가 많아.

E가 다시 몸에 난 흉터를 찾기 시작했다. 새끼손가락을 우리

에게 보여주면서 말했다. 자세히 봐. 이게 꽃게한테 물린 자국이다. E의 말에 의하면 수산시장에서 장을 보다 물린 거라고 했다. 물론 그 게는 그날 저녁 E의 식탁에 올랐다. 하지만 아무리 자세히 보아도 손금 외에는 어떤 흔적도 발견할 수 없었다. 엉덩이에도 큰 흉터가 있는데 보여주지 못해서 아쉽네,라며 E는 자신의 엉덩이를 두 번 두드렸다. 그러다 갑자기 아! 하고는 묶은 머리를 풀기 시작했다. 여기 정수리에 꿰맨 자국이 있어. 우리는 E의 머리 속을 뒤지기 시작했다. 여기 있네. S가 꿰맨 흉터를 찾아냈다. 손가락 한마디 정도의 길이였다. 그거 이승엽의 홈런볼에 맞아 생긴 상처다. 공에 맞는 순간 나 기절했잖아. 얼마나 아팠는데. E는 그때의 아픔이 되살아나는지 순간 몸을 움찔했다. S가 E의 흉터를 주먹으로 때리면서 말했다. 안 봐도 그림이 그려진다. 얼마나 엄살이 심했을까? 물고기자리가 좀 그렇거든.

이번에는 H가 이야기를 시작했다. 아무리 생각해봐도 눈에 띄는 흉터는 없는 것 같아. 어릴 적에 교통사고가 났는데 몸에는 상처 하나 남지 않았지. 뭐, 안으로 곯았을지는 모르지만 그래도 천만다행이지. E가 고개를 끄덕이며 H의 말에 공감을 표시했다. 그리고 자전거 브레이크가 고장나서 언덕길에서 고꾸라진 적도 있었어. 그때도 다행스럽게 잘 넘어갔지. 큰 상처는 나지 않았거든. 참, 못을 밟은 적이 있었다. 그때 난 흉터가…… H가 양말을 벗었다. H의 양말을 보는 순간 S가 웃었다. 나도 따라 웃었다. 양말은 여러가지 색이 무지개처럼 모양을 이루고 있었다. 왜 진작 못 봤지? 양말 정말 웃기다. 그거 신고 장례식장에는 절대 가지 마라. H는 기분이 우울한 날이면 신는 특별한 양말이라고 우리에게 말해주었다. 니들도 해봐. 우중충한 날이나, 기분이 가라앉은 날이면 난 꼭 이 양말을 신어. 그럼 마음이 조금 산뜻해지거든. H의 말을 듣자마자, S가 H의 다른 쪽 양말까지 벗겨서는 냉큼 자기가 신었다. 이거 내 꺼. H가 S의 얼굴 앞에 오른쪽 발바닥을 내밀었다. 암튼, 여기 봐봐. 못에 찔린 상처가 있지. 뒤꿈치에 굳은살이 단단하게 박혀 있어서, 이십년 전의 흉터를 찾아내는 일은 쉽지 않았다. 잘 안 보여. 못을 밟으면 얼마나 아플까. 잘못하면 죽기도 한다던데. 우리는 각자 한마디씩 중얼거리고 난 다음, H의 발바닥을 간질였다. 난 원래 간지럼 안 타. H가 태연한 목소리로 말했다.

나는 말이야, 정말로, 흉터가 없어. 셋은 내 말을 믿지 않았다. 정말이야. 믿어줘. 내가 바지를 허벅지까지 걷어 두 다리를 보여주었다. 정말이네. 그런데 말이야, 니 다리는 어째 털도 하나 없냐, 깎았어? 나는 원래 다리에 털이 없다고 대답했다. 여기, 거뭇하게 난 자국들은 뭐야? 나는 모기한테 물린 자국이라고 대답했다. 모기한테 물리면 이렇게 돼? 나는 팔에 있는 자국도 같이 보여주면서 말했다. 곤충한테 물리기만 하면 이렇게 거뭇하게 변해. 한달 정도 있어야 없어지지.

S가 술잔을 들다 떨어뜨렸다. 그 바람에 소주가 불판 위로 떨어지면서, 불판에 있던 기름이 튀어올랐다. 앗, 뜨거! 기름 한방울이 내 손등으로 떨어졌다. 잘하면 흉터가 남겠는데. H가 동그랗게 부풀어오른 상처를 보면서 말했다. 그렇게 해서 내게도 흉

터가 하나 생겼다.

남은 술을 정확히 사등분을 한 뒤, 우리는 마지막으로 건배를 했다. 물고기자리를 위하여! 물고기자리는 이거 하나만 조심하면 돼! S가 두 손을 맞대고는 기도하듯 말했다. 좋은 사람이 되려고 애쓰지 마. 누구에게든지 친절하려고 애쓰지도 말고. 아멘. S의 말이 끝나자, 우리는 신문지가 펼쳐진 곳을 피해 누웠다. E는 식탁 아래가 편하다며 그 밑으로 기어들어갔다. 새벽에 S가 갑자기 내 목을 잡고 흔들기 시작했다. 근데 너 말이야, 나 너한테 할말이 아주 많아. 옆에서 자고 있던 H가 깨어나 S의 손을 떼어주었다. 그러고는 S의 등을 때리면서 말했다. 그 잠버릇은 여전하네. 정신차려, 정신! S는 자리에 누워 언제 그랬느냐는 듯이 금방 코를 골기 시작했다.

아침이 되자, 나와 E와 H는 서로의 얼굴을 바라보고는 쑥스럽게 웃었다. 어제 처음 만났다는 사실이, 서로에 대해 아무것도 모른다는 사실이 새삼 떠올랐다. 게다가 서로의 상처를 보여주기까지 했으니! 어젯밤 행동에 대해 막 후회가 생기려는 순간, S가 발랄한 목소리로 아침인사를 했다. 물고기자리 친구들아! 잘 잤니? 그제야 나와 E와 H는 서로에게 잘 잤니?라는 인사를 했다.

S가 놀이동산으로 놀러 가자고 했다. 거기 가서 롤러코스터 한번만 타고 오자. 그러면 막힌 가슴이 시원하게 뚫릴 것 같아. 가자, 응? E가 화장실로 들어가 어딘가로 전화를 하더니, 놀러 갈 수 있다고 대답했다. 곧이어 H가 화장실로 들어가 누군가와 오랫동안 전화통화를 했다. 그러고는 나도 갈 수 있어, 하고 대답했

다. 나도 화장실로 들어가 휴대폰을 꺼냈다. 변기에 앉아서 Y에게 문자메씨지를 보냈다. '친구들하고 놀이동산에 간다. 자는 거 깨웠니?' S가 식탁에 꿀물 네 잔을 올려놓았다. 꿀물을 한잔씩 마시고는 밖으로 나왔다.

우리는 택시를 탔다. 운전기사는 오늘이 택시운전을 시작한 지 딱 일년째 되는 날이라고 말했다. 택시가 출발하고 얼마 안 있어 E가 말했다. 그런데 나 좀 울렁거리거든. 어떻게 하지? 누군가 말하기를 기다렸다는 듯이 H가 반갑게 말을 받았다. 사실, 나도 그래. 운전기사는 약국 앞에 차를 세웠다. 운전기사는 일년째 되는 날, 그것도 첫번째 손님이기 때문에 특별히 써비스를 하고 싶다며 숙취해소용 드링크를 네 병 사왔다. 술 먹고 울렁거리는 데는 이게 최고죠! 운전기사가 말했다. 나는 운전기사에게 얼굴 없는 목각인형을 선물로 주었다. 목각인형을 깎는 할아버지와 그 옆에서 팔년째 빌붙어 살고 있는 한 사내에 대해 이야기를 해주었다. S와 E와 H가 내게 거짓말 좀 그만 하라며 면박을 주었다. 허허, 전 그 말 믿을게요. 고맙습니다. 얼굴은 훗날 그 할아버지를 만나게 되면 그때 만들어달라고 하죠.

놀이동산 입구에서 우리는 드라큘라 분장을 한 사람을 만났다. 사진기가 있었으면 같이 찍었을 텐데. 드라큘라를 좋아하는 E가 아쉬워했다. 한참을 가다보니 등에 도끼가 꽂힌 인형, 목에서 피가 흐르는 인형, 꼬리가 아홉 개 달린 인형 들이 여기저기에서 걸어다녔다. 더운데, 시원하게 후룸라이드 먼저 타자. H가 말했다. 어린애처럼 무슨 후룸라이드…… 그렇게 놀렸지만 우리는 곧장 후룸라이드가 있는 곳으로 달려갔다. S는 놀이동산의 지도를 그리라면 그릴 수도 있을 것이라고 했다. 나는 우울할 때면 놀이동산으로 산책을 나오거든. 가장 빠른 길로 우리를 안내하면서 S가 손가락을 펼쳐 V자를 만들어 보였다. 서로 맨 앞에 앉으려고 해서 가위바위보를 했다. 앞자리를 차지한 사람은 S였다. 통나무 배가 폭포 사이를 통과할 때, 우리는 동시에 몸을 움직이며 배를 출렁이게 만들었다. 배에서 내리고 보니 네 사람의 엉덩이가 조금씩 젖어 있었다. 아마존 익스프레스도 재미있는데…… H가 우리의 눈치를 보면서 말했다. 그건 시시하단 말이야. S가 H의 말을 단번에 잘랐다. 사실은 나 한번도 롤러코스터를 타본 적이 없어. 무섭거든. H가 고백을 했다. S는 그 말을 못 들은 척 딴청을 피우며 롤러코스터가 있는 곳으로 걸어갔다. 내가 앞에서 끌고 E가 뒤에서 밀면서, H를 롤러코스터에 태웠다. 귓속으로 바람이 들어와 내 몸속을 휘젓고 다니는 것 같았다. 이왕이면 머릿속으로도 바람이 들어갔으면 좋겠어. 나는 공중에 대고 소리를 질렀다. 하지만 내 목소리는 H의 비명소리에 묻혀 들리지 않았다. 롤러코스터가 제자리로 돌아오자, H가 감았던 눈을 뜨고는 말했다. 생각보다 괜찮네.

벤치에 앉아서 아이스크림을 하나씩 사먹으면서 우리는 롤러코스터를 타는 사람들을 구경했다. 뭐가 그리 재미있을까? S가 시큰둥하게 말했다. 참 내! 니가 우리 중에서 제일 신나게 놀았어. H가 가방에서 부채를 꺼내 S에게 부쳐주면서 말했다. 그랬지. 내가 제일 신나지. S가 자리에서 일어나 박수를 쳤다. 자, 그럼 다시 타볼까. 그렇게 해서 우리는 롤러코스터를 여섯 번이나 연이어 탔다. 머리가 흔들려서, 눈앞에 있는 글자가 여러개로 겹쳐 보이기까지 했다. 마지막으로 롤러코스터를 타려는 순간, 나는 일행과 헤어졌다. 탐험가 복장을 한 직원이 나를 마지막으로 선을 그었다. 그리고 내 뒤에 서 있던 S에게 말했다. 인원이 꽉 찼습니다. 다음 차례를 기다려주세요. 롤러코스터가 출발하기 전에 나는 대기하고 있는 S를 향해 소리쳤다. 나 먼저 갈게. 아래에서 기다릴 테니 천천히 타고 와!

하지만 아무리 기다려도 그들은 오지 않았다. 나는 아이스크림을 먹던 벤치에 앉아서 일행을 기다렸다. H가 무슨 색 옷을 입고 있었는지 생각이 나지 않았다. S의 휴대폰 번호도 모르고 있다는 사실이 그제야 떠올랐다. 배가 고파지자, 나는 자리에서 일어났다. 중국음식을 먹을까? 한식을 먹을까? 패스트푸드를 먹을까? 식당가를 서성이면서 나는 왜 배만 고프면 짜증이 나는지를 생각해보았다. 자장면을 먹고 있는데 전화가 울렸다. Y였다. 어디야? 아직도 놀이동산이야? 누구랑 갔는데? Y가 코맹맹이 소리로 물었다. 감기에 걸렸구나. 나는 다정하게 말했다. 응. Y가 통명스럽게 대꾸했다. 나는 친구들하고 놀이동산에 놀러 왔다고, 롤러코스터를 여섯 번이나 탔다고, 하도 소리를 질러 목이 아프다고 말했다. 그러자 Y가 말했다. 거짓말 마! 첫째, 넌 나 말고 친구가 없잖아. 둘째, 넌 롤러코스터를 안 타잖아. 롤러코스터를 타는 대신 롤러코스터 타이쿤인가 하는 그 오락만 죽어라 하고 하잖아. 셋째, 넌 기뻐도 안 웃고 슬퍼도 안 우는 인간이잖아. 그런 네가 놀이기구를 타면서 소리를 질렀다고? 웃기네. Y는 약간 화가 난 듯했다. 내 대답을 듣지도 않고 전화를 끊어버렸다. 나는 휴대폰을 내려놓고 다시 자장면을 먹기 시작했다. 맛은 없었다. 하지만 남기지는 않았다.

동물원으로 가서 더위에 지친 북극곰을 구경했다. 동물원 직원들이 물속에 얼음을 채워넣고 있었다. 사람보다 니 팔자가 더 낫다. 구경을 하던 누군가가 말했다. 사람들이 웃었다. 나는 Y에게 전화를 걸었다. 여긴 너무 더워. 역시 할인매장만큼 산책하기 좋은 곳은 이 세상에 없어. 그렇게 말하고 나자 할인매장이 무척 그리워졌다. 아직도 화났어? 나 혼자 와서 미안해. 나올래? Y는 아무 대답도 하지 않았다. 앞으로는 너랑만 놀게. 정말이야. 그래도 Y는 대답하지 않았다. Y야, 너, 외롭구나. 휴대폰 저편에서 Y의 코푸는 소리가 들렸다. 오늘부터 앞으로 일년 동안, 절대 집밖에 안 나갈래. 그리고, 나, 지금부터 잘 거야. 안녕. Y가 아까보다는 조금 화가 풀린 목소리로 말했다. 나는 통화가 끊어진 휴대폰에 대고 말했다. 그래, 잘 자라.

무 릎

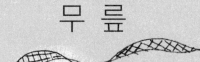

오리배는 엉뚱한 방향으로 몸을 틀더니,
그들이 페달을 밟을 때마다
집과 점점 멀어졌다.
그는 세상에서 가장 쓸모없는 것들만
모아놓은 박물관에 대해 설명했다.
청년은 그에게 지금 타고 있는 오리배도
쓸모없는 물건에 속한다고 말했다.
오리도 아니고
그렇다고 배도 아니니까.

그의 소원은 박물관을 짓는 것이었다. 이 세상에서 가장 쓸모 없는 것들만을 모아놓은 박물관. 아홉살 이후로 그는 밑창이 떨어져나간 운동화라든가 손잡이만 남은 숟가락 같은 것들을 모으기 시작했다. 아무리 쓸모없게 된 물건이라도 쓸쓸한 느낌이 들지 않으면 그에게는 소용이 없었다. 타다 남은 고무장갑, 다리가 부러진 상, 물에 젖어 반쯤 녹아버린 비타민C…… 이런 것들은 그에게 아무런 느낌을 주지 못했다. 제 기능을 잃어버리고 버려진 물건들을 보면, 한겨울에 쇠로 된 난간에 이마를 맞대고 싶은 충동이 일곤 했다. 그 안에 깃들인 슬픔을 잊지 않으려고 애썼다. 엉덩이가 짓무르도록 자전거를 타면서, 열아홉번째 생일날 식구들 몰래 짐을 싸면서, 터미널 화장실 벽의 조잡한 낙서들을 보면서 그는 언젠가 자신의 손으로 지을 박물관을 상상했다.

212

어릴 적, 그는 새 신발을 신어본 적이 없었다. 큰형은 신발 바닥에 자기 이름을 적어두었다. 이름이 반쯤 지워지면 작은형이 신발을 물려받았다. 그의 차지가 되었을 때쯤이면 이름은 알아볼 수 없을 정도로 지워져 있었다. 그러면 그는 바닥이 반들반들해진 신발을 신고 언덕길에서 미끄럼을 탔다. 그의 아버지 꿈은 방 다섯 개가 있는 집을 짓고, 식구들을 모두 태울 수 있는 승합차를 사는 거였다. 그때까지 절약해야 해. 아버지는 말했다. 작은형의 키가 큰형을 넘어서자 부모님은 작은형에게도 새 신발을 사주었다. 물려받을 신발이 더 많아졌다. 그는 신발을 사줄 때까지 밥을 먹지 않겠다며 부모님을 협박했다. 큰누나에게 신발을 물려 신는 여동생을 자신의 편으로 만들었지만, 크레용으로 벽에 낙서를 해대는 일 말고는 관심이 없는 남동생과 아직 뒤집기도 할 줄 모르는 막내를 설득하기에는 역부족이었다. 그나마 여동생은 삼겹살 굽는 냄새에 금방 기권을 선언했다. 남은 방법은 하나밖에 없었다. 얼른 키가 자라는 것이었다. 큰형도 앞지르고 작은형도 앞지르면 새 신발과 새 옷을 얻을 수 있었다. 그는 하루종일 먹었다. 하루에 다섯 끼도 먹고 여섯 끼도 먹었다. 초등학교도 입학하기 전에 이미 그의 몸무게는 사십오 킬로그램을 넘어섰다. 웃으면 턱밑으로 여러 겹의 살들이 겹쳤다. 그는 웃는 모습을 거울로 본 후로 어떤 일이 있어도 웃지 않으려고 노력했다. 바로 밑의 여동생보다도 발이 작은 탓에 그는 자신의 몸무게를 이기지 못하고 자주 넘어졌다.

눈이 많이 내리던 어느날이었다. 아이들은 동네에서 가장 경사진 언덕길로 달려갔다. 출발! 누군가 오른손을 올렸다가 내렸다. 여섯 개의 비료포대가 눈길을 타고 내려왔다. 몸무게 때문에 그의 비료포대에 가속도가 붙기 시작했다. 그는 두 발을 뻗어 멈추려 했지만 밑창이 다 닳아버린 운동화로는 소용이 없었다. 언덕 중간에 솟은 바위를 타고 그의 몸이 하늘로 솟구쳤다. 그는 잎이 다 떨어진 가지 사이에 남아 있는 새집을 보았다. 구름이 그 새집을 떠받치고 있었다. 그는 두 손을 펼쳤다. 잡고 있던 비료포대가 바닥으로 떨어졌고, 잠시 후에 그의 몸이 바닥으로 떨어졌다. 하지만 그가 떨어진 곳은 방금 전에 그가 놓친 비료포대 위였다. 그와 비료포대는 다시 달리기 시작했다. 광명슈퍼를 지나, 삼천리연탄을 지나, 새로나미용실을 지나, 금성만물상을 지났다. 횡단보도에서 신호를 기다리는 사람들의 다리를 아슬아슬하게 스친 후 그의 비료포대는 도로 한가운데로 들어섰다. 경적을 길게 울리면서 자동차가 그를 향해 달려오기 시작했다. 누군가가 그의 등을 밀쳤다. 차도 반대편으로 던져진 그는 이마에 가벼운 찰과상을 입었다. 자리에서 일어난 그는 오른쪽 다리를 움직이고 왼쪽 다리를 움직여보았다. 하나도 안 다쳤네! 그가 신기한 듯 소리를 질렀다. 뒤돌아보니 한 사내가 그가 탔던 비료포대를 덮고 있었다. 차가운 손이 그의 두 눈을 가렸다. 손가락 사이로 한쪽 구두만 신은 사내의 발이 보였다.

집으로 돌아오는 길에 그는 신고 있던 운동화를 버렸다. 담벼락에 쌓인 눈더미에 맨발을 파묻었다. 등이 오싹하게 시려왔다. 무엇인가 발바닥을 찔렀다. 그는 발가락을 움직여가면서 발바닥을 찌르는 물건을 찾아보았다. 심이 빠져버린 볼펜이었다. 그 볼펜을 잡고 담벼락에 무엇인가를 썼다. 아무도 알아볼 수 없는 투명글자가 그의 눈에만 보였다. 눈물을 조금 흘렸는데 추위 때문에 눈물은 금방 얼어버렸다. 그는 오랫동안 심이 빠져버린 볼펜을 필통에 넣고 다녔다. 텔레비전 뉴스에서 임신한 여자가 사내의 영정사진을 붙잡고 우는 장면을 본 날, 그는 칫솔모가 하나도 남지 않은 칫솔을 오랫동안 들여다보았다. 이 세상에서 가장 쓸모없는 물건들을 상상하지 않고는 깊이 잠들 수가 없었다. 초등학교 이학년부터 고등학교 이학년까지, 그의 학생건강기록부에는 불면증이라는 단어가 기록되었다.

아버지는 드디어 12인승 승합차를 샀다. 운전은 아버지가 했고 조수석에는 큰형이 앉았다. 작은형과 그가, 큰누나와 여동생이 서로를 마주보았다. 어머니는 막내를 안고 맨 뒷좌석에 앉았다. 남동생은 이리저리 자리를 옮겨다니다가 아버지가 급브레이크를 밟을 때 작은형의 무릎에 코를 박기도 했다. 코피가 났고, 아끼던 청바지를 입은 형이 신경질을 부렸다. 앞으로 세 명은 더 탈 수 있어. 아버지가 라디오에서 나오는 음악소리에 맞춰 고개를 흔들었다. 그래서…… 설마 더 낳으실 생각은 아니시죠? 큰형이 물었다. 실은 지금 뱃속에 한명 더 있어. 아버지가 말했다.

아버지는 계곡이 보이는 곳에 차를 세웠다. 큰누나가 솥과 휴대용 가스버너를 들었다. 작은형은 그가 들어가 잘 수도 있을 만큼 커다란 가방을 어깨에 둘러멨다. 아버지가 여동생을 안고 큰형이 남동생을 안았다. 그러고는 계곡 아래 그늘진 곳을 찾아 걸어내려가기 시작했다. 어머니는 라면을 끓였다. 에이, 겨우 라면. 그가 계곡에 발을 담근 채 투덜댔다. 달걀도 있지. 어머니는 달걀

두 개를 한손에 쥐더니 솥 가장자리에 대고 톡, 톡, 두 번 두드렸다. 어머니는 세상에서 달걀프라이를 가장 잘하는 사람이었다. 가스레인지에 커다란 프라이팬을 올려놓은 다음, 오른손과 왼손에 각각 달걀 두 개씩을 쥐고 검지와 중지를 이용해서 달걀을 깨뜨렸다. 네 개의 달걀을 동시에 부치는 기술이란 아무나 할 수 있는 게 아니었다. 그 기술 덕분에 어머니는 일곱 명이나 되는 자식들을 제때 먹일 수 있었던 것이라고 그는 생각했다. 설거지가 필요없을 정도로 그릇들을 핥아먹은 후, 큰형은 아버지와 집안 이야기를 나누었고, 작은형은 동생들과 가재를 잡으러 다녔고, 큰누나는 누군가에게 엽서를 썼고, 어머니는 막내에게 나지막한 목소리로 노래를 불러주었다. 그는 물에 떠내려온 장난감 자동차의 바퀴를 주웠다. 그는 바퀴에 물을 묻혀 바위 아래로 굴렸다. 바퀴 자국이 새겨졌다 사라지는 것을 바라보면서 그는 하나만 남은 바퀴가 왜 쓸쓸한지에 대해 생각했다. 너무 골똘히 생각하는 바람에 스무 방이 넘도록 모기에 물렸는데도 알아차리지 못했다.

지는 해를 바라보며 운전을 해야 했기 때문에 아버지는 자주 두 눈을 찌푸렸다. 휴게소에서 큰형은 동생들을 불러놓고 주머니에 든 돈을 모두 내놓으라고 말했다. 막내를 제외한 여섯 남매들은 제각기 다른 모양의 썬글라스를 손가락으로 가리켰지만, 결국은 큰누나가 고른 썬글라스를 샀다. 썬글라스를 낀 아버지는 오른쪽 다리를 흔들며 손가락으로 총을 만들어 여기저기에 쏘아댔다. 그러고는 콜라 여섯 병을 사서 자식들에게 나눠주었다. 돼지를 실은 트럭이 옆차선에서 달리는 것을 보면서 그는 콜라를 빨대로 빨아먹었다. 불그스름한 기운이 서서히 하늘을 덮기 시작하

216

더니, 곧이어 돼지의 온몸을 물들였다. 다른 돼지들과 반대방향으로 몸을 틀고 있던 돼지가 고개를 몇번 흔들었다. 트럭이 속력을 내어 아버지의 차를 추월하는 순간, 마주오는 차가 헤드라이트를 켜는 순간, 돼지 한마리가 트럭에서 튀어올랐다. 돼지가 날아. 남동생이 말했다.

승합차는 앞이 완전히 우그러졌다. 그는 차에서 내려, 도로 한가운데 누워 있는 돼지를 보며 남은 콜라를 마저 마셨다. 돼지는 도살장으로 실려가는 중이었다. 그는 도살장으로 실려가던 돼지에 치여죽으면 얼마나 우스꽝스러울까, 하고 생각했다. 그것은 변비에 걸린 코끼리를 치료하다가 코끼리 똥에 깔려죽은 수의사의 죽음보다 더 우습고 슬픈 죽음이었다. 누워 있던 돼지가 벌떡 일어나더니 도로 아래로 도망치기 시작했다. 트럭 운전기사가 돼지를 쫓아 달리기 시작했고, 차를 세워놓고 구경하던 몇사람이 그 뒤를 따라갔다. 그는 나무 아래에 쪼그리고 앉아서 낮에 먹은 라면을 토했다. 콜라가 다시 넘어오면서 목구멍이 따끔거렸다. 그날 이후로, 그는 콜라만 먹으면 도살장에 끌려가는 돼지가 생각났고, 어김없이 체했다.

그는 소풍을 가기 전날 밤이면 광명슈퍼로 달려가 콜라 두 병을 사먹었다. 체하고 싶을 때 체하는 것은 아무나 할 수 있는 일이 아니었다. 그는 그 비밀을 식구 누구에게도 말하지 않았다. 콜라를 한 컵 정도 마시면 머리가 울렁거렸고, 두 컵 정도 마시면 명치에서 묵직한 통증이 느껴졌다. 세 컵 이상 마시면 얼굴이 새하얗게 변했다. 만성소화불량에 걸린 아들을 치료하기 위해 어머니는 칡 달인 물을 먹었다. 초등학교 이학년부터 육학년까지 그는 한번도 소풍을 가지 않았다. 소풍을 가지 못한 그를 위해 부모님은 집 어딘가에 쪽지들을 숨겨놓았다. 거기에는 자장면, 만둣국, 잡채 등의 글자가 적혀 있었다. 그가 쪽지를 찾아내면 어머니는 그의 배탈이 다 나을 때까지 기다렸다가 거기에 적힌 대로 음식들을 해주곤 했다.

아버지는 방 다섯 개가 있는 집을 짓지 못했다. 방이 세 개밖에 없었기 때문에 남자는 남자끼리, 여자는 여자끼리 방을 같이 썼다. 중학교에 입학하고 얼마 지나지 않아 그는 골목길에서 텐트를 하나 주웠다. 텐트는 초록색이었는지 연두색이었는지 짐작하기 힘들 정도로 바랬다. 그는 마당에 텐트를 쳤다. 이제부터 여기서 살 거예요. 그는 식구들에게 말했다. 다음날 학교에서 돌아와보니, 텐트 바닥에 두툼한 스티로폼이 깔려 있었다. 솜이불도 들어 있었다. 게다가 주황색으로 칠해져 있었는데, 검은색으로 동그라미를 그려넣어 멀리서 보면 거대한 풍뎅이처럼 보이기도 했다. 동생들이 손에 남아 있는 페인트 자국을 보여주면서 말했다. 우리가 칠했어. 아빠랑 같이. 텐트에서 처음 잠을 자는 날, 누군가가 텐트 주위를 맴돌았다. 한 바퀴, 두 바퀴, 세 바퀴…… 서른까지 센 후에 그는 조심스럽게 입을 열었다. 누구세요? 발걸음이 멈추더니 말했다. 나다. 그의 아버지였다. 이제 콜라 같은 건 그만 마셔라. 아버지가 불쑥 텐트 안으로 손을 집어넣었다. 약속해라. 그는 아버지의 손가락에 자신의 손가락을 걸었다. 그는 텐트 안에서 수학문제를 풀었고 영어단어를 외웠다. 눈은 나빠졌지만 성적은 놀랄 만큼 좋아졌다. 일년이 지나자, 이슬이 텐트 위로 내리는 소리를 들을 수 있게 되었다. 땅밑을 흐르는 물소리도 들을 수 있게 되었다. 그리고 어느날 아침, 우편함에서 누군가 그를 부르는 소리도 들을 수 있게 되었다.

우편함에는 카드 한장이 들어 있었다. 그의 아버지 앞으로 온 편지였다. '지난번 보내주신 생일선물은 잘 받았습니다. 저는 올해 초등학교에 입학했습니다. 글씨도 배웠습니다. 안녕히 계세요.' 어린아이의 글씨체였다. ㅂ과 ㅁ을 구분하기가 힘들었지만, 연필 끝에 힘을 주고 정성껏 쓴 글씨였다. 그는 그것이 누구의 편지인지 알 수 있었다. 버려진 물건 중에서 어떤 것은 슬프고 어떤 것은 슬프지 않은지 알아차릴 수 있는 것처럼, 그의 몸은 그 편지의 주인공을 단박에 알아차렸다. 다음해에도 같은 편지가 도착했다. 그 다음해에도 같은 편지가 도착했다. 생일선물을 잘 받았고, 자기가 이제는 몇살이 되었고, 무엇을 할 줄 아는지. 해마다 편지는 조금씩 길어졌다. 아홉살에는 『보물섬』이라는 만화잡지를 모으는 게 취미였고, 열살에는 고기를 넣지 않고 감자와 양파와 당근으로만 만든 카레에 밥을 비벼먹는 게 세상에서 가장 행복하다고 썼다.

그가 고등학교 이학년 때 큰형은 결혼을 했다. 그리고 이듬해 조카를 낳았다. 그는 자전거를 타고 마당을 한바퀴 돌면서 조카가 우는 소리를 들었다. 부엌에서 어머니의 웃음소리가 들렸다. 그는 자전거를 몰고 동네를 한바퀴 돌았다. 광명슈퍼도, 새로나 미용실도, 삼천리연탄도 오래전에 사라졌다. 그는 오토바이를 고치고 있는 우체부를 만났다. 고장났어요? 그가 자전거를 세우고 물었다. 혹시 제 자전거라도 빌려드릴까요? 우체부가 그의 등짝을 한대 치면서 대꾸했다. 넌 어째 옛날이나 지금이나 늘 농담이냐. 그는 한번도 농담을 한 적이 없었기 때문에 우체부가 자신을 다른 사람과 착각했다고 생각했다. 하지만 우체부는 그에게 아버지 앞으로 온 편지들을 건네주었다. 이거 니 아버지 편지다. 갖다 드려라. 거기에는 이제 열한살이 된 아이가 보낸 편지도 있었다. 조카의 울음소리는 그쳐 있었다. 고모라고 불러봐. 여동생의 목소리가 마당을 넘어왔다. 그는 아이에게서 온 편지를 바지 뒷주머니에 넣고, 나머지 편지들을 마당에 던졌다. 그리고 자전거를 몰고 달리기 시작했다. 자전거 페달을 밟을 때마다 구두를 한짝만 신은 사내의 두 발이 선명하게 눈앞에 그려졌다.

이틀 동안 그는 아무것도 먹지 않았다. 주머니에는 오백사십원이 들어 있었다. K시에서 그는 검문을 당했다. 무전여행중이에요. 그렇게 말했지만 경찰들은 그의 말을 믿지 않았다. 동해에서 잠수함이 발견되었다고 했다. 이런 비상사태에 무전여행을 다니는 놈이 어디 있겠느냐며 파출소 소장이 서랍을 열었다 닫았다 하며 말했다. 할 수 없이 그는 소장에게 비료포대로 만든 썰매를 타다가 죽을 뻔한 이야기를 해주었다. 자기 대신 죽은 사내에게는 임신한 아내가 있었다는 것도, 아버지의 장례식장에서 태어난 아기가 이제는 열한살이 되었다는 것도. 신문 한번 뒤져볼까. 증거 있어? 소장 옆에서 이야기를 듣던 경찰들이 저마다 한마디씩 했다. 그는 바지 뒷주머니에 넣어둔 편지를 꺼냈다. 파출소 소장이 편지를 읽더니 그에게 저녁을 사주었다. 그는 부대찌개 이인분에 라면 두 개를 넣어 남김없이 먹었다. 편지의 주소지는 D시였다. 그곳까지 가는 동안 그는 열한 번 검문을 당했고 그때마다 경찰들에게 자신의 이야기를 해주었다. 그는 조금 수다스러워졌다.

마침내 편지에 적힌 주소를 찾았다. 이층으로 된 하얀색 집이었는데, 호수를 바라보고 있었다. 그는 그 풍경이 익숙했다. 그의 집 마루에 걸려 있던 달력 속의 그림과 똑같은 것이었다. 마당에는 검은색 승용차가 두 대 있었고, 방마다 각기 다른 색깔의 커튼이 쳐져 있었다. 그는 그네 모양의 벤치에 앉아서 아이가 보낸 편지를 꺼냈다. 흰색 편지봉투에는 피가 묻어 있었다. 엉덩이를 만져보니 바지가 찢어져 있었다. 거기서 뭐 하세요? 그는 소리가 나는 곳을 올려다보았다. 이층 베란다에 한 아이가 서 있었다. 그냥 여행중이란다. 아이는 두 손을 펴서 이마에 대고 얼굴에 그늘을 만든 다음 주변을 두리번거렸다. 자전거를 발견하고는 모든 걸 알겠다는 듯이 고개를 끄덕였다. 잠깐만 기다리세요. 먹을 거 가지고 내려갈게요. 아이가 소리쳤다. 하지만 한참이 지나도 아이는 나오지 않았다. 그는 아이가 보낸 편지를 펼쳐 종이배를 접었다. 종이배를 의자에 올려놓았다.

엉덩이 살갗이 벗겨져 더이상 자전거 안장에 앉을 수가 없었다. 그는 자전거를 끌고 집까지 걸어왔다. 집에 도착했을 때, 그의 턱에는 수염이 돋아났다. 그는 자전거를 마당에 내던지면서 말했다. 실종신고도 안하냐? 평상에 앉아 비빔국수를 먹고 있던 식구들이 빈 그릇에 먹던 국수를 덜어냈다. 이리 와, 국수나 먹어.

9월 28일은 부모님의 결혼기념일이었다. 또 가족 모두의 생일 파티가 열리는 날이기도 했다. 다섯번째 아이를 낳은 후부터, 그의 부모님은 가족들의 생일을 하나로 합치기로 했다. 여덟 명의 아이들 생일을 일일이 기억하는 것도 꽤 힘든 일이었다. 달력에 동그라미까지 쳐놓았는데도, 하루에 세탁기를 세 번씩 돌리고 나면 머릿속도 빙빙 돌아 모든 게 잊혀졌다. 그래서 부모님의 결혼기념일이 모두의 생일이 되었다. 빵집에서 삼단 케이크가 배달되었고, 어머니는 식구들에게 초를 하나씩 나눠주었다. 큰형수가 조카의 초까지 두 개를 받았다. 케이크에는 열두 개의 초가 밝혀졌다. 한꺼번에 생일잔치를 한다는 말을 듣고 큰형수는 결혼을 결심했다고 했다. 9월 28일은 큰형수의 진짜 생일이기도 했다. 열아홉번째 생일날 밤, 그는 남동생이 가장 아끼는 배낭을 메고 집을 나섰다. 초가 열두 개에서 열한 개로 줄어든다고 해서 그다지 허전하게 느껴지는 않을 것이다. 게다가 불을 밝힌 초는 일렁이는 불꽃 때문에 열 개 이상 세기도 힘들었다.

그는 갈 곳이 없었지만, 그렇다고 터미널 근처를 배회하지는 않았다. 그것은 가출한 청소년들이나 하는 짓이었다. 그는 버스에서 내리자마자 택시를 탔고, 이 도시에서 가장 잘사는 사람들이 있는 동네로 가달라고 기사에게 말했다. 그는 동네 골목길을 하루종일 걸었다. 초인종을 누르고는 아무 일이나 할 수 있습니다,라고 말했다. 필요없어요,라는 말을 하루에 수십번도 더 들었더니 정말 자신이 필요없는 사람이 된 듯 느껴지기도 했다. 그럴 때면 열두 개의 초를 밝히던 삼단 케이크를 생각했다.

며칠이 지난 후, 그는 비탈진 골목길에서 여기저기 금이 가서 곧 무너질 것 같은 담벼락을 발견했다. 담은 골목이 끝날 때까지 이어졌다. 그는 담을 따라 걸었다. 왼쪽으로 돌고, 또 한참을 걷다 다시 왼쪽으로 돌자, 대문이 나왔다. 마당 관리사 구함. 대문에 작은 패가 걸려 있었다. 그는 초인종을 눌렀다. 구체적으로 어떤 일을 하면 되나요? 그가 물었다. 일종의…… 정원사라고 생각하시면 됩니다. 인터폰에서 여자의 목소리가 들려왔다. 목소리는 잔뜩 쉬어 있었다. 정원사라니. 근사한 출발이군. 그는 중얼거렸다. 하고 싶습니다. 그의 말이 끝나자마자, 대문에서 딸각 하는 소리가 들렸다. 대문은 아주 천천히, 아주 육중하게, 열렸다. 여자가 마당에 서 있었다. 나이를 가늠할 수 없는 얼굴이었다. 이 마당을 관리해주시면 됩니다. 그는 고개를 돌려 주변을 살펴보았다. 마당에는 아무것도 없었다. 나무 한그루 없었고, 화분 하나 없었다. 심지어 잔디도 깔려 있지 않았다. 무얼…… 그가 말끝을 흐렸다. 그러니까 이 마당에 아무것도 자랄 수 없도록 해달라고요. 여자는 담 쪽으로 걸어가더니 담벼락 아래에서 잡초를 뽑아냈다. 그렇게 해서, 그는 아무것도 키우지 않는 정원사가 되었다.

겨울이 되었다. 눈이 쌓이지 않도록 늘 긴장해야 했다. 눈이 녹으면, 질척해진 마당에 사람들의 발자국이 남았다. 행여 기온이라도 떨어지면 그가 손쓸 겨를도 없이 발자국이 그대로 얼어붙곤 했다. 그는 얼어버린 누군가의 발자국을 보는 것이 견딜 수 없었다. 그 가운데는 자신의 발자국도 있었다. 봄이 되었다. 꽃가루가 날아오지 않도록 마당에 대형선풍기를 설치하면 어떨까, 하는 공상을 하면서 해바라기를 했다. 낮잠을 길게 자기도 했다. 여름이 되었다. 옆집 마당에 있는 꽃사과나무의 줄기가 그의 마당으로 넘어왔다. 그는 옆집 주인에게 묻지도 않고 넘어온 줄기를 잘

라버렸다. 가을이 되었다. 은행나무잎이 바람에 날려왔다. 이슬을 맞아 축축해진 잎들은 빗자루에 달라붙어 잘 쓸리지 않았다. 그는 은행잎을 손으로 주워담았다. 이름을 알 수 없는 풀들의 뿌리를 뽑아서 술을 담가보기도 했고, 은행잎들이 어디서 날아오는지를 알아내려고 바람이 불어오는 방향을 따라 걸어보기도 했다. 그리고 채널이 두 개밖에 나오지 않는 텔레비전을 보면서 긴 밤을 보냈다.

몇번의 겨울이 지나갔고, 마당을 걷다가 자신도 모르게 넘어지는 일이 잦아졌다. 무엇인가가 그의 발을 잡아당기는 느낌이 들었다. 넘어지면 그는 바로 일어나지 않고 땅에 귀를 댄 채 한참을 있었다. 땅속에서 수런거리는 소리들을 들어보려고 애를 썼다. 텐트에서 잘 때는 그렇게 잘 들리던 소리들이 들리지 않았다.

그는 마당에 일 미터 간격으로 선을 그었다. 그는 자신이 그은 선이 하나도 삐뚤어지지 않은 것을 보고는 두 팔을 허리에 올린 채 자랑스럽게 웃었다. 그는 철물점에 가서 철망과 삽을 사왔다. 나무로 틀을 만들어 철망을 끼운 다음 마당 한구석에 세워두었다. 양손에 침을 뱉은 다음 삽을 잡았다. 마치 자석처럼 나무손잡이에 손바닥이 달라붙었다. 그는 선을 따라 땅을 파기 시작했다. 태어나서 처음 해보는 삽질이었다. 땀에 젖어, 옷이 서서히 진한 색으로 변하기 시작했다. 양쪽 겨드랑이 부분이 둥글게 젖어들자 그는 마치 그곳에 날개가 돋아나는 것처럼 간지러움을 느꼈다. 판 흙을 체에 걸러냈다. 돌멩이들을 골라내 포대자루에 담아두고, 체를 통과한 고운 모래와 체를 통과하지 못한 거친 모래들을 따로 분리해두었다. 저녁을 먹고 나면, 흙을 파낸 자리에 돌멩이들을 다시 쏟아부었다. 입자가 크고 거친 모래들을 얹고 그 위에 체를 통과한 고운 모래를 덮었다. 그리고 마지막으로 달을 바라보면서 오랫동안 흙을 발로 밟아주었다. 판 흙을 다시 부었을 뿐인데, 작업을 끝내고 나면 땅이 일 쎈티미터 이상 밑으로 꺼졌다. 한번은 복주머니가 땅속에서 나오기도 했다. 그 안에서 유리구슬이 쏟아져나왔다. 이 세상 어딘가에 유리구슬이 열리는 나무가 있을 것만 같았다. 그는 유리구슬을 땅속에 정성껏 묻어주었다. 그리고 그 위에 물을 뿌렸다.

현관 근처에서 나무의 잔뿌리 같은 것이 흙에 묻어나왔다. 그는 삽을 던져놓고 손으로 흙을 파보았다. 가느다란 나무뿌리가 보였다. 잔뿌리를 꺾어 조심스럽게 씹어보았더니, 희미하게 물기가 배어나왔다. 살아 있는 뿌리였다. 그는 모종용 삽으로 장비를 바꾸었다. 무릎을 꿇고 꽃삽으로 흙을 파내다보니 유적지를 발굴하는 고고학자가 된 기분이었다. 뿌리는 마당에 넓게 퍼져 있었다. 손으로 흙을 파내야 할 일이 많아졌고, 손톱 두 개가 빠졌다. 뿌리는 대문까지 이어지더니 한순간 방향을 바꿔 왼쪽 담벼락을 타고 옆집 사과나무가 있는 방향으로 뻗어나가기 시작했다. 멀리서 보면 흡사 ㄱ자 모양이었다. ㄱ자가 끝나는 곳에서 새로운 뿌리를 발견했다. 두 줄기의 뿌리가 서로 엉켜 있었는데, 처음에 발견된 뿌리와 달리 이번에는 수직으로 박혀 있었다. 삽질을 하다 뿌리에 상처라도 내면 이내 붉은 즙이 흘러나왔다. 땅속에 깊게 박힌 뿌리를 무리해서 뽑아내려다 허리를 삐끗해서 며칠 동안 자리에 누워 있기도 했다. 장마가 시작된다는 일기예보가 나오던 날, 마침내 뿌리를 뽑아냈다. ㅅ자 모양의 뿌리를 마당에 뉘어놓

고 그도 그 옆에 누웠다. 시,라는 글자가 되었다. ㄱ자 모양으로
휜 나무뿌리 옆에 누워 한팔을 뻗어보았다. 가,라는 글자가 만들
어졌다. 가시. 방금 만든 글자들을 중얼거렸다. 그는 ㄱ과 ㅅ으로
만들 수 있는 단어들을 생각해보았다. 거수, 거세, 고수, 기세, 기
수, 그새, 사고…… 그의 몸이 모음이 되어 아름다운 글자들을
만들었다.

뿌리들을 잘라내 마당에 쌓아놓고 불을 지폈다. 불꽃이 어느
정도 수그러들자, 주인여자가 은박지로 싼 무엇인가를 들고 마당
으로 나왔다. 삽으로 벌겋게 달아오른 숯불들을 뒤적이더니 가지
고 온 둥근 물체를 그 안에 던졌다. 고마워요. 여자가 말했다. 뭐
가요? 그가 대꾸했다. 아무것도 안 물어봐서요. 생각해보니 그는
누군가에게 왜?라는 질문을 해본 적이 없었다. 그는 말없이 나무
가 타는 것을 지켜보았다. 여자가 잿더미를 헤집어서 은박지 뭉
치를 꺼냈다. 은박지를 펼치자, 노르스름하게 구워진 닭이 나왔
다. 여자가 점퍼 주머니에서 소주 한병과 잔 두 개를 꺼냈다. 올
해 몇살이 되었죠? 여자가 건배를 하면서 물었다. 그는 대답을
할 수 없었다. 몇년이 흘렀는지 알 수가 없었다. 아무것도 자라지
않는 빈 정원에는 계절이 찾아오지 않았다. 피고 지는 것들이 없
기 때문에 그는 그곳에서 세월을 느끼지 못했다. 소원이 있어요.
그는 약간 탄 닭날개를 뜯으면서 말했다.

그는 타일공장을 찾아갔다. 공장장은 그가 원하는 타일을 만
들어줄 수 없다고 했다. 대신, 금가루를 입힌 타일을 그에게 보여
주었다. 금으로 번쩍이는 담벼락을 만드는 일은 상상도 할 수 없

었다. 그는 골목길이란 눈이 부셔서는 안되는 법이라고 말했다.
공장장은 그의 말을 이해하지 못했다. 진흙으로 담벼락을 만든
다음, 그 흙이 마르기 전에 동네사람들을 불러모아 자신이 애송
하는 시 한편을 적게 하는 것은 어떨까 하고 생각했다. 레고블록
모양으로 벽돌을 찍어내 담을 쌓겠다는 결심을 했다가 이내 포기
하기도 했다. 그러다 그는 어느 시골마을에서 타일로 그림을 그
린 담을 발견했다. 수십개의 코스모스가 바람에 흔들리고 있는
그림이었다. 담에 진짜 코스모스가 피어 있었는데, 어느 것이 진
짜이고 어느 것이 가짜인지 한눈에 알아차릴 수가 없었다.

    머리를 길러 두 갈래로 묶고 연한 화장을 한 사람이 평상에 앉
아 있었다. 혹시 이 타일 누가 만들었습니까? 그가 물었다. 제가
만들었어요. 생긴 것과 달리 걸걸한 목소리로 대답했다. 자세히
보니, 튀어나온 목젖과 푸르스름한 수염 기운이 언뜻 보이는 걸
로 보아 남자인 듯했다. 여장남자는 아버지 밑에서 타일 굽는 법
을 배웠는데, 아버지와 의절을 한 뒤 더이상 타일을 만들지 않는
다고 했다. 그는 어떤 꽃도 피우지 않는 넓은 정원에 대해 말해주
었다. 그 정원을 감싸고 있는 기다란 담들에 대해서 말해주었다.
다른 사람을 소개해드릴까요? 여장남자가 자리에서 일어나 무릎
을 톡톡 두드렸다. 분, 홍, 색. 그가 분홍색이라는 단어를 천천히
발음했다. 여장남자의 동공이 커졌다. 나는 말이죠, 분홍색처럼
촌스러운 색은 없다고 생각했어요. 그는 코스모스 꽃잎을 따왔
다. 그러고는 손톱으로 꽃잎을 꾹 눌러 자국을 만들었다. 분홍색
은 아슬아슬한 빛깔을 가지고 있어요. 여장남자는 손톱에 눌린
코스모스 꽃잎을 물끄러미 바라보더니 말했다. 넘어왔군, 하고

그는 생각했다. 이 세상의 모든 꽃들은 다 아슬아슬한 빛깔이에요. 그의 말에 여장남자가 고개를 끄덕였다.

몇달이 지난 후, 여장남자가 트럭 한가득 타일을 싣고 왔다. 먼저 대문이 있는 쪽 담부터 타일을 붙이기 시작했다. 타일 뒤에는 번호가 쓰여 있었다. 1-1, 1-2, 1-3, 번호순서대로 밑에서부터 타일을 붙여나갔다. 세로로 한줄이 끝나면 2로 시작되는 타일들을 꺼냈다. 진달래가 피어나고, 개나리도 피어나고, 민들레 씨앗도 날아다니기 시작했다. 이건 뭐예요? 지나가는 사람들이 물으면 여장남자가 친절하게 대답해주었다. 냉이꽃이에요. 꽃다지예요. 별꽃이라고 합니다. 여장남자의 말에 의하면 지금 만들고 있는 벽의 이름은 '봄에 피는 우리 꽃 백과사전'이라고 했다. 개구리가 개구리 같지 않다고 놀려댔더니, 여장남자는 자기가 가장 무서워하는 게 개구리라서 자세히 관찰할 수 없다고 변명했다. 그다음 벽의 이름은 '우산길'이었다. 벽에는 여러가지 색의 우산들이 채워졌다. 빗방울이 진짜처럼 보인다며 동네사람 몇몇이 박수를 쳐주었다. 여장남자의 두 볼이 빨개졌다. 그다음 벽의 주제는 '날아다니는 것들'이었다. 수십종류의 나비가 골목길을 날아다녔다. 길을 걸을 때면 아이들은 자기도 모르게 뒤꿈치를 들고 사뿐사뿐 걸었다.

담이 완성되는 날, 그는 주인여자의 방문을 두드렸다. 처음이죠, 내 방? 여자가 물었다. 여자의 방에는 침대와 앉은뱅이책상이 전부였다. 세 개 이상의 찬을 상에 올리지 않는 식성과 어딘지 모르게 닮아 있는 방이었다. 소원을 들어주셔서 고맙습니다. 그가 정중하게 인사를 했다. 그래, 이제 집으로 돌아갈 건가요? 어떻게 알았습니까? 그가 되묻자 여자가 고개를 뒤로 젖히고는 깔깔대며 웃었다. 처음 뵈었을 때보다 많이 늙었습니다. 건강하세요. 그는 여자에게 타일 한조각을 건네주었다. 꽃다발이 새겨진 타일이었다. 그는 뒷걸음질로 방을 빠져나왔다. 선물 고맙다. 여자가 닫힌 문에 대고 말했다. 그가 떠나고 며칠이 지난 후, 여자는 골목길을 걸으면서 담에 그려진 그림들을 구경했다. 그러고는 오래전에 잊었어야 했던 이름이 새겨진 문패를 떼어냈다. 그 자리에 선물로 받은 꽃다발 타일을 붙였다.

그네 모양의 벤치는 그 자리에 그대로 있었다. 벤치에 앉아 몸을 가만히 흔들자, 이음새에서 날카로운 쇳소리가 들려왔다. 그는 열한살이던 아이가 이제 몇살이 되었는지 가늠해보았다. 열아홉살. 그의 계산이 맞는다면 열아홉살이 되었을 것이다. 그림 속으로 걸어들어온 듯한 착각을 일으켰던 집은 찾아볼 수 없었다. 그 자리에는 페인트가 벗겨지고 지붕이 내려앉은 허름한 이층집이 있을 뿐이었다. 창틀이 틀어졌는지 꼭 닫힌 창문 사이로 틈이 보였다. 그는 다리에 힘을 주고는 몸을 앞뒤로 흔들었다. 쇳소리가 호수 저 멀리까지 퍼져나갔다가 되돌아왔다. 바람이 방향을 바꾸자 호수 쪽에 시큼한 냄새가 올라왔다. 그는 예전에 아이의 편지를 올려놓았던 곳을 손으로 쓰다듬었다. 그러자 손끝에 무엇인가가 느껴졌다. 고개를 숙이고 자세히 보니 칼로 파놓은 흔적이었다. 그는 펜을 꺼내 파인 자국을 따라 선을 그었다. 배였다. 작은 배 한척. 또 오셨네요. 누군가의 그림자가 그의 손을 덮었다. 그는 고개를 들어 위를 쳐다보았다. 교복을 입은 청년이 서 있었다. 지난번엔 왜 안 기다리고 그냥 가셨어요?

　호수를 산책하다가, 그는 버려진 오리배를 발견했다. 오리의 양쪽 날개에는 로맨스 5호라는 글자가 새겨져 있었다. 그는 오리의 목에 밧줄을 걸고는 오리배를 끌어올렸다. 이제 청년이 된 아이가 그를 도와 밧줄을 잡아당겼다. 그는 창고를 뒤져 흰색 페인트를 찾아냈다. 창고는 쓸모없는 물건들로 가득했다. 아무리 찾아도 붓은 나오지 않았다. 청년은 방으로 들어가더니 한참 후에 미술용 붓을 여러 자루 가지고 나왔다. 이걸로 칠하면 안될까요? 그는 여러 개의 붓을 하나로 묶었다. 붓이 작아서 오리배를 칠하는 데 하루가 꼬박 걸렸다. 그런데 어머니는 어디 계시는지 왜 안 물어요? 반대편에서 페인트칠을 하던 청년이 물었다. 그러더니 그의 대답도 기다리지 않고 말했다. 걱정 마세요. 돌아가시지는 않았으니까. 빨간색 페인트로 넥타이를 그려넣었다. 노란색 페인트가 없어서 할 수 없이 빨간색에 흰색을 섞어 분홍색을 만들었다. 분홍색은 오리의 입이 되었다. 분홍 립스틱을 칠한 거란다. 그가 오리 엉덩이를 두드리면서 말했다.

　다음날, 그는 오리배를 다시 호수에 띄웠다. 그는 오른쪽에, 청년은 왼쪽에 앉았다. 둘은 천천히 페달을 밟았다. 오리배가 호수를 오른쪽으로 돌기 시작했다. 청년은 그에게 그의 식구들에 대한 이야기를 해주었다. 작은형은 미국으로 이민을 갔고, 남동생은 군대에 갔으며, 여동생은 S대에 들어갈 수 있을 만큼 공부를 잘했지만 사년 장학금을 받는 조건으로 다른 대학에 들어갔다. 큰누나는 이혼을 했는데 왜 이혼을 했는지에 대해서는 지금까지 말하지 않고 있다고 했다. 또다른 동생은 올해 고등학교를 졸업하고는 배낭여행을 떠났다. 몇달이 지나도록 돌아오지 않고 있지만, 아버지는 그 딸이 무사한 꿈을 매일 꾸었다. 막내는 식구들 몰래 화장실에서 담배를 피웠다. 온 가족이 다 알면서도 모르는 척해준다는 사실을 본인만 모르고 있었다. 모두 그의 아버지가 보내준 편지에 적힌 내용이었다. 호수를 반도 돌지 못했는데 다리에 힘이 빠지기 시작했다. 멀리서 볼 때는 근사했는데……그가 숨을 헐떡였다. 청년이 오른손을 그의 무릎에 올려놓았다. 힘내세요. 무릎에 올려놓은 손에 지그시 힘을 주면서 청년이 말했다. 그는 왼쪽 무릎이 따뜻해지는 것을 느꼈다. 그러자 갑자기 잊고 있던 수많은 장면이 한꺼번에 떠올랐다. 담벼락에 쪼그리고 앉아 덜덜 떨고 있는 그에게 다가와 그의 두 무릎에 가만히 손을 올려놓던 큰누나. 걱정 마라,라고 말하면서 주먹으로 그의 무릎을 툭툭 치던 아버지. 그의 무릎을 베고 낮잠 자는 걸 좋아했던 남동생. 식구들은 많고 집은 좁아서 마루에 모여앉으면 서로의 무릎이 닿았다. 그의 가족들은 한겨울에도 추위를 느낀 적이 별로 없었는데, 그게 서로의 무릎이 닿도록 모여앉아 있었기 때문이라는 것을 그는 이제야 알았다.

천천히 나아가던 오리배가 멈추었다. 페달이 잘 돌아가지 않는 걸로 보아 무엇인가가 프로펠러에 감긴 듯했다. 잠깐만요. 청년이 신발을 벗고는 호수로 뛰어들었다. 물이 출렁이면서 오리배가 뒤집힐 듯 거칠게 흔들렸다. 나 수영 못하는데. 그는 자신도 모르게 몸을 움츠렸다. 조금 후에 청년이 물 위로 고개를 내밀었다. 이제 됐어요. 청년은 손을 들어 동그라미를 만들었다. 그는 청년에게 손을 내밀었다. 청년은 오리배가 뒤집히지 않도록 균형

을 잡아가며 자기 자리로 올라왔다. 그는 남방을 벗어 청년에게
주었다. 한가지 고백할 게 있어요. 청년이 몸을 부르르 떨더니,
젖은 티셔츠를 벗어 물기를 짜냈다. 만삭의 여자가 남편의 영정
사진을 끌어안고 우는 사진이 모든 신문에 실렸어요. 아버지의
장례식장에서 태어난 아이의 소식이 아홉시 뉴스를 장식했죠. 사
람들이 성금을 보내기 시작했어요. 어머니는 그 돈으로 사업을
시작했죠. 사업이 잘되자 남편의 얼굴은 금방 잊혀졌어요. 청년
은 몸을 뒤로 돌려 저 멀리 있는 자신의 집을 가리켰다. 우리는
집이 낡아지면 수리를 안해요. 새집을 사죠. 그러니까 제 말
은…… 그는 청년의 오른쪽 무릎에 자신의 왼손을 올려놓았다.
그러고는 손끝을 둥그렇게 말아 무릎을 감쌌다. 힘내자. 청년이
고개를 끄덕이더니 있는 힘껏 페달을 밟았다. 오리배는 엉뚱한
방향으로 몸을 틀더니, 그들이 페달을 밟을 때마다 집과 점점 멀
어졌다. 그는 세상에서 가장 쓸모없는 것들만 모아놓은 박물관에
대해 설명했다. 청년은 그에게 지금 타고 있는 오리배도 쓸모없
는 물건에 속한다고 말했다. 오리도 아니고 그렇다고 배도 아니
니까. 청년은 지우개가 떨어져나간 연필도 쓸모없는 물건이라고
우겼다. 연필은 계속 쓸 수 있잖아. 그가 반박했다. 그럼 불이 나
서 망해버린 모텔의 열쇠는요? 그건 좀 생각해보자. 그들은 해가
지도록 오리배를 몰았지만 집에 도착하지 못했다. 언젠가는 도착
하겠죠. 청년이 말했다. 그러겠지. 그가 대답했다.

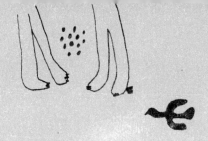

부분들

바보 같은 자식!
깨어나면 욕을 실컷 해줘야지.
나는 아랫입술을 깨물었다.
바보 같은 자식!
죽이려면 나랑 같이 해야지!
입술에서 피가 나기 시작했다.
나는 주머니를 뒤졌다.
코를 풀다 넣어둔 휴지와
오백원짜리 동전이 들어 있었다.

걱정하지 마! 나는 휴대폰의 통화버튼을 누르면서 중얼거렸
다. 통화는 되지 않았다. 휴대폰 액정은 꺼져 있었다. 그래서 기
계가 고장난 것인지, 통화권을 벗어난 것인지, 알 길이 없었다.
입 안 가득 침을 모았다가 손가락이 끼인 바위틈을 향해 뱉었다.
침이 바위 사이로 스며들어갔다. 여전히, 손가락은 꼼짝도 하지
않았다. 어이— 고개를 들어 위를 쳐다보았다. 아무 대답도 들려
오지 않았다. 그래도 이 정도면 운이 좋은 경우였다. 엉덩이가 욱
신거리는 걸 빼고는 다친 곳이 하나도 없었던 것이다. 나는 평소
에 즐겨 보던 「119 사람들」을 떠올렸다. 그건 내가 유일하게 보는
텔레비전 프로그램이었다. 나와 상관없는 사람들이 겪은 불행을
보고 있노라면 이상하게 삶에 용기가 생겼다. 그 프로그램에는
산에서 실족사고를 당해 반신불수가 된 사람들이 자주 등장했다.
심지어는 산속에서 꼼짝도 하지 못한 채 며칠 동안 누워 있어야

했던 사람도 있었다. 그런 사람들에 비하면 바위틈에 손가락 두 개가 끼였다고 두려워할 필요는 없었다.

손가락이 끼인 것은 작은 열매 때문이었다. 산비탈을 구르는 동안 잠시 정신을 잃었다. 나뭇잎이 이마에 떨어지는 바람에 정신이 들었는데, 눈을 뜨고 주변을 둘러보다 우연히 손가락 두께 만큼 틈이 벌어진 바위 하나를 발견했다. 그 사이에 빨간색 열매 하나가 들어 있었다. 이것 봐라! 어떻게 여기에 들어갔지! 나는 검지와 중지를 조심스럽게 틈 사이로 넣었다. 열매는 손가락 끝에 부딪히면서 자꾸만 안으로 들어갔고, 열매를 잡기 위해 손가락들도 조금씩 깊숙이 들어갔다. 열매를 잡긴 했지만 손가락은 빠져나올 생각을 하지 않았다.

나는 왼손을 있는 힘껏 뻗었다. 돌멩이 하나가 잡힐 듯하면서 잡히지 않았다. 나는 다시 주변을 둘러보았다. 몸을 사십오도 정도 왼쪽으로 돌려 다른 돌멩이를 잡아보려 했다. 손가락 끝으로 돌멩이가 만져졌다. 손가락에 힘을 주고 천천히 돌멩이를 잡아당겼다. 바위에 끼인 손가락으로 모든 통증이 몰려오는 것만 같았다. 돌멩이를 움켜쥔 뒤에야 돌이 아니라 썩은 나무토막이었다는 것을 알아차렸다. 나는 나무토막을 하늘 위로 던졌다. 나무는 하늘로 솟구쳤다가는 다시 내 머리 위로 떨어졌다. 혀를 내밀어 바윗날에 눌린 손가락들을 핥았다. 화끈거리던 통증이 조금 가라앉았다. 바위에 혀를 베었는지 비릿한 피냄새가 입 안으로 퍼졌다. 누군가 가운뎃손가락을 간질이는 것 같았다. 입꼬리가 올라가면서 저절로 얼굴에 미소가 지어졌다. 어떤 상황에서도 웃을 수 있는 내가 대견하게 느껴졌다. 걱정하지 마! 나는 기적의 사나이잖

아. 피가 섞인 침을 삼키면서 나는 중얼거렸다.

*

　우리는 '기적의 사나이들'이라고 불렸다. 우리 셋은 무너진 건물더미에서도 살아났다. 구조대원들은 구일 만에 우리를 찾아냈다. 처음에는 현기증인 줄 알았다. 김밥을 집으려는 순간 젓가락이 여러 겹으로 보였다. 나는 고개를 흔들며 생각했다. 영양제 좀 먹어야겠어. 옆자리에서 밥을 먹던 사람이 땅 아래로 꺼졌다. 어릴 때, 무너진 건물에 갇히는 꿈을 자주 꾸었는데 놀랍게도 그 꿈과 모든 게 똑같았다. 그래서 나는 생각했다. 꿈을 꾸고 있는 거라고. 사람들의 신음소리가 가까운 곳에서 들려왔다. 아무 걱정 마라, 아가. 어머니가 내 귀에 대고 속삭여주었다.
　나를 임신했을 때, 어머니는 신발공장에 다니고 있었다. 아버지는 야학에서 영어를 가르치는 대학생이었다. 아버지는 앞자리에 앉아서 꾸벅꾸벅 조는 어머니가 늘 안쓰럽게 느껴졌다. 내 어깨를 빌려주고 싶어요. 기대서 편히 잘 수 있도록. 아버지는 어머니에게 말했다. 그 말을 들은 어머니는 아버지와 함께 녹색장이라는 여관으로 갔다. 어머니는 짝사랑한 남자가 그곳에서 다른 여자와 나오는 것을 본 후로 그 여관에 대한 이상한 동경이 있었다. 당연한 수순이지만, 아버지는 어머니를 떠났다. 신발공장 근처에는 사랑과 연민을 혼동하는 남자들이 많았다. 가족들을 모아놓고 어머니는 말했다. 나, 임신했어요. 할아버지는 이렇게 외쳤다고 한다. 그러면 공장은? 대학 삼학년이던 큰삼촌은 어머니의 팔목을 잡고 말했다. 지워라. 그러자 어머니는 이렇게 협박했다. 지금까지 내준 대학등록금 다시 돌려줘! 어머니와 쌍둥이인 둘째 삼촌도 한마디 거들었다. 여자 혼자서 어떻게 키워. 집안망신이지. 어머니는 둘째삼촌에게 손바닥을 내밀었다. 이 손바닥 좀 들여다봐. 우리가 같은 나이라는 게 믿겨져? 할머니는 된장국을 끓이려고 받아두었던 쌀뜨물을 어머니의 얼굴에 끼얹었다. 어머니는 방 한가운데 서서 소리를 질렀다. 나는 애를 낳을 거예요. 이 아이가 생긴 건 내게 기적이에요.

　내가 스물두살이 되던 해에 어머니는 세계일주를 떠났다. 어머니는 더이상 이 땅에서 살고 싶지 않다고 했다. 버스 운전기사의 멱살을 잡고 어머니는 그렇게 소리쳤다. 운전기사는 난폭운전을 심하게 하는 사람이었다. 버스가 급정차할 때마다, 몸이 앞으로 쏠릴 때마다, 어머니는 알 수 없는 분노가 치밀어올랐다. 승객 중 누군가가 말했다. 거, 살살 좀 모쇼! 그러자 운전기사가 창밖으로 침을 뱉으면서 중얼거렸다. 재수가 없으려니까! 버스가 신호등 앞에 서자 어머니는 앞으로 달려가 운전기사의 멱살을 잡았다. 이 땅이 내게 이러면 안되지! 내게 이러면 안되지! 가발공장, 신발공장, 라디오공장 그리고 요구르트 배달까지…… 어머니는 운전기사의 몸을 앞뒤로 흔들었다. 그런데 내가 고작 이런 버스를 타야 해! 내가 고작 이런 곳에서 살아야 해! 운전기사가 어머니의 두 팔을 잡아 비틀려는 순간, 버스에 탄 승객들이 일제히 어머니에게 박수를 보냈다. 나는 아르바이트를 해서 근사한 배낭을 사주었다. 어머니는 말했다. 돌아오지 않을지도 모른다.

　무너진 건물더미에서 나는 어머니를 다시 만났다. 어머니는 아프리카 어느 나라에서 죽음과 싸우고 있었다. 일주일에 한번씩 말라리아 예방약을 먹었지만 소용없었다. 당신이 계획한 세계일주는 아직 반도 이루지 못한 상태였다. 아무 걱정 마세요, 어머니. 나는 속삭였다. 내가 어머니를 만난 것처럼, 어머니도 삶과 죽음의 경계를 넘나들다 나를 만났다. 아무 걱정 마라, 아가. 스프링도 없는 침대에 누워 어머니는 속삭였다. 그런데 어머니, 지금 이건 꿈인가요? 나는 어머니에게 물었다. 어머니가 누워 있는 나라의 열기가 내게로까지 느껴졌다. 한참 만에 누군가가 말했다. 아니요. 불행하게도, 이건 현실이에요. 내가 눈을 뜨고 있는 것인지 감고 있는 것인지 알 수가 없었다. 거기 누구 있나요? 또다른 목소리가 들려왔다. 두 다리가 어딘가에 끼여서 움직일 수가 없었다. 입 안에는 먹다 만 김밥이 남아 있었다. 나는 김밥을 천천히 씹었다.

우린 살 수 있을까요? 나는 소리가 나는 쪽으로 고개를 돌리면서 말했다. 그럼요. 전 기적을 믿습니다. 현실이에요,라고 말을 해주던 목소리가 대답했다. 저기요…… 지금 말씀하신 분? 가냘픈 목소리로 다른 누군가가 물었다. 조금 더 가까운 곳에서 들리는 소리였다. 저요? 나와 첫번째 목소리가 동시에 대답했다. 기적을 믿는다고 하신 분이요. 혹시, 교회 다니시나요? 만약 그렇다면 기도라도 해주세요. 전 종교가 없답니다. 그럼 또다른 분은? 미안합니다. 저도 종교가 없는데요. 내 말을 끝으로 아무도 말을 하지 않았다. 나는 두 손을 더듬거리며 주변을 살피기 시작했다. 젓가락 한짝이 손에 잡혔다. 한참 만에 기도를 부탁했던 사람이 말했다. 괜찮아요. 생각해보니까 기도를 하는 게 더 비참한 것 같아요. 차라리 주문을 외우죠. 우린 기적의 사나이들이다. 우린 기적의 사나이들이다. 지금 제 목소리가 오른쪽에서 들리는 아저씨는 기적의 사나이 원. 그리고 왼쪽에서 들리는 아저씨가 기적의 사나이 투. 저는 기적의 사나이 쓰리. 말이 끝나자마자 나와 첫번째 목소리가 대꾸했다. 그런데…… 저는 아직 아저씨는 아니거든요. 그렇게 해서 우리는 서로를 원, 투, 쓰리로 부르기 시작했다.

원은 군인이었는데 휴가를 받아 집으로 가는 중이었다. 갑자기 배가 아파서 눈에 보이는 아무 건물로 들어왔는데, 그만 건물이 무너진 것이었다. 원은 나와 나이가 같았다. 지방에 있는 대학에 합격했지만 한 학기도 마치지 못하고 휴학을 해버렸다. 휴학을 결심한 날, 술을 마시지 않는다는 이유로 자기를 괴롭히던 선배를 찾아가 주먹으로 얼굴을 한대 갈겼다. 그래 화장실은 갔어요? 쓰리가 물었다. 화장실은 못 갔어요. 문이 열려 있는 곳이 없더라고. 쓰리가 갑자기 코맹맹이 소리를 했다. 똥 마려워도 여기서 누면 안돼요. 난 더러운 건 딱 질색이에요. 아마 자기 코를 막고 말을 하는 듯했다. 쓰리는 분식집 아들이었다. 나는 언젠가 분식집 주인여자가 아들을 국자로 때리는 장면을 본 적이 있었다. 엄마! 아빠! 어디 계세요. 쓰리가 소리쳤다. 또또분식 아줌마! 또또분식 아저씨! 살아 있나요. 나도 쓰리를 따라 소리쳤다. 엄마, 공부 안한 거 미안해요. 아빠, 부끄러워해서 미안해요. 쓰리가 울먹였다. 나도, 원도, 쓰리를 달래주지 않았다. 쓰리가 우는 동안, 나는 젓가락 한짝으로 콘크리트 조각을 긁어댔다. 우리는 기적의 사나이들. 우리는 기적의 사나이들. 세상이 무너져도 살아남았다네요. 원이 익숙한 멜로디에 가사를 붙여서 노래를 부르기 시작했다.

나는 일곱 달 만에 태어났다. 야근을 하고 집으로 돌아오는 길에 어머니는 골목길에서 강도를 만났다. 복대로 배를 조였기 때문에 강도는 임신한 여자인 줄 전혀 몰랐다. 만약 임산부인 줄 알았다면 절대 그런 짓은 안했을 거라고 강도는 경찰에게 말했다. 나를 낳으려면 돈이 많이 들기 때문에 어머니는 가방을 빼앗기지 않으려고 필사적으로 버텼다. 강도의 칼이 어머니의 배로 들어온 건 순식간이었다. 그때 어머니는 강도에게 이렇게 말했다. 뱃속…… 아기…… 단 두 마디에 강도는 모든 것을 이해했다. 강도는 어머니를 업고 달리기 시작했다. 그리고 따블도 아니고 따따따블을 외쳐가며 택시를 잡았다. 택시 안에서 강도는 어머니의 손에 통장과 도장을 쥐여주었다. 비밀번호는 6410이에요. 육 더하기 사는 십. 여기서 병원비만큼 꺼내 쓰세요. 어머니는 강도가 준 통장에서 정확히 병원비에 해당하는 금액만 인출했다. 그런데 그 이야기 정말이에요? 쓰리가 물었다. 정말이에요. 그 아저씨는 감옥에서 오년을 살고 나왔어요. 그러고는 새사람이 되었어요. 어때요? 정말 기적 같은 이야기죠. 하! 하! 하! 나는 억지로 입을 크게 벌리고 웃었다. 그렇게 웃지 마요. 기운 빠져요. 원이 퉁명스럽게 말했다. 그리고 그게 무슨 기적 같은 일이에요. 그런 이야기라면 저는 밤새 할 수도 있어요.

나는 어릴 때 거버 이유식을 먹었어요. 바나나도 마음껏 먹었죠. 원은 그렇게 말을 시작했다. 부자였나보네요. 나는 입을 삐죽

거리면서 말했다. 내가 하려는 말이 그거예요. 아주아주 부잣집에서 태어났죠. 우리집에는 할아버지가 아끼는 물건이 두 개 있었는데, 하나는 호랑이 머리를 박제해놓은 것이었고 다른 하나는 독일제 괘종시계였어요. 나는 젓가락을 짧게 잡고 귀를 후볐다. 언제 죽을지 모르는 상황에서도 귀가 간지러울 수 있다니, 귀를 후비면서도 나는 나 자신에 대해 조금 실망했다. 그런데 언제부터인가 괘종시계가 느리게 가기 시작했어요. 할아버지는 전국을 수소문해서 최고의 기술자들을 찾아냈죠. 시계를 고치는 사람에게 쌀 열 가마를 준다는 소문이 나면서 제 발로 찾아오는 사람들도 있었어요. 어머니 말로는 칠십명이 넘는 사람들이 다녀갔다고 하더라고요. 꺼억— 쓰리가 길게 트림을 했다. 미안해요. 어제 냉면을 먹고 체했는데 이제야 내려가나봐요. 그건 그렇고 그것도 지어낸 이야기죠? 갑자기 어딘가에서 펑, 하는 폭발음이 들렸다. 믿든 말든 끝까지 들어봐요. 그 와중에 내가 태어났죠. 지독한 난산이었다고 해요. 아버지는 병원에 가지 않고 산파를 부른 것을 후회했죠. 마침내 내가 첫울음을 터뜨리는 순간, 기적은 일어났어요. 거실에 있던 박제에서 호랑이 울음소리가 들렸죠. 큭— 억지로 웃음을 참는 소리가 들렸다. 그 틈에 나도 참았던 웃음을 내뱉었다. 그렇게 웃으면 나 더이상 말 안해. 원이 입을 다물어버렸다. 나도, 쓰리도, 사과를 하지 않았다. 귀를 후벼도 자꾸 가려웠다. 누군가의 배에서 꼬르르, 소리가 났다. 하던 이야기니까 마저 하죠. 한참이 지난 후, 원이 다시 입을 열었다. 호랑이 울음소리가 끝나자 괘종시계가 열두시를 알리는 종을 쳤어요. 그날 이후, 시계는 한번도 느리게 가지 않았어요. 내가 물었다. 그 시계 아직도 있어요? 원이 쓸쓸한 목소리로 대답했다. 모르겠어요. 아직도 그 집에 있는지.

쓰리가 있는 쪽에서 돌들이 부딪치는 소리가 났다. 놀라지 마세요. 제가 그러는 거예요. 혹시 알아요, 누군가 이 소리를 들을지? 전 아무리 생각해도 할말이 없어요. 그렇게 운이 좋은 편은 아니거든요. 심지어 고등학교도 한번 떨어졌어요. 어릴 때 찹쌀떡을 먹고 죽을 뻔한 적도 있어요. 가장 기적 같은 일이라면…… 트럭이 발등 위로 지나갔는데 멀쩡한 적이 있었죠. 원이 무엇인가를 입에 물고 대답했다. 그럼. 그거야말로 기적 같은 일이지. 나는 등을 살짝 들어 어깨 사이에 낀 콘크리트 조각을 빼냈다. 그런데 원! 혹시 뭐 먹어요? 미안해요. 바닥에 라면인지 국수인지 모르겠지만 아무튼 뭐가 있네요. 나와 쓰리가 동시에 말했다. 좋겠다.

가장 먼저 구조된 사람은 쓰리였다. 오늘이 며칠이에요? 쓰리가 구조대원들에게 물었다. 대원들은 건물이 무너진 지 구일이나 지났다고 말해주었다. 정말이에요? 쓰리가 되물었다. 그러고는 소리쳤다. 원, 투, 저 먼저 가요. 이따 병원에서 만나요. 얼마 지나지 않아 나와 원이 거의 동시에 구조되었다. 이런 제길! 공과금 내야 하는 날이 지나버렸네. 연체금 물어야겠어요. 원이 구조대원들에게 농담을 해댔다. 구조대원들은 담요로 내 눈을 가렸다. 앰뷸런스 안에서 누군가가 내 손을 잡았다. 살아서 고맙다. 큰삼촌이었다. 삼촌? 삼촌은 왜 엄마한테 나를 낳지 말라고 했어? 목소리 끝이 갈라지려고 해서 목에 힘을 주고 말해야만 했다. 큰삼

242

촌이 결혼을 앞둔 어느날, 삼촌은 나를 데리고 놀이동산에 간 적이 있었다. 외숙모가 될 여자와 함께였다. 그때 나와 여자는 다람쥐라는 놀이기구를 탔다. 큰삼촌은 친구에게 빌려왔다는 카메라를 들고 우리를 향해 손을 흔들었다. 다람쥐 쳇바퀴처럼 빙글빙글 도는 기구였는데, 아무 재미도 없고 그저 어지럽기만 했다. 다람쥐는 몇바퀴를 돌다 말고 작동을 멈췄다. 나는 동그란 통 안에 거꾸로 매달린 채 말했다. 결혼하면 빚부터 갚아요. 여자가 목걸이가 빠지지 않도록 한손으로 목걸이를 잡은 채 물었다. 무슨 빚? 그때, 다시 놀이기구가 움직이기 시작했다. 몰랐어요? 삼촌은 우리 엄마한테 빚이 아주 많아요. 그 소풍을 끝으로 여자는 삼촌을 떠났다. 이미 청첩장이 인쇄된 뒤였다. 미안하다. 우린 돈이 너무 없었어. 그리고 나는 대학을 졸업하고 싶었지. 눈을 감고 들으니, 삼촌의 목소리는 어머니와 많이 비슷했다. 나는 삼촌의 손을 있는 힘껏 맞잡았다.

병실에서 우리는 다시 만났다. 신문기자들이 물었다. 건물더미에 묻혀서 무슨 생각을 했나요? 쓰리는 사진기자들을 향해 손가락으로 V자를 그려 보이며 말했다. 우린 기적의 사나이들이거든요. 구조될 것을 알고 있었죠. 다리가 부러져 깁스를 한 원이 말을 이었다. 우린 바보들이거든요. 너무 바보라 아무도 우리를 시기하지 않아요. 나는 오른쪽 발목 인대가 늘어났을 뿐 다친 곳이 없었다. 아무도 시기하지 않기 때문에 기적이 찾아와준 거죠. 우리 셋은 서로 팔짱을 끼고 사진을 찍었다. 쓰리가 우리만 들을 수 있는 나지막한 소리로 말했다. 형들! 이제야 비로소 원, 투, 쓰리가 합체를 하네요.

구조되면서 피자가 먹고 싶다고 말한 쓰리는 한 피자회사로부터 평생 무료시식권을 선물로 받았다. 부모님이 돌아가신 충격에서 벗어나지 못한 쓰리는 하루 세끼를 피자만 먹었다. 일년이 지나자 체중이 두 배로 늘었다. 턱선이 사라진 쓰리의 얼굴을 나는 잡지에서 보았다. 잡지에는 피자회사에서 무료시식권을 회수할지도 모른다는 기사가 실렸다. 쓰리가 성인병이라도 걸린다면 피자 판매에 큰 타격을 줄지도 모른다는 우려 때문이었다. 나는 쓰리가 나온 기사를 오려 원이 살고 있는 강원도로 부쳤다. 원은 콘크리트 냄새만 맡아도 어지럼증이 이는 병에 걸려 남은 군생활을 하지 못했다. 백두대간을 두 번 종주하더니 모든 생활을 접고 산속으로 들어갔다. 일주일 후에 원이 찾아왔다. 뭐야, 그건? 원의 이마에는 파스가 붙어 있었다. 이래야 안 어지럽거든. 그건 그렇고, 가자!

원과 나는 택시를 탔다. 운전기사가 원의 이마에 붙인 파스를 보고는 억지로 웃음을 참았다. 원이 운전기사의 어깨에 손을 얹으면서 말했다. 난폭운전하지 마세요. 제 친구가 가장 싫어하는 겁니다.

새벽 세시. 우리는 쓰리가 사는 그의 작은아버지 집을 찾아갔다. 초인종은 고장나 있었다. 원은 현관문을 발로 걷어찼다. 쓰리! 우리가 왔어. 잠시 후, 한쪽으로 쏠린 머리를 쓸어내면서 젊은 남자가 나왔다. 왜 그러시죠? 아! 그 사람들이요. 이사갔어요. 무슨 보험금을 받았다고 그러던데. 그 돈으로 집을 넓혀서 이사를 갔어요. 젊은 남자가 쓰리의 작은아버지 명함을 찾는 동안, 우리는 집주인에게 양해를 구하고 화장실을 사용했다. 나는 레몬향이 은근히 감도는 비누로 세수를 하고 손가락에 치약을 묻혀 이도 닦았다. 면도도 하고 싶었지만 참았다. 볼일이 급한 원이 자꾸 노크를 해댄 때문이었다. 볼일을 보고 나온 원의 얼굴이 붉어졌다. 젊은 남자는 우리에게 명함을 건네주면서 말했다. 오늘 일찍 일어나야 했는데 어쨌거나 깨워줘서 고마워요. 아파트 입구를 벗어나면서 원이 내게 고백했다. 실은 그 집 변기 고장났더라. 나큰 거 누었거든.

명함에는 '광명 권투체육관'이라고 적혀 있었다. 경기도 광명까지 가야 하는 거야? 내가 물었다. 원이 내 머리에 자기 머리를 부딪치면서 말했다. 그렇게 상상력이 없냐. 우리는 다시 택시를 타고 명함에 적힌 주소를 찾아갔다. 체육관에서 잠을 자고 있던 빡빡머리 남자는 원의 이마에 붙여진 파스를 보고는 몸을 움찔거렸다. 사장님, 어디 사시지? 빡빡머리가 손가락으로 창밖을 가리켰다. 거기에는 몇달 전에 입주가 시작된 아파트단지가 보였다.

쓰리의 작은아버지네는 아침식사중이었다. 식탁은 사인용이었다. 작은아버지 부부가 마주보고 앉았고, 눈썹을 짝짝이로 그린 딸과 밥을 먹으면서 교과서를 들여다보는 아들이 마주보고 앉았다. 그들은 배추를 넣고 끓인 된장국을 먹고 있었다. 나도 배추 된장국 좋아하지. 나는 아들이 먹고 있는 국그릇을 들어 단번에 마셨다. 내가 알기로는 다섯 식군데…… 식탁은 사인용이네. 그럼, 우리 동생은 어디 앉아서 밥을 먹나. 짝짝이 눈썹이 숟가락을 소리나게 식탁에 내려놓았다. 걘 하루종일 저 소파에 앉아 있어요. 거기 앉아서 하루 세끼를 피자만 먹어요. 딸의 말이 끝나자마자 원이 식탁을 들었다. 하지만 식탁은 무거운 원목으로 만들어져 있어서 쉽게 들리지 않았다. 도와줘! 원이 이를 악문 채 말했다. 나는 식탁 밑으로 들어가 등으로 식탁을 밀었다. 마침내 식탁이 뒤집어졌다. 권투선수였던 쓰리의 작은아버지가 한손으로 내 멱살을 잡고 다른 한손으로 배 한가운데를 내리쳤다. 나는 조금 전에 먹었던 배추된장국을 쓰리의 작은아버지 얼굴에 토했다. 원이 식탁의자를 들고 소리쳤다. 쓰리! 어디 있어? 심슨 가족이 그려진 잠옷을 입은 쓰리가 눈을 비비며 방에서 나왔다. 세상에! 잠옷 찢어지겠다. 원은 거실 한구석에 있는 도자기를 향해 의자를 던졌다. 작은아버지는 깨진 도자기 조각을 끼워맞추면서 울기 시작했다. 이때다, 달려! 아무 영문도 모르는 쓰리는 우리를 따라 달리기 시작했다. 달리면서 원이 말했다. 그 잠옷 예쁘다. 나 줘라! 쓰리가 곧 죽을 것처럼 숨을 헐떡였다. 형! 헉! 이마에 그 파스 웃겨! 이왕 헉! 붙이려면 살색으로 헉! 붙이지. 흰색이 뭐야. 헉! 그건 그렇고 헉! 잘 지냈어요. 기적의 헉! 사나이들!

원은 쓰리를 데리고 강원도로 돌아갔다. 쓰리는 일주일에 한 번씩 회사로 전화를 걸어서는 이렇게 울먹였다. 형, 나 좀 데리러 와요! 쓰리의 말에 따르면 원은 온통 마늘로 된 반찬만 만들어준다고 했다. 심지어 된장찌개에도 통마늘을 집어넣는다고. 형, 올 때 피자랑 콜라 사오는 거 잊지 말고!

어머니는 삼년 만에 돌아왔다. 온몸이 털로 뒤덮인 백인남자와 함께였다. 중학교를 중퇴한 어머니는 놀랍게도 남자와 자연스럽게 영어로 이야기를 나누었다. 그럼, 삼년을 외국에 있었는데 그것도 못 배우냐! 그렇게 말할 때 어머니의 얼굴은 자부심으로 가득 차 있었다. 어머니가 말라리아에 걸려 사경을 헤맬 때 남자는 옆 병실에서 치료를 받던 중이었다. 정체를 알 수 없는 벌레에 물렸는데, 다음날부터 몸에서 식은땀이 나기 시작했던 것이다. 의사는 남자에게 맛이 시름한 알약 하나를 주었다. 약을 받아들고 병실에서 나오려는 순간 남자는 어머니의 신음소리를 들었다. 그리고는 자기도 모르는 사이 소리가 나는 병실문을 열었다고 한다. 나는 어머니에게 내가 나온 신문기사를 보여주었다. 실물보다 못 나왔네! 어머니가 내 엉덩이를 두드려주었다. 내일 어디 가야 하는데…… 차 좀 구할 수 없을까? 어머니는 하품을 하면서 말했다. 어머니와 남자는 그로부터 스무 시간을 잤다. 그들이 자는 동안 나는 피씨방에서 오락을 하며 밤을 보냈다. 그날 나는 고스톱을 쳐서 천만원 이상을 땄다.

남자는 아직 운전면허증이 없다는 내 말을 믿지 못하겠다는 듯 두 눈을 하늘로 치켜올리며 어깨를 으쓱거렸다. 그런데 몇살이라고 했지? 하고 다시 내 나이를 물었다. 나는 렌터카 회사에 전화를 걸어 예약을 취소했다. 남자는 지갑에서 직사각형으로 접은 종이를 꺼냈다. 거기에는 오십년 동안 박제를 만들어왔다는 노인의 집주소가 적혀 있었다. 여기는 인천이네요. 어차피, 거긴 차 없이도 갈 수 있어요. 지하철을 타고 인천으로 가는 도중, 우리는 몇번이나 전철에서 내려 화장실로 달려가야 했다. 남자는 사람이 많은 곳에 가면 멀미를 하는 병이 있었다. 코 밑에 파스를 붙여보면 어떨까요? 내가 제안을 했지만 어머니는 내 말을 남자에게 전하지 않았다. 대신, 남자가 토할 때마다 다정하게 등을 두

드려주었다. 남자화장실까지 따라가서는.

'박제연구소'라는 허름한 나무간판 앞에서 어머니와 남자는 사진을 찍었다. 초인종을 누르자 소름끼치는 울음소리가 들렸다. 뭐예요. 귀신의 집도 아니고! 내가 툴툴거렸다. 우리를 맞이한 것은 녹색으로 머리를 염색한 젊은 여자였다. 아! 아버지요. 작년에 돌아가셨어요. 젊은 여자는 말했다. 아버지 말고 할아버지요. 어머니 말에 여자는 고개를 저었다. 아니요. 제 아버지 맞아요. 저를 쉰둘에 낳으셨거든요. 여자는 우리를 지하실로 안내했다. 오른쪽 구석에 내 몸의 세 배가 넘는 곰이 서 있었다. 곰 머리가 천장에 닿아 있어서 그런지 곰이 구부정하게 어깨를 굽힌 것처럼 보였다. 그 앞에 악어가 보였다. 이 악어는 동물원에 있던 거예요. 여자가 악어의 등에 걸터앉더니 몸을 앞뒤로 흔들었다. 다섯 마리도 넘는 매가 천장에 매달려 있었고 그 아래로 토끼들이 어딘가로 달려가는 듯한 포즈를 취하고 있었다. 마치 매에 쫓겨 도망가는 것처럼. 지하실 한쪽 구석에 쥐구멍이 보였는데, 거기에도 박제된 쥐가 들어가 있었다. 하하! 이거 정말 웃기네요. 내가 쥐구멍을 가리키며 웃었다. 그런데, 뭔가 이상하지 않아요? 어머니가 여자에게 물었다. 남자가 갑자기 박수를 치며 외쳤다. 썬글라스! 모든 동물들의 눈에 썬글라스가 씌워져 있었다. 심지어 쥐까지도. 전, 저 가짜 눈이 참을 수 없어요. 여자가 두 주먹을 꽉 쥔 채 부르르 떨었다.

혹시, 시베리아 호랑이는 없나요? 여자는 고개를 저었다. 죽은 노인은 예전에 호랑이 사냥꾼이었다고, 자기가 잡은 호랑이를 간직하고 싶어서 박제를 만들기 시작했다고, 어머니는 여자에게 말해주었다. 여자는 자신의 아버지의 과거에 대해서는 아는 게 별로 없었다. 여자가 기억하는 것은 아무리 씻어도 비린내가 가시지 않던 아버지의 거친 손뿐이었다.

어머니는 다시 떠났다. 남자와 함께 러시아로 간다고 했다. 멸종 위기에 처한 시베리아 호랑이를 연구하고 있는 러시아 학자를 찾아서. 떠나기 전, 남자는 내게 포옹을 했다. 같이 살았으면 아버지라고 불러줄 수도 있었는데…… 나는 말했다. 물론 남자는 내 말이 무슨 뜻인지 알아듣지 못했다. 어머니와 나는 짧은 악수를 나누었다. 내가 너무 이기적이라고 생각하니? 어머니의 말에 나는 고개를 끄덕였다. 하지만 어머니가 떠나지 않았더라면 아마도 내가 변했을 거예요.

나는 원이 살고 있는 강원도로 전화를 걸었다. 전화를 받은 사람은 쓰리였다. 아직도 마늘반찬만 먹니? 그래, 살은 얼마나 빠졌니? 전화를 끊고 나서 신문을 들고 화장실로 갔다. 아직까지 한번도 변비에 걸린 적이 없었다는 사실이 새삼 떠올랐다. 시원하게 볼일을 본 다음, 박대리에게 가서 꿔준 돈 십만원을 돌려달라고 했다. 그 돈으로 건물 지하에 있는 커피전문점에 가서 카푸치노 열두 잔을 사서 직원들에게 나누어주었다. 안녕히 계세요. 나는 컴퓨터 모니터를 들여다보고 있는 동료들의 뒤통수에 대고 작별인사를 했다. 엘리베이터를 타려는 순간 여직원이 달려와 내게 물었다. 이제 뭐 할 건데요?

글쎄! 강원도로 가서 살이나 빼려고요.

뭐야! 살이 하나도 안 빠졌잖아?

아니에요. 잘 만져봐요. 좀 날씬해진 것 같지 않아요? 쓰리가 내 손을 잡아 자기 배에 올려놓았다. 나는 무릎을 구부려 쓰리의 배에 귀를 대보았다. 우리 셋 중 누군가가 임신이라도 하면 얼마나 재미있을까, 하는 생각이 들기도 했다. 그러자 쓰리의 배에서 심장박동 소리가 들리는 듯했다. 뱃속에 있는 니 애가 하나도 살 안 빠졌다고, 그렇게 전하란다. 나는 쓰리의 배를 꼬집었다. 된장찌개에 마늘이 들어간 반찬만 먹인다고 무작정 살이 빠지는 것은 아니었다. 처음에는 효과가 있었다고 했다. 한달 만에 오 킬로그램이나 빠졌으니까. 하지만 그것이 전부였다. 쓰리에게 필요한 것은 운동이었다. 아침을 먹고 나면 우리 셋은 뒷산을 올랐다. 산 정상까지 올라갔다 내려오는 데 네 시간이 걸렸다. 어떤 날은 도시락을 싸서, 산능선을 타고 옆 산정상까지 가기도 했다. 목이 마르면 내가 특별하게 만든 음료수를 먹었다. 그런데 여기에 뭐가 들어간 거야? 갈근, 황기, 감초, 당귀, 두충, 삼백초…… 암튼 몸에 좋다는 건 다 넣었어.

등산이 효과가 있는 것인지, 아니면 내가 만든 한방음료가 효과가 있는 것인지 모르겠지만 쓰리는 다시 몸무게가 줄기 시작했다. 육개월이 지나자 쓰리는 원이 입던 바지를 입을 수 있게 되었다. 삼개월 안에 몸무게를 더 줄인다면 가장 아끼는 청바지를 주겠다고 나는 말했다. 두 달 후, 쓰리는 약속한 청바지를 내놓으라고 내게 소리쳤다. 내 청바지를 입던 날, 쓰리는 아끼던 무료시식권을 '천사의 날개'라는 어린이집에 선물로 보냈다. '천사의 날개' 아이들은 일주일에 한번씩 피자가게에서 외식을 하게 되었다. 아이들이 피자를 먹는 모습이 어느 봉사단체의 잡지에 실리면서 쓰리의 이야기가 알려지게 되었다. 피자회사는 원칙적으로는 타인에게 양도가 되지 않는 시식권이지만 이번 한번만은 허용하겠다는 입장을 밝혔다. 사람들은 어떻게 하면 살을 뺄 수 있느냐며 전화를 걸어왔다. 잠을 자기 위해서는 전화기 코드를 뽑아놓아야 할 지경이었다.

한채였던 통나무집이 다섯 채로 늘어났다. 우리는 마을에서 가장 음식솜씨가 좋다는 아주머니를 주방 책임자로 고용했다. 무공해음식을 제공하기 위해 텃밭을 가꾸기 시작했다. 다이어트를 하기 위해 찾아온 사람들에게 한방음료를 하루에 이 리터씩 나눠주었다. 밥공기는 일반 밥그릇의 삼분의 이 징도 크기로 주문 제작했다. 하루에 두 번씩 산정상을 오르내렸다. 배가 고플 때마다 칡을 씹도록 했다.

밥 내놔! 누군가가 자고 있던 우리에게 칼을 겨누었다. 살을 빼기 위해 합숙을 하는 여자였다. 더이상 못 참아! 밥 내놔! 나는 여자에게 부엌 열쇠를 주면서 말했다. 반찬은 별로 없을 겁니다. 미안해요! 여자는 한참 만에 양은 냉면그릇을 들고 돌아왔다. 냉면그릇에는 숟가락 네 개가 꽂혀 있었다. 우리는 둘러앉아 김치만 넣고 비빈 비빔밥을 먹었다. 참기름 좀 넣지 그랬어요? 쓰리가 숟가락을 입에 문 채 부엌으로 달려가 참기름을 가지고 왔다. 훨씬 낫네. 원은 씹지도 않고 음식을 삼켰다. 나 정말 뚱뚱해요? 여자가 냉면그릇에 있는 밥을 네 등분으로 나누면서 말했다. 네. 우리 셋이 동시에 대답했다. 여자가 숟가락질을 멈췄다. 농담이에요. 원이 여자 쪽으로 밥을 더 밀어주면서 변명을 했다. 실은, 아주, 조금. 쓰리가 눈을 찡긋거렸다. 그런데 이렇게 먹어서 어쩌죠? 차라리, 토할까요? 여자는 손가락을 입에 넣는 시늉을 하며 말했다. 윈이 여자의 두 손을 잡고는 자리에서 일어났다. 차라리 달밤에 체조라도 하죠.

누가 술래 할래? 윈의 말에 나와 쓰리와 여자가 달리기 시작했다. 초등학교 때 달리기선수를 했다는 말이 사실인 듯 윈은 금방 나를 따라잡았다. 윈이 나를 잡기 직전에 나는 제자리에 서서 외쳤다. 얼음! 그러자 윈은 뒤돌아 쓰리를 쫓기 시작했다. 쓰리도 제자리에 서서 얼음! 하고 말했다. 여자는 아무도 자기를 따라오지 않는데도 그만 얼음,이라고 외쳐버렸다. 윈은 마당 한가운데 누워서 웃었다. 바보들! 전부 얼음을 외치면 어쩌라고. 윈의 웃음소리를 듣고 잠을 자던 사람들이 하나둘씩 마당으로 나왔다. 나는 그중 한 남자에게 이렇게 말했다. 얼른 나를 풀어줘요! 남자는 어리둥절한 표정으로 주변을 둘러보았다. 그래요. 나를 건드리면서 땡! 하고 말해요. 그제야 남자는 알겠다는 듯이 마당을 뛰기 시작했다. 아! 얼음땡놀이 하는군요. 누군가 그게 뭔데, 하고 물었다. 또다른 누군가가 그렇게 질문한 사람들을 모아놓고 규칙을 설명했다. 달밤은 우리들의 그림자를 아름답게 만들어주었다. 그 그림자들이 서로를 스치고 지나갔다. 우리들은 서로의 가슴을 밟고, 서로의 얼굴을 밟고, 서로의 웃음을 밟았다. 하지만 아무도 아프지 않았다.

*

나는 통화가 되지 않는 휴대폰으로 바위를 내리쳤다. 휴대폰의 폴더가 떨어져나갔다. 배터리가 폭발할지 모른다는 생각이 들었지만 하던 동작을 멈출 수가 없었다. 이런 제길! 산산조각난 휴대폰을 바라보며 중얼거렸다. 보라색으로 변한 손가락이 퉁퉁 부어올랐다. 추위에 몸이 저절로 떨렸다. 몸이 떨릴 때마다 왼손으로 오른손을 꽉 눌러야 했다.

나는 쓰리가 내게 해주었던 마지막 말을 떠올렸다. 쓰리는 전화를 걸어서는 이렇게 말했다. 형! 내가 벌써 스물일곱살이나 되었어요. 그 말에 나는 입꼬리를 살짝 올리며 웃었지만 내 웃음이 쓰리에게 전해지지는 않았다. 이십칠년 동안 살았다는 것 자체가 기적이에요. 그렇죠? 나는 응, 하고 짧게 대답해주었다. 생각해보니까, 세상 사람들 모두가 기적 같은 삶을 살고 있었던 거예요. 그렇게 말하고 쓰리는 전화를 끊었다. 다음날, 쓰리는 경찰에 체포되었다. 살인미수. 나는 그 사실을 아홉시 뉴스를 통해 알았다. 쓰리는 원의 산소호흡기를 떼려다 잡혔다.

눈앞에 보이는 나무들 중에서 이름을 알 수 있는 것은 소나무밖에 없었다. 나는 왼손으로 내 머리를 한대 쳤다. 미안하다. 나무들아. 나는 큰 소리로 말했다. 어디선가 괜찮아요, 하는 말이 들리는 것 같았다. 다시 한번 고개를 들고 어이— 소리를 질러봤다. 가자가자 감나무 오자오자 옻나무 갓난애기 자작나무…… 나는 노래를 부르다 멈췄다. 다음 가사가 생각나지 않았다. 앵돌아져 앵두나무, 칼로 찔러 피나무, 너하고 나하고 살구나무. 가사 몇구절이 생각났지만 어느 순서에 불러야 할지 몰랐다. 나무들아. 내일부터 당장 공부를 할게. 약속해! 그런데 말이다, 원은 왜 그랬을까? 나는 심호흡을 크게 한번 쉬고는 그 상태로 숨을 멈추었다. 그리고 왼손으로 오른손의 팔목을 잡고는 있는 힘껏 잡아당겼다.

바다에 버렸어야 했어. 원은 내게 말했다. 소중한 걸 버릴 때는 영영 못 찾게 바다에 버려야 해. 원이 한강에 빠졌을 때, 원을 구하기 위해 열 명도 넘는 구조대원들이 출동했다. 다음날 경찰은 나를 찾아왔다. 원과 마지막으로 통화한 사람이 나라고 경찰은 말했다. 그저 한강에 버린 반지를 되찾으려 했을 뿐이에요. 경찰은 하품이 나는 것을 억지로 참으면서 되물었다. 그럼, 반지가 비싼 건가요? 아뇨, 아무 장식도 없는 금반지였어요. 참, 십사 케이인지 십팔 케이인지는 잘 모르겠어요. 그렇게 말하면서 나는 집게손가락으로 허공에 동그라미를 그렸다. 사실, 그것이 어떤 반지인지는 나도 몰랐다. 원은 그저 내게 전화를 걸어서는 이렇게 말했을 뿐이다. 반지를 한강에 버렸어. 그 여자에게 선물하려 한 거였는데. 다시 찾아와야겠어. 그래서 나는 대답했다. 그래, 찾을 수 있으면 다시 찾아라. 그게 마지막 통화였다. 원은 내게 미안하다는 말을 하지 않았다. 원은 식물인간이 되었다. 그래서 나는 끝내 우리의 재산을 어떻게 했는지 원에게 묻지 못했다.

바보 같은 자식! 깨어나면 욕을 실컷 해줘야지. 나는 아랫입술을 깨물었다. 바보 같은 자식! 죽으려면 나랑 같이 해야지! 입술에서 피가 나기 시작했다. 나는 주머니를 뒤졌다. 코를 풀다 넣어둔 휴지와 오백원짜리 동전이 들어 있었다. 오백원짜리 동전을 꺼내 앞뒤를 찬찬히 살펴보았다. 무엇인가를 이처럼 오래 들여다보기는 처음인 것 같았다. 하나를 뚫어지게 바라보고 있으니 두려운 마음이 사라졌다. 나는 코를 풀었던 휴지를 잘 펴서 손가락에 감았다. 그리고 오백원짜리 동전을 바위에 갈기 시작했다. 생각해보니 나는 아직 할일이 많았다. 걱정하지 마! 나무들이 바람에 흔들리면서 내게 속삭여주었다.

순환하는 암호들

심진경

1. 암호

매주 토요일이면 어김없이 로또복권을 사는 아버지가 있다. 아버지의 복권번호는 언제나 3, 4, 9, 24, 34, 38이다. 이 숫자들은 아버지가 공장이 부도나기 직전 채권자들을 피해 아무 연고도 없는 지방으로 도피하던 시절, "잠 못 이루던 그 밤에 만들어졌다."(「구멍」) 3은 할아버지가 전쟁 때 잃은 손가락의 개수이고, 4와 9는 일곱살 때 죽은 아들의 생일이다. 24는 공장 부도로 채권자에게 쫓기던 아버지에게 지우개 공장에서 일할 수 있게 해준 고등학교 친구의 반 번호에서 온 것이고, 34는 처음으로 얻은 아파트 호수 304호를 의미한다. 마지막 번호인 38은 부산으로 출장을 가던 아버지가 '와락 안고 싶은 충동'을 느꼈던 어떤 여자와 함께 탄 기차의 좌석번호이다. 이 번호들은 아버지의 평탄치만은 않은, 그렇다고 대단할 것도 없는 삶의 사연을 담고 있는 기호이다. 그렇다면 물어보자. 세 손가락을 잃고도 열심히 일해서 조그만 공장을 경영할 수 있었던 할아버지의 3은 고통일까, 희망일까. 사랑하던, 그러나 너무 일찍 떠나버린 아들의 4와 9는 기쁨일까, 절망일까. 가슴을 뛰게 했지만 붙잡을 수 없었던 여자의 38은 후회일까, 체념일까. 숫자들이 말해주는 아버지의 삶의 진실은 과연 행복인가, 불행인가…… 어느날 아버지는 이 숫자들을 남긴 채 돌연 사라진다. 그리하여 숫자의 진실은 영원히 알 수 없는 것이 되고 만다. 모호함에 가득 찬 알 수 없는 그 숫자의 진실, 우리는 그것을 '암호'라고 불러도 좋으리라.

윤성희의 이번 작품집 『감기』는 이런 암호로 가득 차 있다. 예컨대 그것은 아들이 아버지에게 만들어준 자장면 위에 뿌려진 "ㄹ과 ㅁ을 그려넣은 것처럼 보"(「등 뒤에」)이는 완두콩이거나, '아무것도 키우지 않는 정원사'가 마당에서 뽑아낸 "흡사 ㄱ자 모양"이나 "ㅅ자 모양의 뿌리"(「무릎」)이다. 아버지는 아들에게 "이게 뭔 뜻이냐?"라고 물어보지만 갑작스러운 아들의 죽음으로 그 자음들은 영원히 풀 수 없는 수수께끼가 된다. 정원사가 뽑아낸 'ㅅ' 혹은 'ㄱ'자 모양의 뿌리는 '__'자 모음이 된 정원사의 몸과 결합해서 "거수, 거세, 고수, 기세, 기수, 그새, 사고……"(「무릎」) 등과 같은, 계통도 의미도 다른 다양한 단어들을 만들어낸다. 짐작건대 그 단어들은 아마도 다른 '아름다운 단어들'을 향해 계속 나아갈 것이다. 그리하여 통상 그 단어에서 연상할 법하지 않은 낯선 단어, 구문, 구조, 그리고 정서로 우리를 이끌 것이다.

윤성희의 최근 소설을 읽을 때 우리가 느끼는 낯섦과 이질감의 상당 부분은 바로 이러한 암호에서 기인한다. 어떻게 보면 윤성희의 소설은 차라리 암호 그 자체가 된다고도 할 수 있을 정도다. 이 암호는 쉽게 해독되지 않는다. 그것은 기쁨인가 하면 슬픔이고, 슬픔인가 하면 무심함이다. 대책없이 유쾌한 소동극인가 하면 가슴 한쪽이 뻐근해지는 비극이기도 하다. 기쁨은 고통과 함께하고, 절망감은 희망을 곁에 둔다. 다시 한번 말하겠다. 기쁨은 고통이 되고 절망은 희망이 되는 것이 아니다. 차라리 기쁨은 고통이고 절망은 희망이다. 그리하여 불행은 행복과 동의어가 된다. 우리가 윤성희 소설을 읽으면서 간혹 어리둥절해지는 것은 이 때문이다. 우리는 어느 순간 울어야 할지 웃어야 할지, 내가 슬픈 건지 기쁜 건지 알 수 없게 된다. 윤성희의 소설에는 그렇게 공존하기 어려운 이질적인 감정과 의미들이 별 모순 없이 병존한다. 그리고 그와 더불어 소설의 모든 등장인물들은 물론이거니와 사건의 의미, 낱말들, 심지어 기호들조차 계속 움직이고 변한다. 윤성희 소설의 낯섦과 새로움은 바로 거기에 있다. 하나의 고정된 의미를 거부한 채 환유적으로 운동하는 이 암호들의 세계. 이 활기찬 암호들에서 윤성희 소설은 시작된다.

2. 구멍

다시 「구멍」으로 돌아가보자. 아버지가 집을 나간 뒤 사흘째 되던 날, 어머니는 어머니의 어머니, 즉 '나'의 외할머니의 죽음에 관해 이야기해준다. 얼굴에 난 마마자국 때문에 애 딸린 홀아

비에게 시집 온 외할머니는 시어머니의 자심한 구박을 견디며 시집살이를 한다. 그러던 어느날 어린 어머니와 외할머니만 있는 집에 난데없이 옆집 개가 나타나는 바람에 시어머니가 애지중지하던 닭이 놀라 우물에 빠진다. 시어머니에게 야단맞을 생각에 두려워하던 외할머니는 급기야 허리에 밧줄을 묶고 닭을 찾으러 우물 아래로 내려간다. 그러나 결국 외할머니를 묶었던 밧줄은 풀어지고 만다. "나중에 우물 속에서 시체를 건졌을 때, 외할머니는 닭을 두 손으로 꼭 껴안고 있었다고 한다."(「구멍」)

이 이야기는 언뜻 금비녀를 빠뜨리고 상심한 각시가 우물에 빠져죽고 각시의 금비녀는 금빛 잉어가 되었다는 오정희의 「옛우물」의 전설을 떠올리게 한다. 그러나 오정희의 「옛우물」에서 우물이 죽은 각시를 금빛 잉어로 변신시키는 깊고 그윽한 여성 전설의 공간이 되는 데 반해, 「구멍」의 우물에 금빛 잉어는 없다. 그곳에는 닭을 두 손으로 껴안은 채 발견된, 죽어서도 시어머니를 두려워했던 외할머니의 시체만 있을 뿐이다. 그것은 결코 신비로운 전설이 될 수 없는, 그저 섬뜩하고도 슬픈 이야기다. 그러니 이 모든 사건을 목격한 어머니에게 우물이 결코 메워질 수 없는 상처-구멍이 되는 것은 당연할는지도 모른다. 그럼에도 불구하고 어머니는 '나'에게 이렇게 말한다. "걱정 마라. 그걸 견뎠는데 이쯤이야. 게다가 닭고기도 잘 먹잖니." 어머니는 닭을 껴안은 채 발견된 외할머니의 시체를 목격했음에도 불구하고 마치 어떠한 정신적 외상도 없는 것처럼 말한다. 그렇다면 과연 어머니의 상처는 치유되었다고 말할 수 있는가. 얼핏 이 소설에서 엉뚱한 닭고기 이야기는 유쾌한 낙관의 태도쯤으로 여겨져, 어머니의 고

통과 슬픔은 손쉽게 명랑함과 기쁨으로 자리바꿈을 한 듯하다. 그러나,

> 갑자기 천장에서 벽지 한장이 뚝 떨어졌다. 벽지가 소파에 누운 내 몸을 반쯤 덮어주었다. "이불 같아." 나는 중얼거렸다.(「구멍」, 28면)

「구멍」의 이 낯선 결말이야말로 윤성희 소설의 불규칙한 운동성을 잘 보여준다. 정리해보자. 아버지의 돌연한 실종은 그동안 봉인되었던 어머니의 상처—구멍을 갑자기 벌려놓는다. 그런데 벽지—이불은 어머니의 상처를 덮는 대신 엉뚱하게도 '나'의 몸을 반쯤 덮어준다. 원래 위로받아야 할 존재는 어머니이지만, 갑자기 등장한 벽지—이불은 예기치 않은 대상인 '나'를 향함으로써 어머니에게 집중된 슬픔과 고통의 정서를 분산시키면서 희미하게 만든다. 그리고 그렇게 분산된 어머니의 고통은 '나'에게 전이된다. 나의 몸을 반쯤 가린 벽지는 오히려 그렇게 몸을 덮는다는 점으로 인해 역으로 덮여 있는 나의 상처—구멍을 상상할 수 있게 하는 것이기 때문이다. 그리하여 아버지로부터 시작된 상처는 어머니를 거쳐 '나'에게로 전이된다. 이렇게 윤성희 소설에서 고통과 상처는 이상한 방식으로 유전된다. 윤성희 소설이 언뜻 명랑하고 낙관적인 동화처럼 보임에도 불구하고 결코 그렇지 않다고 말할 수 있는 데에는 이런 사정이 있다.

우리는 어쩌면 모두 구멍 뚫린 존재일는지 모른다. 표제작 「감기」는 이렇게 구멍 뚫린 존재로서의 자의식을 섬세하게 그려 보

이고 있다. 「감기」의 표면적인 서사는 마을버스 운전사인 '남자' 와 고속도로 톨게이트 매표원인 '여자'의 우연한 만남과 새로운 관계의 시작에 관한 것이다. 소설에는 온통 망가지고 상처난 존재들만 등장한다. 남자와 여자의 첫 만남에서 그들의 시선을 끈 것은 바로 상대의 몸에 남겨진 흉터다. 여자는 "마디가 잘린 남자의 검지를", 남자는 "화상으로 피부가 일그러진 여자의 손등"을 바라보다 쓰다듬는다. 이러한 육체적인 특징은 자기정체성을 확인하게 하는 동시에, 나가 너와 다르지 않은 존재임을 증명해주는 표지이기도 하다.

흉터는 아니지만, 윤성희 소설에서는 종종 몸에 난 어떤 자국들이 잃어버린 가족을 되찾는 고전적인 신분확인의 표지로 활용되기도 한다. 예컨대 「등 뒤에」와 「리모컨」에 등장하는 엉덩이의 점이 그러하다. 그러나 그러한 육체적 표지란 유전자감식을 통해 친자확인을 할 수 있는 시대에 김동인의 '발가락'만큼이나 무의미하고 희화화된 것에 불과하다. '그'는 '아이'와 부자관계를 맺고 (「등 뒤에」), '그녀'는 '진수라는 여자'와 자매관계를 맺지만, 그들 서로가 서로의 언니, 동생, 아버지, 아들임을 확신하지 못하는 것은 이 때문이다. 그들은 그저 "언니로 짐작되는 여자" 혹은 "동생으로 짐작되는 여자"(「리모컨」)에 불과한 존재이다. 윤성희 소설에 등장하는 흉터나 점과 같은 육체의 기표란, 따라서 아무런 의미도 없는, 텅 빈 '구멍'에 불과하다고 할 수 있다. 그러나 윤성희 소설에서 이 비과학적이고 모호한 구멍들은 서로의 상처와 죄의식에 공감하게 함으로써 무관(無關)한 사람들을 유관(有關)하게 만들어준다. 그것은 착오와 착각을 불러일으키는 동시에(그들은 과연 나의 진짜 가족일까?), 혈연이나 지연, 학연과는 다른 차원에서 느슨하지만 강력한 이상한 공동체를 만들어낸다. 「감기」에서 다소 엉뚱해 보이는 '남자'의 꿈은 이러한 '구멍'의 상징성을 잘 보여주는 예다.

> 아버지는 남자를 바닥에 누이더니, 남자의 몸에 박힌 나사들을 풀기 시작했다. 뭐 하시는 거예요? 봐라, 나사들이 다 녹슬었구나. 아버지는 남자의 몸에서 오십개가 넘는 나사를 빼냈다. 나사 빨리 풀기 대회라는 게 있다면 틀림없이 아버지는 그 대회에 나가서 우승을 했을 것이라고. 꿈속에서 남자는 아버지에게 말했다. 나사가 빠지면서 생긴 구멍 사이로 빛이 새어나왔다. 바람이 구멍들을 넘나들었다. 오늘 어떤 사람을 만났어요. 그 사람을 보려고 기차를 타고 세 시간이나 갔어요. 앞으로 연애를 하려면 꽤 피곤하겠어요. 그건 그렇고, 아버지 얼른 이 구멍들을 막아주세요. 추워요.(「감기」, 91~92면)

이 꿈 장면은 일차적으로 '구멍→바람→감기'의 은유적 연상을 통해 '남자'가 감기에 걸렸음을 암시한다. '나사가 빠지면서 생긴 구멍'으로 바람이 넘나들고 그 바람은 감기와 같은 질병을 유발한다. 그런데 그 구멍으로는 폐암으로 죽은 작은아버지가, 무단횡단을 하다가 사고로 죽은 아버지가 들고나기도 한다. 그렇게 그 구멍은 평소에는 느끼지 못하다가 어느날 우연히 그곳으로 바람이 지나가면 마치 감기에 걸리듯, 지난 시절의 고통을 끊임없이 반복해서 겪게 한다. 그런 점에서 구멍은 상처의 진원지이자

영원히 메워지지 않는 심연이기도 하다. 그러나 동시에 구멍은 다른 존재와 소통할 수 있는 길을 열어주기도 한다. 마치 흉터가 서로의 존재증명이 되는 것처럼, 오직 구멍 뚫린 존재만이 다른 존재의 고독한 구멍을 들여다볼 수 있게 된다.

그럼에도 불구하고 그들은 여전히 고독한 개인이다. 우연히 만난 네 사람이 시종일관 떠들썩하고 축제적인 분위기를 연출하던 「안녕! 물고기자리」의 결말은 뜻밖에도 고독하다. '나'는 갑작스럽게 '나'의 분신과도 같은 존재들과 헤어져 홀로 남겨졌으며, 친구 Y는 여전히 집 밖으로 나오지 않는다. 그리고 무엇이든지 고칠 줄 아는 '만물수리상' 주인인 아버지조차 엄마의 마음은 물론 몽유(夢遊)하는 아들의 마음도 결코 고치지 못한다(「감기」). 심지어 생사고락을 함께 한 '기적의 사나이들'조차 서로를 '달래주거나' 서로에게 '사과' 하지 않는다(「부분들」). 그들은 각자의 구멍 때문에 소통할 수 있게 되지만, 같은 이유로 결코 서로를 완벽하게 이해하지 못한다. 그러나 사실 다른 누군가를 완벽하게 이해한다는 것은 거의 불가능한 일이다. 우리는 그저 불완전하고 모순적인 구멍을 통해 다른 존재의 '부분들'이 될 수 있을 뿐이다. 비록 부분들의 합체가 더 큰 삶의 구멍을 만든다고 할지라도 말이다.

3. 유령

이 구멍이야말로 윤성희 소설을 떠받치고 있는 '핵'이다. 구멍은 주체가 어떻게 해볼 도리가 없는, 주체를 수동적 상태로 밀어 넣는 비자발적 조건이지만 동시에 그러한 수동적 자리를 통해 비로소 다른 존재를 발견하고 그러한 다른 존재를 향해 움직일 수 있게 하는 동력이기도 하다. 최근 윤성희 소설의 유령은 바로 그 깊이를 알 수 없는 고독한 구멍에서 출현한다. 그 유령이야말로 구멍 자체이며, 무엇으로도 채워질 수 없는 고독한 심연 그 자체다. 그것은 존재의 일부이면서도 존재하지 않고, 현실적이면서도 비가시적이다. 그런 측면에서 유령은 '익명적 있음'의 존재라고도 말할 수 있다. '익명(匿名)'이란 이름을 숨기는 것이다. 이름을 숨긴다는 것은, 존재하기는 하지만 '이것' 또는 '저것'이라고 부를 수 없는 것, 다시 말해서 하나의 이름에 응답하지 않는 것이라고 할 수 있다(서동욱『일상의 모험』, 민음사 2005 참조).

유령의 존재론에 관한 소설「하다 만 말」의 '나'는 그런 점에서 '익명적인 것'이라고 할 수 있다. 이 소설은 마치 영화「씩스 쎈스」처럼 소설의 중심서술자인 '나'가 유령이라는 사실이 결말에서 밝혀지는 반전구조이다. 독자가 소설의 결말 부분에서 확인하게 되는 것은 지금껏 존재한다고 믿었던 화자인 '나'가 사실은 존재하지 않는다는 것이다. 그 '나'는 존재하지 않는 동시에 가벼운 탁구공에 의지해서만 간신히 존재하는 존재이기도 하다. "나는 탁구공을 흔들었다."(「하다 만 말」) '나'는 탁구공이라는 사물을 통과함으로써 자기 자신의 외부에, 즉 탁구공이라는 사물 가운데 존재한다. '나'의 익명성이란 그런 것이다. '나'에게 더이상 '자기'란 없는 것이다. 즉 '나'는 더이상 누구의 딸도, 누구의 누이동생도, 누구의 손자도 아니라, 그저 탁구공과 같은 하나의 사물,

혹은 '입바람'으로만 감지되는 비존재이다.

사실 유령으로 존재하는 것, 즉 익명적인 것으로 존재하는 것을 이야기하는 것은 윤성희 소설에서 그리 낯설지 않다. 예컨대 「하다 만 말」과 「등 뒤에」에 등장하는 유령은 윤성희의 전작 『레고로 만든 집』과 『거기, 당신?』에 등장하는 흐릿한 익명적 존재들과 그 본질에서 크게 다르지 않다. 이들은 살았건 죽었건 간에 자기가 자기임을 주장할 수 없는, 자기 자신임을 포기한 자에 가깝다. 이때 주체는 더이상 '내가 아닌' 다른 누군가가 된다. 즉 이들은 모두 차라리 자기 존재로부터 새어나오는, 다시 말해서 존재로부터 시작되었으나 그에서 벗어난 낯선 존재이다. 그렇게 유령은 자기 자신을 더이상 자기 자신이 아닌 존재로 만듦으로써 존재와 비존재의 경계를 심문하고, 나아가 우리의 존재 자체를 낯설게 만든다. 그것은 예컨대 '불에 타서 이미 눈동자를 잃어버린 아들'(「등 뒤에」)의 텅 빈 눈으로 세계를 바라보는 방식을 연상시킨다. 그 순간 세계는 "갑자기 흑백으로 바뀌"(「등 뒤에」)었다. 그리고 유령인 '나'는 그렇게 바뀐 흑백영상 속에서 다른 사람들은 결코 포착할 수 없는 은밀한 생의 고통을 발견하기도 하는 것이다.

나는 어머니의 가슴을 손으로 만졌다. 철로 만들어진 어머니의 심장은 조금씩 녹슬기 시작했다. 한번만 더 눈물을 삼키면 심장이 온통 녹슬어버릴 것이다. 나는 마지막으로 힘을 내 어머니의 심장을 움켜쥐었다.(「하다 만 말」, 50면)

'나'는 유령이라서, 놀랄 일을 너무 많이 겪어 심장이 강철처럼 단단해지고 급기야 녹슬기 시작한 어머니의 고통을 느낄 수 있다. 그뿐이 아니다. 불쌍한 사주팔자를 갖고 태어난 아버지, 어린시절 다른 사람에 대한 걱정으로 정작 자기 자신은 돌보지 못했던 오빠, 말년에 효도 한번 받아보는 것이 소원이지만 그 소원을 이루기 어려운 할아버지. 이 불행한 가족의 고통에 대해 기억하고 이야기할 수 있는 존재는 바로 유령인 '나'이다. 그래서 '나'는 "다행이야"라고 말할 수 있다. '나'는 유령이 되어서야 비로소 가족의 고통스러운 사연을 기억하고 이해할 수 있게 된 것이다. 그러니 "다행이야"에 생략된 말을 복원해서 완성하면 다음과 같을 것이다. "내가 죽어서 다행이야."

자발적이건 어쩔 수 없건 간에 이 자기소멸 내지는 특권의 포기는 역설적이게도 이 세계의 숨겨진 진실을 드러내는 통로가 된다. 현실은 존재가 아니라 존재의 분신, 혹은 그림자, 혹은 이미지를 통해서 드러나기도 한다. 아니, 현실은 오히려 이러한 유령과 그림자의 세계에서 더 분명하게 떠오를 수 있다. 예컨대 「부분들」을 보자. 이 소설은 언뜻 건물 붕괴현장에서 구조된 '기적의 사나이들'의 행운에 관한 것처럼 보이지만, 사실은 이들의 불운에 관한 이야기다. 소설은 초반에 산비탈 틈새에 손가락이 끼어 꼼짝도 못하면서도 "어떤 상황에서도 웃을 수 있는 내가 대견하게 느껴졌다"는 '나'의 낙관적 태도로 인해 얼핏 매우 긍정적이고 밝게 읽힌다. 그러나 '원'은 기적의 다이어트법을 개발해서 엄청난 돈을 벌지만 결국 식물인간이 되고, '쓰리'는 그런 '원'의 산소호흡기를 떼려다가 살인미수로 체포된다. 그리고 조난당한 '나'.

그럼에도 불구하고 소설은 대책없는 낙천적 긍정의 태도로 끝난다. '나'는 구조에 대한 희망을 잃지 않고 "오백원짜리 동전을 바위에 갈기 시작"하는 것이다! 바로 이러한 생뚱맞은 명랑만화적 결말 때문에 윤성희 소설은 자칫 어른들을 위한 동화로 오독될수 있다. 그러나 작가는 엉뚱하고 낯선 곳에 '그림자'의 진실을 깔아둠으로써, 겉보기에 유쾌한 동화적 세계가 얼마나 잔혹한 현실을 배경으로 하는가를 은연중에 폭로한다.

　　달밤은 우리들의 그림자를 아름답게 만들어주었다. 그 그림
　　자들이 서로를 스치고 지나갔다. 우리들은 서로의 가슴을 밟
　　고, 서로의 얼굴을 밟고, 서로의 웃음을 밟았다. 하지만 아무
　　도 아프지 않았다.(「부분들」, 252면)

어쩌면 아름다운 달밤의 그림자놀이에 숨겨진 무서운 진실이 현실 자체는 아닐지도 모른다. 게다가 윤성희의 소설은 그러한 섬뜩한 진실의 폭로를 목적으로 하지 않기 때문에 굳이 그림자의 무서운 진실에 대해 얘기할 필요가 없을지도 모른다. 그러나 어떤 측면에서 볼 때 구멍에서 비롯된 유령과 그림자의 세계야말로 윤성희 소설을 떠받치는 진짜 무서운 현실이라고 할 수 있다. 윤성희 소설의 유머와 발랄함이 단순하고 소박한 유희의 차원으로 떨어지지 않는 것은 그러한 동화적 세계를 떠받치는 그림자의 세계 때문이다. 윤성희 소설은 이러한 그림자의 세계를 자기 존재의 일부로 받아들이면서도 그 세계에 함몰되기보다는 그 허방 위에서 또다른 세계의 가능성을 타진한다. 그러한 태도야말로 작가

가 이 무서운 현실 속에서 취하는 어떤 실천의 포즈일 것이다. 그리하여 이제는 선물에 대해 얘기할 때다.

4. 선물

여기 어떤 사람이 있다. '그'는 우연한 사고로 자기 대신 죽은 사내의 한쪽 구두만 신은 발을 본 뒤부터 "이 세상에서 가장 쓸모없는 것들을 상상하지 않고는 깊게 잠"(「무릎」)들지 못한다. 그러한 죄책감 때문에 '그'는 집을 떠나 자신에게 주어진 삶의 시간을 쓸모없이 소진한 뒤, 자신이 정원사로 일하던 집의 주인에게 꽃다발 타일을 선물로 준다. 그리고 또다른 사람의 이야기도 있다. 박모씨는 '대통령배 세계 청소년 도미노 경연대회'에서 갑자기 터져나온 자신의 재채기 때문에 미끄러져 게임을 망친 여자아이가 수치심 때문에 자살했다는 소식을 듣고 죄책감을 견디지 못하고 집을 떠난다. 그는 최소한의 생활비만 써가면서 돈을 모아 그 돈으로 달력을 만들어 사람들에게 공짜로 나누어준다. "'고백의 날'이 새겨진 최초의 달력은 그렇게 만들어졌다."(「재채기」) 이야기는 더 있다. 사랑에 빠진 유부남, 유부녀가 있다. 그들은 각각 자신들의 전남편과 전부인에 대한 죄책감으로 "사람들의 소원을 들어주는 가게"(「저 너머」)를 연다. 급기야 그들은 사람들의 소원을 들어주기 위해 집을 떠나 전국을 떠돌게 된다. 그리고 십년마다 '나'에게 이상한 선물——아마존의 정글처럼 꾸민 밤, 늙은 말, 그리고 '거꾸로 된 무지개'가 뜨는 호수 옆에 있는 까페——을 준다.

이들 세 이야기에는 몇가지 공통점이 있다. 우선 인물들은 모두 어떤 죄책감에 시달린다. 그리고 이러한 죄의식은 되갚아주어야 한다는 부채의식으로 발전하게 되고 그 때문에 다른 사람들에게 선물을 준다(윤성희 소설의 핵심에 죄책감과 선물의 테마가 있다는 점에 대해서는 김영찬이 이미 지적한 바 있다. 김영찬 「윤성희 소설의 어떤 경향, 감정의 절약 이후」, 『문학사상』 2006년 10월호). 그런데 이때 선물은 우리가 통상적으로 정해진 답례나 경제적 계산에 얽매여 주고받는 그것과는 다르다. 이들의 선물은 아무런 대가 없이 주어지거나 엉뚱한 대상을 향한다. 즉 선물은 그들이 죄책감을 느끼는 대상이 아니라, 그들과는 무관한 엉뚱한 대상을 향해 전달된다. 예컨대 「무릎」에서 '그'의 부채의식은 분명 죽은 사내에서 촉발되지만 '그'의 선물은 사내의 가족이 아니라 자신이 정원사로 일했던 주인에게 주어진다. 「재채기」와 「저 너머」에서도 마찬가지로 선물을 일대일로 교환하지 않는다. 대신에 그것은 엉뚱한 대상을 향함으로써 순환한다.

이렇듯 윤성희 소설에서 선물의 순환은 가해자와 피해자 혹은 채권자와 채무자 사이의 상호관계를 벗어난 곳에서 낯설고도 엉뚱한 방식으로 이루어진다. 그러한 방식은 우리가 익숙하게 알고 있는 '기브 앤드 테이크'의 냉혹한 계산법과 교환논리를 벗어난 것이다. 게다가 선물이라고 해봐야 아무런 효용적 가치나 상징적 의미도 없다. 차라리 "제 기능을 잃어버리고 버려진 물건들"(「무릎」)에 가깝다. 그러나 오히려 그렇기 때문에 선물은 일반상품과는 달리, 친숙하고 일상적인 존재의 흔적이 남아 있는 사물에 가까우며, 그 사물 또한 특정 개인에게 소유되어 한곳에 머물기보다는 끊임없이 유전(流轉)한다. 완고한 경제적 이해관계 속에서 폐쇄적으로 구성된 상품의 논리 바깥에서, 선물은 그렇게 비선형적 나선을 그리면서 익명적 다수를 향해 순환한다. 그리고 그러한 비논리적 궤적을 따라 윤성희 소설은 전개된다. 따라서 요약이 불가능할 정도로 여러 이야기와 인물이 중첩되면서 서로 다른 방향으로 뻗어가는 윤성희 소설의 서사적 특징은 이러한 선물의 논리와 무관하지 않다. 「이어달리기」는 선물의 논리가 윤성희 소설의 구성원리와 어떻게 맞닿아 있는지를 잘 보여주는 사례다.

이 소설의 주인공은 '도마'다. 이 도마는 처음에 약초꾼이 딸의 결혼선물로 만들어준 것으로, 서분례 할머니는 아버지가 선물해준 도마 덕분에 삼십년이 넘도록 순대장사를 한다. 그러나 할머니가 죽은 뒤, 도마는 칼과 함께 할머니 가게에서 설거지를 하던 김영자라는 여인에게 전해지고, 다시 그 도마와 칼은 C시의 중앙시장에서 잔치국수를 파는 김영자의 언니에게로 갔다가 급기야 같은 시장에서 국밥장사를 하는 '그녀'에게 넘어간다. 도마는 그렇게 무수한 '칼자국'을 새겨넣으면서 낯선 존재들을 향해 순환한다. 그리고 도마에 대한 보답 또한 엉뚱한 방식으로 이루어진다. 그런 과정 속에서 도마와 아무런 관련도 없는 낯선 존재들은 느슨한 방식으로 연결된다. 그래서 '그녀'는 서분례 할머니의 잃어버린 딸이 될 수도 있으며, 딸들에게 구조된 사람들 또한 도마에 자신들의 사연을 새겨넣을 수 있게 된다. 따라서 "그분이 진짜 어머니였나요?"라는 기자의 질문이나 "왜 나를 인터뷰하는 거죠?"라는 '그녀'의 질문은 불필요하다. 도마의 순환은 세상 이치나 인과관계의 논리와는 다른 곳에서 이루어지기 때문이다. 바로 이러한 도마의 예측불가능한 '이어달리기'가 그려내는 비인과적, 비선형적 지도야말로 방사형으로 끝없이 뻗어나갔다가 다시 돌아오고 다시 낯선 지점을 향해 나아가는 윤성희 소설의 구성원리라고 할 수 있다.

윤성희의 소설을 순환하는 선물은 현실사회의 악무한적 원환구조를 찢고 느닷없이 무가치하고 무의미하게 주어진다. 그리고 부채의식을 떠안은 윤성희 소설의 인물들은 그렇게 인과론적 교환의 논리를 벗어난 곳에서 자기 아닌 존재들과 관계를 맺음으로써 우리가 예측하지 못한 낯선 구원의 가능성을 제시한다. 그것이 가능한 것은 윤성희 소설의 인물들이 자기라는 원환/원한을 벗어난 곳에서 자신의 "눈동자가 있는 곳 너머"(「등 뒤에」)에서나 펼쳐질 법한 낯설고 불가능한 세계를 응시하기 때문이다. 그곳은 현실세계의 교환과정에서는 포착되지 않는 이름붙일 수 없는, 익명적으로만 존재하는 유령이 출몰하는 '구멍'과도 같은 곳이다. 그리하여 그곳에서 이 세계의 익숙한 현실논리는 낯설어지고 세계는 우스꽝스러워진다. 이 낯섦과 우스꽝스러움으로부터 윤성희 소설의 의미와 새로운 가치는 시작된다.

沈眞卿 | 문학평론가

익숙한 단어들이 낯설게 느껴질 때가 있다. 나무는 나무가 아닌 것 같고, 전화는 전화가 아닌 것 같고, 구두는 구두가 아닌 것 같고, 밥은 밥이 아닌 것 같다. 나무라고 썼다가, 지웠다가, 다시 쓴다. 단어와 단어가 가리키는 것의 사이가 멀어졌다가 가까워졌다가 다시 멀어진다. 그럴수록, 내 안에, 내 소설에, 빈 공간이 생긴다. 그 빈 공간을 들여다보는 일이 나는, 참, 좋았다.

세번째 책이다.
아니, 이제 겨우, 세번째 책이다.
게으르다.

무엇보다도, 내 소설들에게 미안하다. 거기 등장하는 수많은 인물들은, 내가 상상하는 것 이상으로, 그리고 여러분들이 상상

272

하는 것 이상으로, 더 멋진 세계를 살아가고 있다. 그들을 아름답고, 웃기고, 슬프고, 황당하고, 그리고 솔직한 거짓말의 세계에서 다시 만나고 싶다.

　머릿속이 간지럽다.
　더 많은 이전의 이야기들과 더 많은 이후의 이야기들이 나를 기다리고 있다.

2007년 초여름
윤성희

| 수록작품 발표 지면 |

구멍 …『소진의 기억』(문학동네 2007)

하다 만 말 …『문학동네』2006년 겨울호

등 뒤에 …『창작과비평』2006년 겨울호

감기 …『문예중앙』2005년 봄호

재채기 …『문학사상』2006년 4월호

리모컨 …『문학·판』2006년 봄호

저 너머 …『작가세계』2005년 겨울호

이어달리기 …『내일을 여는 작가』2007년 여름호

안녕! 물고기자리 …『문학동네』2004년 가을호

무릎 …『문학과사회』2005년 겨울호

부분들 …『현대문학』2005년 5월호

감기

초판 1쇄 발행/2007년 6월 20일
초판 10쇄 발행/2019년 8월 12일

지은이/윤성희
펴낸이/강일우
책임편집/황혜숙
펴낸곳/(주)창비
등록/1986년 8월 5일 제85호
주소/10881 경기도 파주시 회동길 184
전화/031-955-3333
팩시밀리/영업 031-955-3399 · 편집 031-955-3400
홈페이지/www.changbi.com
전자우편/lit@changbi.com

ⓒ 윤성희 2007
ISBN 978-89-364-3700-8   03810

* 이 책은 한국문화예술위원회의 2007년도 문예진흥기금을 받았습니다.
* 이 책 내용의 전부 또는 일부를 재사용하려면
  반드시 저작권자와 창비 양측의 동의를 받아야 합니다.
* 책값은 뒤표지에 표시되어 있습니다.